Garrett & Jessie

Waterford Farm
Buch 1

Roxanne St. Claire

GARRETT & JESSIE

WATERFORD FARM, BUCH 1

Waterford Farm: Ein Zufluchtsort für die Liebe!

Familiendrama und süße Liebesgeschichten in einem Hundeasyl in den Blue Ridge Mountains von North Carolina. Jede Liebesgeschichte beginnt und endet mit einem Hund... und etwas Hilfe von der Familie!

Garrett & Jessie (Buch 1)
Shane & Chloe (Buch 2)
Liam & Andi (Buch 3)
Molly & Trace (Buch 4)
Aidan & Beck (Buch 5)
Darcy & Josh (Buch 6)
Daniel & Katie (Buch 7)
Cassie & Braden (Buch 8)
Alex & Grace (Buch 9)
Connor & Sadie (Buch 10)
Summer & John (Buch 11)
Declan & Evie (Buch 12)
Theo & Ayla (Buch 13)
Colleen & Tim (Buch 14)

Prolog

Daniel Kilcannon öffnete seine Augen am Morgen nachdem er seine Frau nach sechsunddreißig Ehejahren beerdigt hatte und drückte sich hoch, nicht allzu steif für einen junggebliebenen Sechsundfünfzigjährigen. Seine Bewegung weckte augenblicklich Rusty, der am Fußende des Bettes ausgestreckt lag. Der Irish Setter hob seinen glänzenden roten Kopf, ein wenig Hoffnung in seinen großen braunen Augen, als wolle er fragen: *Ist sie schon zurück?*

»Schlechte Neuigkeiten, mein Junge. Es sind immer noch nur du und ich.«

Er fuhr sich mit den Händen durch sein dichtes Haar, während die nächste Welle der Trauer auf ihn zurollte, ein mittlerweile allzu vertrautes Gefühl seit dem Moment, als seine geliebte Frau einem Herzinfarkt in der Blüte ihres Lebens erlegen war. Als die Welle vorüber war, versuchte er, klar zu denken. Über heute. Über die Zeit nach heute.

Was könnte jetzt noch wichtig sein, wo Annie nicht mehr da war?

Die Kinder.

Natürlich, Daniel und Annie Kilcannon waren als Paar von einer Sache angetrieben worden: das Beste für ihre Kinder zu tun, egal wie alt die sechs von ihnen waren. Und wie sie jetzt lebten?

Nicht das *Beste* für sein weit verstreutes Sechserpack.

Annie pflegte zu sagen: *Du bist nur so glücklich wie dein unglücklichstes Kind.*

Und heute konnte man keines von ihnen als glücklich bezeichnen, und das nicht nur, weil sie sich von einer Mutter verabschieden mussten, die sie mit Herz und Seele liebten.

Nicht einer von ihnen, mit der möglichen Ausnahme von Aidan, war wirklich zufrieden. Drei von ihnen waren quer durchs Land an die Pazifikküste gezogen, um ihrem Bruder Garrett zu folgen, als er seine Firma verkaufte. Jetzt arbeiteten sie alle für einen Industriegiganten, und es machte nicht annähernd so viel Spaß wie damals, als sie Garrett beim Aufbau eines Start-ups in Chapel Hill halfen. Liam verabscheute die Hipster in Seattle offen, trank nicht einmal *Kaffee* und war miesepetriger als je zuvor, wenn das überhaupt möglich war. Und Shane war zwar ein verdammt guter Anwalt, aber er schien keinerlei Begeisterung für die bedeutungslosen Unternehmensverträge zu haben, mit denen er dort drüben festsaß.

Darcys Fernweh steckte wieder seinen launischen Kopf heraus und brachte sie dazu, damit zu drohen, ihren Job zu kündigen und nach Australien oder Österreich – er konnte sich nicht erinnern, welches von beiden – zu gehen, um ihre eigenwillige Cousine einzuholen und in welchen Ärger auch immer die beiden ständig gerieten.

Und Garrett? Er war Feuer und Flamme gewesen, als er

vor ein paar Jahren dieses Internetunternehmen gründete. Als das unruhigste von Daniels sechs Kindern hatte Garrett seine Leidenschaft gefunden und in einer Welt floriert, die sein technologisches Können und seine Führungsqualitäten verband. Aber dann jagte Garrett dem allmächtigen Dollar nach und gab die Kontrolle auf. Sicher, er hatte ihnen allen einen Haufen Geld eingebracht, aber es kostete den Jungen seine Seele, denn seit er diesen Vertrag unterschrieben und seine Firma vor einem Monat verkauft hatte, hatte er sich verändert. Es war, als hätte er eine Mauer um sich herum errichtet, und nichts konnte sie einreißen.

Molly blieb direkt hier in Bitter Bark und hatte Daniels Tierarztpraxis in der Stadt übernommen. Aber selbst mit der besonderen Beziehung, die sie zu ihrer Tochter hatte, lag auch Traurigkeit in Mollys Augen, seit die meisten ihrer Geschwister quer durch das Land gezogen waren.

Sie alle müssten zu Hause sein und eine Familie sein, jetzt mehr denn je. Und sie brauchten eigene Familien. Und offensichtlich brauchten sie ein bisschen Hilfe, damit das passierte.

Ach verdammt, sie nannten ihn nicht umsonst den Dogfather, nur weil er ein verdammt guter Tierarzt war, der in seiner Zeit viele Hunde gerettet und aufgezogen hatte. Er konnte immer noch Annies windspielartiges Lachen hören und ihre zärtliche Berührung spüren, als sie ihn mit dem Spitznamen neckte, der sowohl zu seiner Liebe zu Tieren als auch zu seiner Fähigkeit passte, Menschen dazu zu bringen, das zu tun, was er wollte.

Nur hatte er Annie nicht dazu bringen können, zu leben. Er schluckte bei dem scharfen Schmerz in seiner Brust und kämpfte gegen das Brennen der Tränen an. Er musste mit der Trauer, der Qual und der Leere fertig werden. Und das würde er tun, denn Annie würde nicht wollen, dass er herumhängt wie ein Basset ohne Knochen.

»Ich muss ihnen klarmachen, wie viel glücklicher sie wären, wenn sie zurück nach Bitter Bark, North Carolina kämen«, sagte er zu seinem Hund, der vom Bett gesprungen war und seinen Kopf an Daniels Bein rieb.

Der Hund bellte einmal, was Daniel als herzliche Zustimmung auffasste, aber wahrscheinlich eine Erinnerung war, dass es für Rusty Zeit war, ins Gras zu gehen.

»Ich *manipuliere* sie nicht«, sagte er, da er das Bedürfnis verspürte, die Idee zu verteidigen, die Gestalt annahm. Er war ein sechsundfünfzigjähriger Witwer, der seine Familie ganz und glücklich haben wollte.

Mit einem Seufzen wanderte er zum Fenster, schob die durchsichtige Gardine beiseite und blickte über das, was er von den fast hundert Hektar der Waterford Farm sehen konnte. Sein Blick streifte über die sanften Hügel, die mit den Gold- und Rottönen des Herbstes beladenen Wälder, den Sonnenschein, der wie Kristalle auf dem Teich glitzerte.

Näher am Haupthaus, das in den letzten dreißig Jahren gewachsen und mehrfach umgebaut worden war, konnte er Liam und Shane im Gehege außerhalb der Zwinger sehen, wie sie bereits mit den beiden Dobermännern arbeiteten, die Annie aufgenommen hatte, bevor sie starb.

Garrett saß auf einem Holzzaun und beobachtete, wie seine Brüder mit den Fingern schnippten und Leckerlis und Zuneigung verteilten, um die neuen Rettungshunde zum Gehorchen zu bringen. Garrett drehte sich zum Haus, und nach ein paar Sekunden kamen Molly und Aidan in Sicht, Seite an Seite, die nächsten in der Altersreihe, Kaffeebecher tragend, in tiefes Gespräch versunken.

Wie schade, dass Aidans erste Chance, als Army

Ranger nach Hause zu kommen, die Beerdigung seiner Mutter war. Hinter ihnen kam Darcy angehüpft, ihr Flauschball von einem Shih Tzu, passend Kookie genannt, auf den Fersen.

Er lehnte sich gegen das Glas und beobachtete, wie sich die Szene entfaltete, und sehnte sich nach seiner Frau. Annie würde das lieben, gemeinsam am Schlafzimmerfenster zu stehen und ihre nun erwachsenen Sprösslinge beim Spielen mit den Hunden zu beobachten, beide ertränkt in Stolz und Liebe für diese starke, solide, kluge Brut von ihnen.

Ein sanftes Klopfen an seiner Tür zog seine Aufmerksamkeit auf sich, und da er alle sechs seiner Kinder sehen konnte und mit Sicherheit wusste, dass seine neunjährige Enkelin noch schlief, blieb nur eine Person übrig, die nach der Beerdigung die Nacht in seinem großen, leeren Haus verbracht hatte. »Komm rein, Gramma Finnie.«

Die Tür öffnete sich langsam und seine dreiundachtzigjährige Mutter stand dort, bereits in einer knackigen Baumwollbluse und einer leuchtend bunten Strickjacke gekleidet, ihre kurzen weißen Haare frisiert, ihr rosa Lippenstift und Rouge sorgfältig aufgetragen. »Wollte nur nach dir sehen, Junge.«

Er war wirklich kein *Junge* mehr, aber seine Mutter, die bis zu ihrem zwanzigsten Lebensjahr in Irland gelebt hatte, hatte immer noch einen leichten Akzent und betrachtete alle Männer unter achtzig als *Jungs*.

»Ich beobachte die Kinder im Hof«, sagte er und winkte sie zu sich.

»Sie sind kaum noch Kinder.«

»Für mich sind sie es.«

Mit einem leisen Lachen kam sie näher und richtete ihre Drahtgestellbrille, um einen guten Blick zu bekommen.

»Es ist das, was Seamus sich immer gewünscht hat«, sagte sie wehmütig und lächelte dabei, wie immer wenn sie von ihrem Ehemann, Daniels Vater sprach, der nun seit zehn Jahren nicht mehr da war. »An dem Tag, als wir 1954 aus Irland ankamen und dieses Land betraten, wollte er zwei Dinge für diesen Hof.«

Kinder und Hunde.

Daniel hatte die Geschichte tausendmal gehört, aber er ließ seine Mutter gewähren. Sein Herz war zu wund von der Erinnerung daran, dass das Leben viel zu kurz war, um eine natürliche Geschichtenerzählerin wie Finola Kilcannon zu unterbrechen.

»'Finnie', sagte er. 'Wir haben viel Geld und viel Land. Lass uns diesen Ort nach der Firma benennen, die uns reich gemacht hat, und ihn mit den Dingen füllen, die wir am meisten lieben: Kinder und Hunde.'«

Natürlich wusste er, dass Waterford Farm nach der berühmten irischen Firma benannt war, die das Glasblasgeschäft gekauft hatte, das Seamus von seinem Vater geerbt hatte. Durch den Handel reich genug geworden, um Irland zu verlassen, hatte der fünfundzwanzigjährige Seamus Kilcannon seine Frau und seinen kleinen Sohn nach Amerika gebracht, auf der Suche nach Land und einem neuen Leben.

»Und wir haben unser Bestes gegeben«, fuhr sie fort. »Drei Kinder, obwohl…« Sie neigte ihren Kopf, die Erwähnung seines älteren Bruders, Liam, war nach all diesen Jahren immer noch schmerzhaft für sie. »Und mehr gerettete, aufgezogene oder in Pflege genommene Hunde, als ich zählen kann.« Sie blickte zu ihm auf, ihre kristallblauen Augen feucht. »Aber erst als du und Annie geheiratet habt, wurde sein Traum wirklich erfüllt.«

Geheiratet in großer Eile, dachte er, dank der unerwarteten Empfängnis seines ältesten Sohnes. Als Daniel noch in der Tierarztschule war und ein Baby unterwegs, war das junge Paar auf Drängen von Seamus und Finola nach Waterford Farm gezogen, ein Paar, das selbst eine unerwartete Empfängnis eines Sohnes gehabt hatte, ebenfalls Liam genannt.

Dann kam Shane, und als Annie mit Garrett schwanger war, beschlossen seine Eltern, in ein altes viktorianisches Haus in der Stadt zu ziehen und das gesamte Land und das Haus der wachsenden zweiten Generation amerikanischer Kilcannons zu überlassen. Und natürlich setzten Daniel und Annie die Tradition fort, Hunde aufzunehmen, sie zu trainieren und in einem kleinen Fünf-Boxen-Zwinger unterzubringen, den Daniel und seine älteren Söhne mit eigenen Händen gebaut hatten.

»Und jetzt sind diese Kinder alle weg«, sagte er und hasste den gebrochenen Klang seiner Stimme.

»Sie sind genau da«, sagte seine Mutter. »Wo sie hingehören.«

»Sie gehören wirklich hierher«, sagte er und kehrte zu dem Gedanken zurück, der ihn heute Morgen geweckt hatte. »Sie sind alle hier am glücklichsten.«

»Dann behalte sie hier, Junge.«

»Wie kann ich das tun, ohne mich in ihr Leben einzumischen?«

»Gib ihnen eine Wahl und schau, wofür sie sich entscheiden. Sie kennen ihre eigenen Herzen.«

Daniel dachte darüber nach, eine Idee – eigentlich eine Fantasie – nahm Gestalt an.

»Du weißt, dass Annie und ich Pläne ausgearbeitet haben, um die Scheune und das Tierheim zu erweitern, Trainingsbereiche und Unterrichtsräume hinzuzufügen und Waterford Farm zu einem erstklassigen Hundezufluchtsort, Trainings-, Tier- und Tierärztebetrieb auszubauen.«

»Und jetzt sind diese Pläne tot?«, fragte sie.

Nein, Annie war tot. Er lehnte seinen Kopf gegen das kühle Glas und gab sich einem Seufzer hin, der Rusty dazu brachte, nach seinem Herrchen zu sehen.

»Ich weiß, ich weiß«, murmelte er. »Ich muss darüber nachdenken.«

Seine Mutter trat vom Fenster zurück. »Du trauerst, Junge. Aber du weißt, du wirst nie ein Feld pflügen, indem du es in deinem Kopf umwälzt«, sagte sie, stets ein irisches Sprichwort parat.

Und immer richtig.

Plötzlich drehte sich Molly um und blickte zum Fenster hinauf, entdeckte ihn dort. Sie neigte den Kopf zur Seite, ihre schokoladenbraunen Locken fielen über hängende Schultern, ihr Ausdruck so leicht zu lesen wie der eines der Welpen.

Geht es dir gut, Papa?

Er sah, wie sie etwas zu Aidan sagte, der aufblickte, und dasselbe Mitgefühl veränderte das Gesicht des jungen Kriegers zu etwas Weicherem. Liam und Shane hörten auf, die Hunde zu trainieren, um ebenfalls nach oben zu schauen, ihre muskulösen Körper spannten sich an unter dem Schmerz. Er konnte Garretts Lippen lesen, als er seine Hand durch sein dichtes, dunkles Haar zog und murmelte: »Armer Papa.«

Nach einem Moment streckte Darcy beide Arme zum Fenster hoch und wackelte mit den Fingern, lud ihn ein, sich ihnen anzuschließen, dieselbe Traurigkeit in ihrem Gesichtsausdruck.

Seine Mutter legte eine Hand auf seine Schulter und zog seine Aufmerksamkeit auf ihr verwittertes Gesicht.

»Diesen Hof und das ganze Land dir zu überlassen, während wir noch am Leben waren, war die einfachste Entscheidung, die Seamus und ich je getroffen haben. Vielleicht ist es Zeit, dass du deine Kinder fragst, ob sie dasselbe möchten.«

Er wusste, dass sie Recht hatte.

Sie beugte sich vor und wuschelte durch Rustys Fell. »Denk darüber nach, und ich nehme diesen Liebling mit in den Hof.« Sie machte sich auf den Weg nach draußen, und Rusty zögerte nicht zu folgen. »Das ist ein braver Hund«, flüsterte sie. »Du weißt, dass ich eine Schwäche für dich habe, Welpe. Du bist das Ebenbild meines Corky. Hab ich dir von Corky erzählt? Er war bei uns an jenem Septembertag im Jahre neunzehnhundertvierundfünfzig, als wir mit dieser alten Klapperkiste in die Stadt Bitter Bark fuhren, und als Seamus das Schild las, machte dieser Hund so viel Lärm, dass…«

Ihr Akzent verblasste zusammen mit Rustys Schritten auf dem Holzboden des Flurs und ließ Daniel völlig allein zurück, um seine Familie durch das Fenster zu betrachten.

Du bist nur so glücklich wie dein am wenigsten glückliches Kind.

Es war Zeit, das zu ändern. Und wenn sie alle dorthin zurückkämen, wo sie hingehörten, könnte er jedem von ihnen helfen, eine Liebe zu finden, die so stark und echt war wie die, die er und Annie geteilt hatten. Nicht einmischen, nein. Sie nur anleiten, wie er es immer getan hatte.

Die Entscheidung war getroffen, sein Herz fühlte sich leichter an.

Er wandte sich dem großen, leeren Bett zu, in dem er so viele Lacher, so viel Liebe und sechsunddreißig zutiefst zufriedene Jahre mit Annie geteilt hatte.

Er konnte sich ihr liebevolles Lächeln vorstellen. Ihre

Hand auf seiner Schulter spüren. Ihren Geist neben sich wahrnehmen. Und, mein Gott, er konnte ihre süße, vernünftige, beständige Stimme hören.

Geh, Daniel. Sei der Hundepate und mach ihnen ein Angebot, das sie nicht ablehnen können.

Kapitel Eins

DREI JAHRE SPÄTER

Oh, das konnte nicht gut sein.

Mitten aus einer Deadline-Story herausgerissen und ins Büro des Chefs beordert zu werden, war für Jessica Curtis nie angenehm, aber wenn der andere Besucherstuhl von Mercedes Black besetzt war, konnte man ziemlich sicher sein, dass der Tag im Eiltempo bergab gehen würde.

Bevor sie eintrat, verlangsamte Jessie ihren Schritt und spähte über den Stapel Papiere auf Mac Thomas' Schreibtisch, um zu sehen, ob seine glänzende Glatze auf der anderen Seite des Papierbergs zu erkennen war. Natürlich nicht. Mac holte sich gerade Kaffee, denn es war typisch für ihn, von seinen Mitarbeitern zu verlangen, alles stehen und liegen zu lassen, und dann selbst nicht da zu sein, während er seine eigenen Bedürfnisse befriedigte.

Und jetzt würde Jessie gezwungen sein, sich anzuhören, wie Mercedes von ihrem neuesten Interview mit irgendeinem Filmstar schwärmte, das sicherlich die Hauptstory auf der Website von *Inside the A List* werden würde, oder wie anstrengend es war, ihre Hochzeit für dreihundert Gäste zu planen, und ob sie schon anfangen sollte, Möbel für ihr neues Büro auszusuchen, weil sie gehört hatte, dass *jemand* bald aus den *ITAL*-Bürozellen ausziehen würde und sie da ein gutes Gefühl hätte.

Jessie hatte heute wirklich keine Zeit dafür, mit einer fälligen Story und mindestens drei weiteren in der Pipeline.

»Bist du das, Mac?«, fragte Mercedes, ohne von ihrem Handy aufzublicken, während sie mit einem Schuh mit roter Sohle am Ende ihres langen, schlanken, überkreuzten Beins wippte. »Ich hab um zwei ein Treffen mit meinem Floristen, und ich kann nicht zu spät kommen.«

»Ich bin's.« Jessie betrat das Büro und setzte sich auf den anderen Stuhl.

»Oh, hallo, Jessie.« Sie richtete sich etwas auf, ihre schmollenden Lippen verzogen sich bereits zu einem Lächeln, das es irgendwie schaffte, gleichzeitig mitleidig, herablassend und vage vertraut zu wirken. »Ich hatte nicht erwartet, dich in diesem Meeting zu sehen.«

»Ich auch nicht, aber ich wurde gerade herbeordert. Hast du eine Ahnung, worum es geht?«

Mercedes zuckte mit schlecht gespielter Gleichgültigkeit die Achseln. »Ein Vögelchen hat mir gezwitschert, dass es vielleicht mit der Broadcast-Seite des Hauses zu tun hat. Ich dachte, meine Story über diesen Formel-1-Fahrer, der mit dem Rennsport aufgehört hat, um Prediger zu werden, würde für einen *ITAL On Air*-Slot in Betracht gezogen. Hast du die Überschrift nicht geliebt? *Von der Boxengasse zur Kanzel.*«

Eine Überschrift, die ihr Chef sich ausgedacht hatte. »Warum sollte Mac damit etwas zu tun haben?«

Mac Thomas rollte ins Büro, vorausging der Geruch

von Aqua Velva und Kaffee. »Weil ich der Chefredakteur bin und tatsächlich mit allem zu tun habe, was in einem Online-Verlag passiert.« Er reichte einen der zwei Becher an Mercedes. »Tut mir leid, Jess. Du wolltest nichts, oder?«

Zeit, ihre Deadlines einzuhalten? Einen besseren Job? Oder wie wäre es mit Mercedes' Glück, Schuhen oder Haaren? »Nein. Mir geht's gut. Was gibt's, Mac? Ich hab heute wirklich viel zu tun.«

»Du wirst gleich noch mehr zu tun haben«, verkündete er, trat die Tür zu und umrundete seinen Schreibtisch, um sich in den Stuhl fallen zu lassen. Wortlos verschob er einige Stapel und Akten, machte Platz für seinen Kaffee und schuf ein kleines Tal im Papier, durch das er beide anschauen konnte. »Es stehen Veränderungen bei *Inside the A List* an«, verkündete er. »Und es ist durchaus möglich, dass eine von euch die glückliche Empfängerin eines neuen Jobs, eines neuen Titels und einer komplett neuen Garderobe sein wird, da es bedeutet, dass ihr vor der Kamera stehen werdet.«

Der Schuh fiel von Mercedes' Zehen und traf mit demselben dumpfen Schlag auf den Boden, mit dem Jessies Herz in ihrer Brust pochte.

Beide wollten zum Fernsehen. Unbedingt. Persönlichkeitsprofile für die Online-Version einer unglaublich beliebten Website zu schreiben, war ein anständiger Job für jeden Journalisten, aber der wahre Reiz lag bei *ITAL On Air*, der Fernsehversion der Show und das echte Karrieregold. Die Show hatte als Website-Ableger begonnen, war von YouTube zu HBO gewechselt und erfreute sich jetzt unglaublicher Einschaltquoten und trendender Tweets jeden Mittwochabend. Das war, wenn jemand Reiches und Berühmtes – oder Pleite und Berüchtigtes – ausführlich von einem der drei Anchorjournalisten porträtiert wurde.

Und das Gerücht am *ITAL*-Wasserspender besagte, dass sie nach einem vierten suchten.

»Ihr seid beide unglaublich talentierte Profis mit sehr unterschiedlichen Fähigkeiten«, sagte Mac.

Das waren sie allerdings, dachte Jessie. Sie konnte ein Substantiv und ein Verb zu einem Killer-Satz verbinden, und Mercedes konnte fünf Wodka Gimlets trinken und immer noch geradeaus laufen. In Schuhen für 400 Dollar.

»Du« – er zeigte auf Mercedes – »bist eine Ballbrecherin.«

»Danke, Mac.«

Oh, Schätzchen. Das war kein Kompliment. »Und du« – sein Finger schwenkte zu Jessie – »bist eine Mauerbrecherin.«

Mercedes johlte. »Das ist so gut, Mac!«

Eine Mauerbrecherin? »Was soll das überhaupt bedeuten?«, fragte Jessie und hatte Mühe, ihre Verzweiflung und einen Ausbruch von Ungeduld zu unterdrücken.

»Du hast eine Gabe, in die Tiefe zu gehen«, sagte Mac zu ihr.

Mercedes schnaubte, und Jessie warf ihr einen *stör bitte nicht*-Seitenblick zu.

»Tut mir leid, Jessie, aber du *musst* zugeben, dass das lustig ist.«

Zu seiner Ehre ignorierte Mac sie. »Ich habe noch nie eine Interviewerin getroffen, die besser darin wäre, Emotionen aus einem Interviewpartner herauszuholen als du, Jessie. Du kommst zum Kern der Sache und weißt genau, wie du jemanden dazu bringen kannst, zusammenzubrechen und alles auszuplaudern. Die Art von Stoff, für dessen Lieferung *ITAL* einen Ruf aufgebaut hat und den sie wirklich in jeder Folge von *ITAL On Air* haben wollen. Du weißt, wie man Geheimnisse und Tränen herausreißt.«

Wenn er es so ausdrückte, klang es nicht gerade wie eine *Gabe.* »Ich möchte die Beweggründe der Menschen verstehen, die ich interviewe«, sagte sie.

»Und du.« Sein Blick wanderte zu Mercedes, als wäre es ein Tennisspiel. »Dein Stil ist etwas mehr bulldozerartig, aber du kannst eine anständige Story bekommen, wenn du dich durch jedes Hindernis durchboxst. Und du siehst…« Seine Stimme verlor sich. »Nun, du weißt schon.«

Sie *alle* wussten es. »Sie ist kamerabereit«, ergänzte Jessie.

»Danke.« Mercedes war eine Mischung aus Angelina Jolie und Wonder Woman mit einem Hauch Kätzchen für die gewisse Würze. Kaskaden von Haaren, die buchstäblich als *rabenschwarz* durchgingen, leuchtend braune Augen und ein Mund wie für eine Lippenstiftwerbung geschaffen. Und für schmutzigere Dinge. »Und du bist auch hübsch«, fügte Mercedes schnell hinzu.

Aber nicht ganz kamerabereit. Jessie hatte zu große grüne Augen, stumpf geschnittenes erdbeerblondes Bob-Haar, und ihre Sommersprossen mochten zwar niedlich sein, würden aber für den Visagisten viel mehr Arbeit bedeuten. Doch was war wichtiger für den *ITAL On Air* Job? Ein fesselndes Interview oder ein wunderschönes Gesicht?

»Kannst du zum Sendungsteil zurückkommen?«, drängte Jessie.

»Dazu komme ich gerade«, sagte er und pausierte für einen lauten Schluck Kaffee. »*ITAL On Air* eröffnet eine Moderatorenstelle.« Er schaute von einer zur anderen und zögerte den Moment hinaus. »Und die Liste der Kandidaten ist auf drei geschrumpft. Ein Außenseiter von einem Netzwerk und ihr beide.«

Mercedes kroch praktisch über seinen Schreibtisch. »Mac, du weißt, wie sehr ich diesen Job will.«

Wie sehr *sie* ihn wollte? *ITAL On Air* war der Grund, warum Jessie drei andere Jobangebote abgelehnt hatte, um diesen anzunehmen. Die Moderation einer Fernsehshow war ein lebenslanger Traum, auch wenn er in ihren späten Zwanzigern ins Wanken geraten war, als der Hund-frisst-Hund-und-pinkelt-dann-auf-den-anderen-Hund-Wettbewerb der Fernsehnachrichten sie fast zerbrochen hatte. Aber manche Träume starben schwer. Richtig schwer. Das Brennen in ihrer Brust versicherte ihr, dass ihre Karrierefantasie mit dreiunddreißig zumindest noch am Leben gehalten wurde.

Hatte sie ihrer Schwester nicht gerade bei der Taufe von Baby Brianna gesagt, dass sie nicht aufgeben würde, bis sie diesen Höhepunkt in ihrer Karriere erreicht hätte? Weil ihre Karriere ihr Leben sei, hatte Jessie gesagt, während sie wehmütig auf ihre neugeborene Nichte hinabblickte.

Und Stephanie hatte gelächelt… genau dasselbe herablassende, mitleidige, ich-weiß-du-wünschtest-du-wärst-wie-ich Lächeln, das sie gerade bei Mercedes gesehen hatte. Kein Wunder, dass es so vertraut aussah.

»Hört mir zu, meine Damen.« Mac riss ihre Gedanken zurück in die Gegenwart. »Die Verantwortlichen mögen euch beide und haben mich gebeten, einen kleinen freundschaftlichen Wettbewerb zu organisieren.«

»Das ist wohl ein Widerspruch in sich«, murmelte Jessie.

»Wer den besseren Get bekommt, gewinnt«, sagte er.

»Den besseren *Get*?«, fragte Mercedes. »Also, wer das beste Interview bekommt?«

»Genau das ist ein 'Get'«, erinnerte Jessie sie, ohne mit

den Augen zu rollen, was die Frage eigentlich verdient hätte. »Willst du erklären, wie das funktionieren soll, Mac?«

»Ihr habt beide zehn Tage Zeit, um einen Profilbeitrag für *ITAL On Air* zusammenzustellen. Zehn Tage, um einen schriftlichen Beitrag einzureichen, den wir, falls er nicht ausgewählt wird, trotzdem auf der Website verwenden können. Der ausgewählte Beitrag wird für eine *ITAL On Air* Folge produziert, und vorausgesetzt, ihr verbockt es nicht, bekommt ihr den Job.«

Jessies Gehirn ging bereits alle möglichen Themen durch, die sie in und um New York, ihrem »Revier« des letzten Jahres, gepflegt hatte. Sie war auf Dutzenden von Veranstaltungen, Spendenaktionen, Eröffnungen und Partys gewesen, und das hatte zu einer ziemlich beeindruckenden Kontaktliste geführt. Und zu einigen ausgezeichneten Profilbeiträgen.

»Ihr dürft beide über eure üblichen geografischen Gebiete hinausgehen. Jeder und alle kommen in Frage. Und ich möchte, dass eine von euch den Job bekommt, nicht irgendein Außenseiter.«

Natürlich wäre die Beförderung ein Pluspunkt für ihren Chef.

»Also habe ich eine Liste erstellt, die ihr in Betracht ziehen sollt, und schaut mal, ob ihr irgendwelche Verbindungen zu diesen Leuten habt.« Er zog einige Papiere aus seinen Stapeln und gab beiden eine Seite, eine Liste mit sechs oder sieben Namen, einige allgemein bekannt, aber einige...

Persönlich bekannt.

»Garrett Kilcannon«, sagte Jessie mit gedämpftem Flüstern.

»Du kennst ihn?«, fragte Mac.

»Äh, ja.« Sie kämpfte gegen ein Lächeln bei der ersten

Erinnerung, die ihr in den Sinn kam. »Er war der erste Typ, der meine Brüste angefasst hat.«

Sofort drehte sich Mercedes zu ihr um. »Er hat deine Brüste angefasst? Der Typ, der PetPic erfunden und es für, keine Ahnung, eine Milliarde Dollar verkauft hat?«

»Ja, aber damals war er noch nicht reich oder berühmt. Ich war fünfzehn und mit seiner Schwester befreundet.« Sie schweifte fast zwei Jahrzehnte zurück. »Wir haben in einem Hundezwinger rumgeknutscht.«

»Das ist ein Anfang«, sagte Mac, der etwas weniger beeindruckt klang.

»Nicht bei ihm«, entgegnete Mercedes. »Ich habe es versucht, als ich das Seattle-Revier hatte. Keine Chance. Keine Interviews, nicht eines, nie.«

»Ich glaube, ich erinnere mich…« Mac tippte auf sein Handy und kniff die Augen zusammen, als er auf den Bildschirm schaute. »Ja, hier ist es. Ein Artikel in *Forbes* vor drei Jahren. Sie haben ihn fertiggemacht.« Er blätterte durch die Story. »Anscheinend hat er seine Social-Media-Plattform zum Teilen von Haustierfotos an FriendGroup verkauft.«

»Wer hat das nicht?«, fragte Mercedes. »FriendGroup hat jeden möglichen Konkurrenten aufgefressen und in eine Tochtergesellschaft verwandelt.«

»Genau«, stimmte Mac zu, immer noch lesend. »Und er sollte die Tochtergesellschaft leiten, als sie verkauft wurde, aber ein paar Wochen nach dem Abschluss des Deals, ist er abgehauen. Sein Bruder, ein Anwalt, musste einiges regeln, um ihn aus der Leitung herauszuholen. Er verlor einen Haufen Aktienoptionen, und sein Ruf nahm auch Schaden. Sie drohten mit einer Klage…« Er überflog noch mehr. »Einiges ging schief, und Garrett Kilcannon ist in der Tech-Welt Persona non grata. Anscheinend ist er ein richtiges Arschloch.«

»Was?« Jessie dachte an den Jungen, den sie kannte, und den sie zuletzt gesehen hatte, als sie sechzehn war. »Garrett Kilcannon war einer der nettesten, lustigsten, warmherzigsten Typen, die ich je kannte.«

»Warm im Hundezwinger«, sagte Mercedes.

»Apropos Hunde«, fuhr Mac fort. »Er verließ Seattle und ging zurück nach North Carolina und eröffnete eine Art Hunderettungseinrichtung auf dem Familienanwesen. Meine Güte, das nenne ich einen tiefen Fall.« Mac schaute sie an. Es war ein Wunder, dass er nicht auf das Telefon sabberte, so sehr lief ihm das Wasser im Mund zusammen. »Da ist eine Geschichte vergraben, Jessie. So tief wie ein Hund einen Knochen vergräbt.« Er strahlte sie an. »Verstehst du, was ich meine?«

Diesmal verdrehte sie tatsächlich die Augen.

»Du wirst nie ein Interview mit ihm bekommen«, beharrte Mercedes.

»Wette, da gibt's aber echt richtig guten Dreck«, sinnierte Mac, ohne überhaupt auf Mercedes zu hören, während er Jessie anstarrte.

»Er ist zurück auf Waterford Farm«, flüsterte sie und spürte etwas tief in ihrem Bauch und in ihrer Seele. »Dieser Ort ist der Himmel auf Erden.« *Bis es Zeit ist, in die Hölle zurückzukehren.*

»Also, was – bist du in der Nähe dieses Typen aufgewachsen?«, fragte Mac.

»Ich habe praktisch in seinem Haus gelebt, von dem Zeitpunkt als ich neun war, bis ich sechzehn wurde. Seine Schwester und ich waren beste Freundinnen.«

»Hast du noch Kontakt zu ihr?«

Sie schüttelte den Kopf.

»Könntest du sie anrufen?«

Mac war manchmal unerbittlich. »Ich weiß nicht, Mac. Es ist, meine Güte, siebzehn Jahre her.«

»Das ist genau die Art von Interview, die sie haben wollen, Jessie.« Seine Oberlippe glänzte, ein sicheres Zeichen dafür, dass er eine Story witterte. »Jemand, den kein anderer hat. Jemand mit einer ordentlichen Geschichte, etwas Farbe und Dreck. Das ist doch deine Spezialität.«

»Ich habe eine bessere Idee«, sagte Mercedes und drängte sich in das Gespräch. »Lassen wir diesen Typen aus und ich besorge den CEO von FriendGroup. Das ist die wahre Geschichte. Er ist einer der reichsten Männer der Welt.«

Mac sah interessiert aus. »Könntest du ihn bekommen?«

»Natürlich. Ich kenne zufällig jemanden, der für eine Frau gearbeitet hat, die mit einem Typen geschlafen hat, der mit seiner Frau am College war.«

Mac fing an zu lachen. »Siehst du, was ich meine? Bulldozer.«

»Du hast Eierbrecherin gesagt«, erinnerte ihn Jessie.

Aber Macs Aufmerksamkeit hatte sich von Jessie zu ihrer Konkurrentin verlagert. »Versuch ihn zu bekommen, Mercedes. Ich denke, die Oberen *würden* das mögen. Sehr sogar. Wenn nicht, nutze deine Hollywood-Kontakte für einige dieser anderen Namen. Ich glaube, das ist es, was sie von dir erwarten.«

Sie nahm das Papier und faltete es effizient. »Wird erledigt. Jetzt gehe ich zum Blumenladen. Viel Glück mit deinem Hundetypen, Jess.«

Jessie bemühte sich nicht, auf die subtile Stichelei zu antworten.

»Jessie, hör mir zu,« sagte Mac leise, nachdem Mercedes weg war. »Im Vertrauen, unter uns, sie tendieren zu dir.«

Sie lehnte sich im Stuhl zurück, ließ seine Worte auf sich wirken, verarbeitete sie und überlegte, ob er mit ihr spielte oder sie zu motivieren versuchte.

»Ich weiß, du denkst Mercedes ist…« Mac suchte nach einem Wort.

Wunderschön. Besser. Gesegnet. »Eine beachtliche Konkurrenz«, sagte sie.

»Ja. Aber du bist eine überlegene Journalistin«, sagte er. »Ich denke, ihr, du weißt schon, *Stil* zählt viel, aber du hast das Können. Du musst deinen Zauber wirken lassen, und ich denke, dieser Kilcannon-Typ ist der perfekte Anfang.«

Sie spürte, wie ihre Schultern sanken, und schaute auf den Namen hinab, so verstrickt in der Vergangenheit und so lange her. »Die Verbindung ist… nicht mehr vorhanden.«

»Jede Verbindung ist bei dir so.«

Sie schaute bei der Anschuldigung auf, ein körperlicher Stich traf ihre Brust. »Entschuldigung?«

»Ich meine, du magst den Abstand zu Menschen.«

»Du hast gerade gesagt, ich reiße Geheimnisse und Tränen aus ihnen heraus.«

»Ja, so machst du es… *schriftlich.* Du bleibst emotional unbeteiligt, und das hat wunderbar für dich funktioniert, wie ein Therapeut, der in die dunklen Dinge der Menschen gräbt. Aber im Fernsehen? Völlig anders. Du musst eine Verbindung zur Kamera und zum Thema haben. Das wird deine Herausforderung sein.«

Sie starrte ihn an und nahm den Rat an, der, wie sie zugeben musste, Sinn ergab.

»Wenn du das schaffst?« fuhr er fort. »Mit deinen journalistischen Instinkten? Der Himmel ist die Grenze für dich, Jessie. Ist es nicht das, was du willst?«

War es das? Ein grenzenloser Himmel. Wetten, dass es da oben im All kalt ist. »Natürlich.«

»Das habe ich ihnen in der Besprechung gesagt. Deine Karriere ist alles. Mercedes, nun, sie heiratet diesen Wall-Street-Typen. Wer weiß, wie lange sie bleiben wird?«

Sie beäugte ihn und fragte sich, ob er subtil andeutete, dass Mercedes ein Baby bekommen und kündigen würde. Mac konnte erschreckend unaufgeklärt sein.

»Dieser Job ist dein Leben, Jessie, und das wissen sie oben in der Sendung, und ich weiß es auch. Ich werde dir helfen. Ich kann für dich Ausschau halten und dabei helfen, die Dinge an dieser Seite voranzutreiben.«

»Ich möchte fair und ehrlich gewinnen.«

Er schnaubte leise. »Dann werde ich einfach in deiner Ecke stehen, aber du musst mir die Geschichte eines Lebens liefern.«

Sie gab sich einem spöttischen Lachen hin. »Kein Druck oder so.«

»Komm schon.« Er legte seine Hände in Gebetsposition zusammen, als würde er sie anflehen. »Du weißt, wo dieser Typ wohnt, Jessie. Was hält dich zurück?«

Zur Waterford Farm zu gehen. Dieses alte Gefühl, von außen hineinzuschauen, die Sehnsucht, Teil von etwas Größerem zu sein, das Verlangen, dorthin zu passen, aber zu wissen, dass sie es nie könnte.

»Denn wenn du das nicht machst, wird Mercedes gewinnen, und ehrlich gesagt, es wird mir wehtun, dich auf dem zweiten Platz zu sehen.«

Zweiter Platz. War das nicht die Geschichte ihres Lebens?

Es sei denn… sie änderte es.

Kapitel Zwei

Garrett musste sich der Tatsache stellen, dass mit diesem Mädchen etwas ernsthaft nicht stimmte. Sie war natürlich hübsch, mit langen Läuferbeinen und diesen wunderschönen Augen, die direkt bis in die Seele eines Mannes blickten. Sie bewegte sich anmutig, hatte offensichtlich einen anständigen Verstand und eine unglaublich lange Zunge, wenn sie sie nur sinnvoll einsetzen würde.

»Lola, Baby«, flüsterte er. »Nur ein bisschen mehr. Bitte.«

Lola starrte ihn an, nicht trotzig, nicht verängstigt, sondern immer noch so verloren und distanziert und unlesbar wie bei ihrer Ankunft. Es war lange her, dass ein weibliches Wesen jeglicher Art Garrett Kilcannon auf diese Weise angesehen hatte. Besonders ein Rettungshund. Normalerweise waren sie ausgehungert nach seiner Art von Zuneigung.

Er schob die Schüssel näher heran, das Kratzen auf den Fliesen ein Echo seiner Frustration, dass er dieses Mädchen nicht heilen konnte. »Du musst essen, Schätzchen.«

Aber der Hund blieb flach auf dem Zwingerboden liegen, den Kopf auf dem Boden, und zeigte zum fünften Tag in Folge kein Interesse am Futter. Sie war jetzt seit fast zwei Wochen hier, und anfangs hatte er allerlei Potenzial in dieser Border-Collie-Australian-Shepherd-Mischung gesehen, die in einem Tierheim etwa eine Stunde entfernt zurückgelassen worden war.

Sie war erst einen Tag in diesem Tierheim gewesen, als Marie Boswell, eine Freiwillige, die ständig nach Hunden Ausschau hielt, die sie nach Waterford schicken konnte, anrief, um ihm von diesem besonderen Hund zu erzählen, der ohne Identifikation oder Erklärung zurückgelassen worden war.

Mit ihrer bekannten Rassenintelligenz und der Tatsache, dass sie eindeutig ausgebildet war, war Lola eine ausgezeichnete Kandidatin als Therapie- oder Servicehund.

Wenn er sie nur zum Fressen bringen könnte.

Sie hatte in ihrer zweiten Woche hier angefangen abzuschalten, nachdem die Neuheit verflogen war. Sie verfiel in eine trübsinnige Depression, weigerte sich zu laufen, ging selten nach draußen und war jetzt im Hungerstreik.

Er hatte das schon einmal gesehen, aber nie bei einem Hund, der keine Anzeichen von Missbrauch oder Vernachlässigung zeigte. Etwas sagte ihm, dass dieser Hund geliebt worden war, und Garrett sah einen klassischen Fall von Trennungsdepression vor sich.

Sie hatten ihr einen Tropf gelegt und versucht, ihr weiche Nahrung von Hand auf den Gaumen zu geben. Aber dieser Hund hatte keinen Lebenswillen, was einen Schmerz in seiner Brust verursachte, so real und stark, als hätte das Tier nach oben gegriffen und ein Stück aus seinem Herzen gebissen.

Er hatte noch nie komplett bei einem Hund versagt, aber er begann zu glauben, dass er kurz davor war. Auch keiner seiner Brüder konnte sie erreichen, obwohl sie beide begabte Hundeflüsterer waren. Seine Schwester Molly und sein Vater waren talentierte Tierärzte und hatten jeden Test durchgeführt, nur um festzustellen, dass Lola völlig gesund war. Darcy, sein jüngstes Geschwisterkind und die Tierpflegerin, hatte versucht, dem Hund wieder Leben einzuhauchen, aber auch das war gescheitert.

Er stand auf und öffnete Lolas übergroße Zwingertür etwas weiter, um sie in den Flur und zum Auslaufbereich einzuladen. »Willst du aufs Gras, Lola?«

Keine Reaktion. Sicherlich hatte ihr vorheriger Besitzer ein Kommandowort gehabt.

»Raus? Gassi? Pipi? Spielen?«

Aber Lola blieb erstarrt an ihrem Platz, starrte ihn an, als ob ihre Seele entfernt und durch... nichts ersetzt worden wäre. Verdammt.

»Es könnte ein guter Tag für dich sein, Lola«, sagte er sanft und blendete das Bellen der anderen Hunde in dieser Reihe des Rettungsbereichs der Zwinger aus. »Wir beginnen einen Trainingskurs, und du könntest Teil davon sein.« Er trat wieder näher und kauerte sich hin, um auf Augenhöhe mit ihr zu sein, streckte die Hand nach ihrem Kopf aus, aber sie drehte sich weg. Nicht, als ob sie Angst hätte, sondern traurig, dass er nicht derjenige war, den Lola vermisste.

»Komm schon, Baby. Sieh mich an. Wenn ich nur deine Augen...«

Plötzlich spitzten sich ihre langen, schlaffen Ohren ein wenig, und sie schnüffelte, ihr Blick ging an Garrett vorbei mit dem ersten Anzeichen von Interesse, das er seit langem gesehen hatte. Jemand musste in den Zwinger gekommen sein. Wahrscheinlich Molly, die Lolas Gesundheit sorgfältig überwachte und sich genauso um den Hund sorgte wie er.

»Komm her, Mädchen«, lockte er den Hund wieder und griff nach einem Leckerli, obwohl er aus Erfahrung wusste, dass sie darauf nicht ansprach.

Ihr Blick blieb an ihm vorbei gerichtet, und sie ignorierte ihn völlig. »Lola.« Er beugte sich näher, verengte seine Augen und wollte, dass sie gehorchte. »Ich flehe dich an, kleine Maus.«

»Oh, Entschuldigung.«

Er drehte sich bei der weiblichen Stimme um und blinzelte beim Anblick einer Frauensilhouette, die von den Fenstern und dem Oberlicht von hinten beleuchtet wurde.

Das war definitiv nicht Molly. Nicht mit endlosen Beinen in engen blauen Jeans und kniehohen schwarzen Stiefeln ohne einen einzigen Kratzer. Molly trug eine Tierarzttasche, keine schicke Handtasche. Und sie roch sicher nicht, als hätte sie sich in Zimt und Klee gewälzt.

»Kann ich Ihnen helfen?«, fragte er.

Bevor die Frau antwortete, stand Lola auf und bewegte sich zur Vorderseite des Zwingers, ebenso interessiert an der Neuankömmling wie er.

»Ich weiß es noch nicht.« Ihre Stimme war so leise, dass er näher kommen wollte, um kein Wort zu verpassen.

»Sind Sie hier fürs Training?«

Lola bellte einmal – zum ersten Mal seit vielen Tagen – und kam dann etwas näher, um an der Frau zu schnüffeln.

Könnte sie Lolas Besitzerin sein? »Gehört sie Ihnen?« Er stand auf, damit er sie sehen konnte, ohne dass das blendende Sonnenlicht einen Heiligenschein um sie herum bildete.

»Oh, nein. Ich bin hier wegen…« Ihre Stimme verstummte, als sie ihn ansah.

»Ein Rettungshund?«, sagte er hoffnungsvoll.

Sie musterte sein Gesicht und sah aus, als wollte sie etwas sagen, konnte aber die Worte nicht finden.

Er musterte sie genauso aufmerksam. Sie hatte das rötlich-goldene Haar eines Vizslas oder Setters, glänzend und glatt und genau am Kinn abgeschnitten, sodass es die Seiten eines zierlichen Kiefers streifte. Große grüne Augen erinnerten ihn an nordkarolinisches Gras nach einem starken Sommerregen, aber sie waren durchsetzt mit Neugier und Humor und… etwas vage Vertrautem.

Mehr als nur vage. Definitiv vertraut.

»Lieferst du einen Hund ab?«, schlug er vor, während er immer noch versuchte herauszufinden, warum eine perfekte Fremde durch die Zwinger wandern würde. Aber war sie überhaupt eine Fremde? Sie könnte als perfekt durchgehen, aber er hätte schwören können, dass er diese Frau kannte.

Und nach der Art, wie Lola sie ansah, könnte sie das gleiche Gefühl gehabt haben. Kein volles Wiedererkennen, aber mehr Vertrauen und Reaktion, als er bisher von diesem Hund gesehen hatte.

»Garrett, du erinnerst dich nicht an mich.«

Unglaublich, aber wahr. »Nein, das tue ich nicht«, gab er zu. »Tut mir leid.«

»Keine Sorge. Es sind siebzehn Jahre vergangen, und das letzte Mal, als du mich gesehen hast, waren wir in einem anderen Zwinger.« Sie deutete über ihre Schulter. »Ein älterer, viel kleinerer. Da drüben.«

Er suchte in ihrem Gesicht und durchforstete sein Gedächtnis, während er rechnete. Vor siebzehn Jahren war er achtzehn gewesen. »Hast du einen unserer Pflegehunde adoptiert?«

Sie lächelte und neigte ihren Kopf. »Wenn hier jemand ein Pflegling war, dann ich.«

Er fühlte, wie sein Kiefer locker wurde, als die Erkenntnis ihn traf. Mollys Freundin. Die Süße, die er einmal geküsst hatte. »Jessie? Jessie Curtis?« Der Name tauchte in seinem Kopf auf.

Lachend nickte sie und öffnete ihre Arme. »Genau die.«

»Heilige... wow.« Er trat vor, um ihr eine schnelle Umarmung zu geben. Und stahl noch eine aus reiner Freude darüber, wie warm und weich sie sich anfühlte. »Du bist erwachsen geworden.«

Ein Lachen sprudelte aus ihr heraus, als sie etwas zurückwich, aber ihre Hände immer noch leicht auf seinen Armen liegen ließ. »Das könnte ich auch von dir sagen.«

»Aber du siehst...« *Unglaublich aus.* »Richtig erwachsen aus.«

Sie ließ ihn endlich los und verschränkte ihre Arme, als ob sie sich schützen oder gegen den Drang ankämpfen würde, wieder zu umarmen. Sie neigte ihren Kopf, wodurch ihr Haar schwang und ihre Schulter streifte. »Willst du damit sagen, dass ich alt aussehe, Garrett?«

»Überhaupt nicht. Älter und...« *Wunderschön.* »Aber jetzt erkenne ich es. Die kleine Jessie Curtis, die zum Spielen mit Molly kam.«

Das brachte sie zum Lachen, und er erinnerte sich an das Kichern eines sommersprossigen Kindes, das an Molly klebte... bis sie sich in eine sehr hübsche Teenagerin verwandelte. Sie war ein fester Bestandteil am Esstisch der Kilcannons, als er in der High School war. Ein kleines

Mädchen, das plötzlich nicht mehr so klein war im Sommer, bevor er aufs College ging.

»Ich hatte keine Ahnung, dass du zu Besuch kommst. Warum hat Molly uns nichts gesagt?«

»Molly weiß es nicht«, sagte sie. »Niemand weiß es. Ich habe beschlossen, nach Bitter Bark zurückzukommen, um die Stadt zu sehen, in der ich aufgewachsen bin, und konnte einem Besuch auf Waterford Farm nicht widerstehen.« Sie gestikulierte herum. »Was sich ziemlich verändert hat.«

»Wir sind jetzt die größte Hundetrainings- und Rettungseinrichtung im Bundesstaat«, sagte er. »Meine Familie hat... *woah.*«

Er verlor seinen Gedankengang, als Lola, vergessen durch die neue Ankunft, noch näher trat und ihre Schnauze gegen Jessies Stiefel schmiegte.

»Hallo du.« Jessie bückte sich sofort, um den Hund zu streicheln.

»Das ist erstaunlich«, sagte er und griff automatisch nach Lolas Halsband, da Jessie eine Fremde war und Lola, obwohl fügsam, noch nicht von ihm trainiert worden war. »Lola leidet unter einem ziemlich schlimmen Fall von Hundeblues.«

»Bekommen Hunde auch Blues?« Jessie strich mit ihrer Hand über Lolas flauschigen hellbraunen und weißen Kopf, während Garrett beobachtete, wie Lolas Schwanz mit dem nächsten Anzeichen von Freude, an das er sich bei diesem Hund erinnern konnte, hin- und herwedelte. Er hatte diesen Schwanz tatsächlich noch kein einziges Mal wedeln sehen.

»Ja, nachdem sie umgezogen wurden oder jemanden verloren haben, den sie lieben. Sie war ein Streuner, also wissen wir nichts über sie. Außer dass sie dich offensichtlich mag. Sie geht zu niemandem.«

»Ahh.« Sie kratzte Lolas Kopf. »Ich frage mich, warum?«

Er schüttelte den Kopf und lächelte, weil der ganze Morgen eine unerwartet positive Wendung genommen hatte. »Hunde sind so. Sie mögen bestimmte Menschen und andere nicht. Düfte, Pheromone, Körpersprache. Es ist wie bei Menschen. Manchmal gibt es einfach… sofortige Chemie.«

Sie sah zu ihm auf und hielt seinen Blick fest.

»Sofortige Chemie?« Ihr Lächeln strahlte.

»Es kommt vor«, murmelte er, unfähig wegzuschauen, während die leichteste Röte ihre Wangen erhellte.

»Nun, das muss ich mir merken«, sagte sie und wandte ihre Aufmerksamkeit wieder Lola zu. »Wir haben Chemie, Fellnase.«

»Und es sieht so aus, als hättest du Erfahrung im Umgang mit Hunden. Hast du einen?«

»Nein, ich glaube nicht, dass meine zwei Mitbewohner und die zu kleine Brooklyn-Wohnung das verkraften könnten.«

Sie lebte in New York mit Mitbewohnern, was bedeutete, dass sie nicht verheiratet war. »Was machst du beruflich, Jessie?«

»Ich bin Schriftstellerin«, sagte sie, richtete sich auf, behielt aber eine leichte Hand auf Lolas Kopf. »Und wie geht es allen auf Waterford heutzutage? Arbeitet die ganze Familie hier?«

»So gut wie«, sagte er. »Nun, Aidan ist beim Militär im Ausland, und meine Mutter…« Er runzelte die Stirn. »Ich weiß nicht, ob du weißt, dass meine Mutter vor etwa drei Jahren gestorben ist.«

Ihre Schultern sackten nach unten. »Ich weiß. Es tut mir so leid. Ich habe sie geliebt, als wäre sie meine eigene

Mutter. Habe mir oft gewünscht, sie wäre es«, fügte sie wehmütig hinzu.

Er nickte dankend. »Es war schwer, sie so jung zu verlieren. Aber sie hat seitdem von oben auf Waterford herabgelächelt. Ihr Tod war der Katalysator, den wir brauchten, um dieses Unternehmen zu gründen.«

Lola drehte sich einmal im Kreis, nahm einen guten Geruch von Jessie auf, sah dann zu ihr hoch und bellte wieder.

»Ich habe sie seit Tagen nicht bellen gehört. Braves Mädchen, Lola.« Er streckte die Hand aus, um sie zu streicheln, aber Lola trat näher zu Jessie, was ihn zum Lachen brachte. »Ehrlich gesagt hat dieser Hund mich nur verwirrt, bis du aufgetaucht bist.«

Lola begann ein wenig zu laufen und schaute über ihre Schulter zu Jessie, mit einem flehenden Blick in ihren Augen.

»Was will sie?«, fragte Jessie.

»Ich würde sagen, sie ist jetzt bereit, nach draußen zu gehen, und will dich dabei haben.« Garrett konnte das unverhüllte Staunen in seiner Stimme nicht verbergen. »Hast du irgendwelche Pheromone aufgetragen oder so?«

»Nichts außer dem Üblichen.«

»Kannst du mit ihr rausgehen? Ich versuche seit Stunden, sie nach draußen zu bekommen.«

»Natürlich.« Sie folgte Lola, die plötzlich in einen Trab verfiel, aber alle zwei Schritte nach Jessie schaute.

Er blieb einen Moment zurück, lange genug, um den beiden einen Vorsprung zu lassen und die unglaublichen Fortschritte zu bewundern, die Lola gemacht hatte.

Und wie verdammt gut Jessie Curtis in Jeans aussah.

Welche Pheromone sie auch immer ausströmte, sie wirkten auf jeden Fall.

Sie konnte das nicht tun.

Jessie war schon ein Nervenbündel, und das nicht, weil Garrett Kilcannon von einem wirklich süßen Teenager zu einem absoluten Prachtkerl herangewachsen war.

Sie konnte nicht dastehen und ihn *anlügen*. Sie hatte bereits genug Recherchen über ihn und Waterford angestellt, um die Antworten auf Fragen zu kennen, die ein normaler »Besucher« nicht wissen würde.

Natürlich hatte sie Annie Kilcannons Todesanzeige gefunden und hatte geweint, weil sie nicht einmal gewusst hatte, dass die liebe Frau gestorben war. Und es gab viele Geschichten im *Bitter Bark Banner* über die neue Anlage in Waterford während des Baus.

Davor gab es Geschichten über den gutaussehenden jungen Unternehmer, dessen Tierliebe ihn dazu inspirierte, vor fast zehn Jahren eine Social-Media-Seite zum Teilen von Tierfotos zu gründen, die zu einer Internet-Sensation wurde. All das wusste sie bereits.

Aber nachdem das Unternehmen an die Mega-Seite FriendGroup verkauft worden war und *Forbes* diesen fiesen Artikel über Garretts Vertragsbruch und seine Weigerung, die Tochtergesellschaft zu leiten, veröffentlicht hatte, gab es nichts mehr über ihn in den Medien. Nicht einmal ein Foto.

Das war teilweise der Grund, warum sie so schlecht darauf vorbereitet war, wie unverschämt heiß er in Person war. Groß, durchtrainiert, dunkel, und er hatte immer noch diese Grübchen, die eigentlich verboten sein sollten.

Natürlich hatte sie vergessen, wie sexy ein langsamer, südlicher Akzent sein konnte. Er hatte seine Haare etwas länger wachsen lassen, sodass sie in seidigen schwarzen

Wellen über seinen Kragen fielen. Er trug diesen kleinen Bart-Ansatz, der bei manchen Männern berechnet aussah, aber bei ihm wirkte es… als würde Morgensex einen kleinen Hautabrieb hinterlassen.

Morgensex?

Sie hatte gerade dagestanden und ihn angelogen. Das machte sie zu nichts anderem als einer zweitklassigen Journalistin ohne Ethik. Sie hatte überhaupt kein Recht, hier zu stehen und an Morgensex zu denken.

Sie müsste ihm etwas sagen. Etwas, das zumindest nahe an der Wahrheit lag, damit sie herausfinden konnte, ob es überhaupt eine Chance gab, dass er dieses Interview geben würde. Wenn die Antwort nein lautete, würde sie nicht in Waterford bleiben, um in Erinnerungen an ein Leben zu schwelgen, das sie nie gehabt hatte. Sie würde zurück nach New York fahren und einen anderen Interviewpartner finden, denn sie wollte nicht Zweiter werden.

»Waterford sieht also anders für dich aus?«, fragte er und holte Jessie und den Hund mühelos ein.

»Alles sieht anders aus.« Sie blickte zu ihm auf und saugte den Anblick von Garretts »schwarzirischen« Aussehen auf, die dunklen Haare und die schmerzlich blauen Augen. Er war kein schlaksiger Teenager mehr, sondern ein gut gebauter Mann, der ein weißes T-Shirt und Jeans perfekt ausfüllte. »Naja, das Haus sieht gleich aus«, sagte sie und merkte, dass sie ihn anstarrte. »Wohnst du dort?«

»Oh nein. Ich habe ein Haus näher an der Stadt, aber meine Oma Finnie ist nach dem Tod meiner Mutter wieder eingezogen«, sagte er, sein Blick wanderte zum Haupthaus, das auf einer Anhöhe stand und auf die Hügel und darüber hinaus bis zu den Gipfeln der Blue Ridge Mountains blickte. »Und Darcy wohnt dort, wenn sie nicht gerade ihr Reisefieber stillt. Dad ist also nicht allein, was gut ist.«

Sie betrachtete das buttergelbe Holzhaus mit den dunkelgrünen Fensterläden und den vielfältigen Dachlinien, die über die Jahre durch Mrs. Kilcannons An- und Umbauten des historischen Hauses entstanden waren. Mit einer umlaufenden Veranda, riesigen Schattenbäumen und drei Schornsteinen, aus denen im Winter unweigerlich Rauch puffte, hatte Waterford immer noch die Fähigkeit, sich in ihr Herz zu bohren und es zu verdrehen.

Es war nicht das Haus, das nordkarolinisch bilderbuchhaft war. Jeder konnte ein hübsches Haus bauen. Es war die Essenz von Wärme, Familie, Liebe und Freude, die jeden Winkel dieses Ortes durchdrang. Waterford war ein Zuhause, und die Kilcannons waren etwas Besonderes.

Eine Sehnsucht, so real wie damals, als sie ein junges Mädchen war, breitete sich in ihrer Brust aus und schnürte ihr die Kehle zu.

»Es ist immer noch so wunderschön«, brachte sie heraus.

»Stimmt. Es war so einfach, zurückzukommen und dieses Unternehmen aufzubauen.«

Was direkt zum Kern ihrer ersten Frage als Interviewerin führte: Warum hatten er und die Hälfte seiner Geschwister eines der bekanntesten und erfolgreichsten Unternehmen der Welt verlassen und waren nach Bitter Bark zurückgekehrt, um eine Hundeauffang- und Trainingseinrichtung zu gründen?

Aber wenn sie das fragte, hatte das Interview dann begonnen? Schuldete sie ihm nicht zuerst die Wahrheit?

»Es war alles die brillante Idee meines Vaters«, sagte er ohne jegliche Aufforderung. Weil er dachte, sie wäre eine alte Freundin.

»Wirklich?«

»Am Tag nach dem Tod meiner Mutter waren wir alle hinten bei einigen der Pflegehunde, als mein Vater herauskam und uns den Verstand wegblies.«

»Wie?« Sie versuchte, sich die Szene vorzustellen, konnte aber nur daran denken, wie sehr diese riesige Brut gelitten haben muss, als sie Annie verloren, eine starke, schöne, fröhliche Frau, die nie vom Chaos in ihrem Haus aus der Fassung gebracht zu werden schien.

»Er fing an... zu laufen.«

Sie runzelte die Stirn, verstand nicht. »Allein?«

»Nein. Er ging rüber zu einer Stelle, wo nur Gras war«, – er zeigte auf das lange, große Gebäude, das sie gerade verlassen hatten – »und erzählte uns, dass hier der neue Hauptzwinger sein würde. Dann führte er uns dort drüben hin.« Diesmal zeigte er auf ein anderes, zweistöckiges Holzgebäude mit langen Flügeln an beiden Seiten. »Das würden Trainingsräume und Studentenwohnungen werden. Und dann der Trümmerhaufen dahinter.«

»Trümmerhaufen?«

»Jetzt ist es einer. Damals war es ein Feld. Jetzt ist es speziell gestaltet, um Spürhunde auszubilden. Und dahinter ist ein riesiges Trainingsgelände mit einem Bereich, wo Therapiehunde ausgebildet werden, und dort drüben, auf der anderen Seite? Da ist Mollys Tierarztpraxis und Darcys Hundesalon. Alles gebaut rund um diesen Trainingsplatz.« Er deutete auf den großen, eingezäunten Bereich, der sich wie ein Herz im Zentrum von allem anfühlte.

»Papa beschrieb das alles und fragte, ob wir das verwirklichen wollten. Und wenn ja, würde er uns das Land auf der Stelle überschreiben.« Er grinste. »Man musste nicht lange nachdenken, um ja zu sagen.«

Also deshalb hatte er sein altes Leben hinter sich gelassen. Davon stand nichts in *Forbes*. Aber Mac hatte recht – Garrett Kilcannon hatte eine Geschichte, wie gemacht für *ITAL*. »Das Ganze ist so brillant und so... *Kilcannon*.«

Er lachte. »Weißt du, sie nennen meinen Vater nicht umsonst den Dogfather. Und an diesem Tag, wie er die Geschichte gerne erzählt, machte er uns ein Angebot, das wir nicht ablehnen konnten. Alle sechs von uns bekamen einen gleichwertigen Teil des Geländes mit der Auflage, Waterford Farm in eine erstklassige Hundeeinrichtung zu verwandeln.«

Jessie sehnte sich danach, ein Notizbuch oder ihr Handy herauszuholen, um die familienbasierte Geschichte aufzuzeichnen, von der sie wusste, dass sie eine emotionale Grundlage für ihren Artikel sein würde. Den Artikel, von dem er noch nicht wusste, dass sie ihn schreiben wollte.

Schuld kroch ihr den Rücken hoch.

»Es gibt hier noch mehr zu sehen«, fuhr er fort, Stolz in jeder Silbe. »Wir haben speziell für Hunde gestaltete Wanderwege und einen Trainingspark für Polizeihunde, wo diese Jungs« – er zeigte auf eine Gruppe Deutscher Schäferhunde in einem kleineren Zwinger-im-Zwinger, ein paar hundert Meter entfernt – »in ein paar Minuten hingehen werden. Die K-9-Polizeiabteilung wird von Liam geleitet. Erinnerst du dich an meinen ältesten Bruder?«

»Er hat mir ein bisschen Angst gemacht«, gab sie zu.

»Mr. Groß, Dunkel und Bedrohlich macht allen Angst. Er war Militärhundeführer und hat jetzt eines der besten K-9-Trainingsprogramme des Landes aufgebaut. Polizei- und Sheriffabteilungen aus dem ganzen Land bringen Hunde und Trainer nach Waterford.«

»Und du leitest die Rettungsorganisation?«

»Mehr oder weniger«, sagte er und steckte die Hände in

die Vordertaschen seiner Jeans. »Ich unterstütze Shane bei allen zivilen Trainingsangelegenheiten und manage das Personal. Seine Gruppe macht privates Training, Therapie- und Servicehundeausbildung und Spezialprojekte. Aber mein Herz schlägt für den Rettungsaspekt.«

»Und du hast gesagt, Aidan ist beim Militär, richtig?« Eine Frage, die jede alte Freundin über den nervigen kleinen Bruder ihres Freundes stellen würde, der ihnen immer Streiche gespielt hatte.

Garrett lächelte langsam bei der Erwähnung seines jüngeren Bruders. »Der Kerl ist ein Biest. Buchstäblich ein Night Stalker.«

Ihre Augen weiteten sich. »Was ist das?«

»Er ist ein Hubschrauberpilot bei den Spezialeinsatzkräften, derzeit irgendwo stationiert, wo er es uns nicht sagen kann. Er kann aber alles fliegen, und wenn dieser Einsatz vorbei ist und er aussteigen kann, versuche ich, ihn nach Hause zu holen, damit er Rettungshunde zu neuen Besitzern im ganzen Land fliegen kann. Ich denke, wir können einen der fortschrittlichsten Rettungs-Vermittlungsbetriebe des Landes haben.«

Mehr emotionales Gold, das über seine Lippen kam.

Sie ließ ihren Blick über die atemberaubende Landschaft schweifen, während die Journalistin in ihr bereits über Wege nachdachte, die beeindruckende Kulisse für ein bemerkenswertes Unternehmen zu beschreiben... so anders als die Hightech-Welt, in der Garrett früher gearbeitet hatte.

Das alles warf so viele Fragen in ihrem neugierigen Kopf auf, die Geschichtsfäden begannen bereits, sie in verschiedene Richtungen zu ziehen. Sie *musste* es ihm sagen.

»Garrett, äh, weißt du, ich habe erwähnt, dass ich Schriftstellerin bin.«

»Ja, ja«, sagte er schnell und schüttelte den Kopf. »Es tut mir so leid. Ich plappere über Waterford. Was schreibst du? Romane?« Er hob die Augenbrauen. »Das wäre ein cooler Job.«

»Nein, vielleicht irgendwann, aber jetzt arbeite ich als Journalistin. Ich schreibe Artikel.«

»Eine Journalistin.« Dieser lässige Tonfall bekam plötzlich eine leichte Schärfe. »Welche Art von Artikeln?«

Tiefgehende Profile von Menschen wie dir. Aber mit diesem Eingeständnis würde dieses Gespräch wahrscheinlich enden. Das wusste sie einfach. Das Einzige, was in den letzten drei Jahren über Garrett Kilcannon geschrieben wurde, waren die Worte *lehnte eine Stellungnahme ab*.

So sehr sie ihm auch die ganze Wahrheit sagen wollte, und sie würde es tun, sie musste es tun, sie war noch nicht bereit, den Sonnenschein und die Herrlichkeit von Waterford Farm zu verlassen. Eine Welle von Déjà-vu überrollte sie fast, als sie sich an die letzte Nacht erinnerte, die sie hier verbracht hatte und wie sie sich an Molly geklammert hatte, als ihre Mutter und Schwester im Auto warteten, um sie zum Flughafen zu bringen, damit sie nach Minnesota fliegen konnte... allein.

»Ich schreibe für ein Online-Magazin«, antwortete sie schließlich.

Er musterte ihr Gesicht für einige Sekunden, eine ganze Menge unentschlüsselbarer Emotionen blitzten in seinen blauen Augen auf. Plötzlich wanderte sein Blick ab, zu dem Hund, den sie hierher gebracht hatten. Mit jeder verstreichenden Sekunde schaffte es Lola, ihren langen Körper einen Zentimeter näher an Jessies Stiefel zu schieben.

Genau das Gegenteil von Garrett, der sich zurückzuziehen, nach innen zu kehren und sich zu entfernen schien.

»Ich sollte diesen Hund zurückbringen, um zu sehen, ob wir sie füttern können«, sagte er schnell. »Wenn du Molly begrüßen willst, sie ist heute Vormittag in der Stadt. Sie hatte eine Operation in ihrer Praxis dort, aber sie kommt zurück. Du kannst hier bleiben und... Spaß haben. Ich denke, wir sehen uns, Jessie.«

Mit anderen Worten, leb wohl. Ihr Herz sank bei dem plötzlichen Wechsel von Interesse zu Eis. »Ja, okay.«

»Komm, Lola.«

Der Hund hatte ihren gesamten Körper auf Jessies Stiefel gelegt und sich so um sie gewickelt, dass sie sie effektiv festhielt. »Lola will nicht, dass ich gehe«, sagte sie mit einem Lachen, das hoffentlich den Schmerz in ihrer Stimme überdeckte.

»Lola.« Er kniete sich hin, um seine Finger unter ihr Halsband zu schieben, zog sie dann aber wieder zurück und stand langsam auf. »Sie war so unglücklich, ich hasse es, sie zum Aufstehen zu zwingen.«

»Ich könnte einfach eine Weile hier stehen bleiben«, scherzte sie.

Er lachte. »Tut mir leid, aber ich glaube nicht-«

»Wen haben wir denn hier?«

Jessie drehte sich bei der dröhnenden Stimme um und spürte, wie ihr ganzes Gesicht beim Anblick von Dr. Kilcannon, dem Hundevater, dem *besten* Vater, der aus dem Haus auf sie zukam, aufleuchtete.

»Oh, hallo!« rief sie. Sobald sie einen Schritt machte, sprang Lola auf und schlich davon, wieder misstrauisch.

Garrett schnappte ihr Halsband. »Ich bringe sie rein. Geh und sag meinem Vater hallo. Ich bin sicher, er wird sich an dich erinnern.«

»Okay.« Die Abfuhr schmerzte, aber sie verbarg es.

»Schön, dich zu sehen, Jessie«, sagte Garrett über seine Schulter, aber irgendetwas sagte ihr… dass es nicht so schön war. Und es war höchstwahrscheinlich das letzte Mal.

Mit einem Seufzer winkte sie Dr. Kilcannon zu. Wenigstens würde sie die Chance haben, mit ihm zu plaudern, bevor sie Waterford verlassen musste… so enttäuscht und unerfüllt wie beim ersten Mal.

Kapitel Drei

Als Daniel Kilcannon Jessie schließlich in seine eigene, unnachahmliche Wärme gehüllt, darauf bestanden hatte, dass sie mit ihm auf die Terrasse zum Kaffeetrinken kommen sollte, und sie sich wie eine verlorene Tochter gefühlt hatte, auf die er fast zwanzig Jahre gewartet hatte, traf Jessie eine Entscheidung.

Sie würde ihm den wahren Grund ihres Besuchs erzählen. Vielleicht verstand sie Garrett falsch, oder er würde dem Interview zustimmen, wenn sein Vater ihn darum bitten würde. Sie war sich über das Ergebnis nicht sicher, aber sie vertraute diesem Mann vollkommen.

Und sie würde sich in den Hintern treten, wenn sie zu schnell aufgeben würde.

»Na, wie geht's meinen kleinen Windhundbeinen?«, fragte Daniel, als er ihr eine Tasse heißen Kaffee reichte und sich auf eine Rattancouch ihr gegenüber setzte. Er war immer noch ein gutaussehender Mann, obwohl er ungefähr sechzig sein musste, vielleicht etwas jünger, wenn sie sich richtig erinnerte. Etwas über einen Meter achtzig, und so robust gebaut wie ein Mann halb so alt. Sein dunkles Haar war größtenteils silber geworden, seit sie ihn zuletzt gesehen hatte, aber sein Kiefer war kantig, sein Gesicht nur leicht faltig, und seine Augen waren immer noch so blau wie die, in die sie gerade eine halbe Stunde lang gestarrt hatte.

Aber Dr. K war schon immer eine Mischung aus imposant und einladend gewesen, mit einer Art, sich auf eine Person zu konzentrieren, als wäre sie in diesem Moment das Einzige, was zählte. Und genau so sah er sie jetzt an.

»Windhundbeine.« Jessie lachte. »Ich hatte völlig vergessen, dass du mich so genannt hast.«

»Aus gutem Grund«, neckte er sie und deutete auf ihre Beine. »Du warst das dünnste Ding, das ich hier je gesehen habe.«

»Ich hatte nie etwas gegen diesen Namen«, sagte sie. »Molly hat mir erzählt, dass ein Vergleich mit einem Hund in der Familie Kilcannon höchstes Lob ist. Und ich bin gerührt, dass du dich noch an mich erinnerst, Dr. K.«

»Du und Molly wart unzertrennlich, und ich habe dich damals als eine von uns betrachtet.«

Und wie sehr sie sich das gewünscht hatte. »Ich habe es hier geliebt. Ich habe deine ganze Familie geliebt, und es tut mir so, so leid, dass ihr eure wunderbare Frau verloren habt. Annie war eine unglaubliche, wundervolle Frau.«

Seine Augen wurden traurig, aber er schaffte ein Lächeln. »Danke, Liebes. Sie war eine von einer Million, meine Annie. Aber erzähl mir von deinem Leben. Verheiratet, Kinder, berufstätig?«

»Das Letztere«, sagte sie. »Nicht verheiratet, keine Kinder, aber ich habe einen tollen Job, der mich voll und ganz in Anspruch nimmt.«

»Nicht verheiratet, hm?« Sein Gesichtsausdruck änderte sich ein wenig, so leicht, dass sie es nicht ganz deuten konnte. Enttäuschung? Überraschung? »Also, was ist das für ein vereinnahmender Job?«, fragte er.

»Ich bin Journalistin bei einem Verlag namens ITAL, was eine Abkürzung für *Inside the A List* ist. Hast du davon gehört?«

Seine Augenbrauen runzelten sich. »Könnte sein. Was genau machst du?«

»Ich schreibe Profile über Menschen. Tiefgründige Geschichten, die so etwas wie Mini-Biografien sind.«

»Wirklich. Klingt interessant.«

»Oh, das ist es«, versicherte sie ihm und stellte die Tasse ab, um sich ein wenig näher zu lehnen. »Tatsächlich bin ich nach Waterford gekommen, um genau so ein Interview mit Garrett zu führen.«

Seine immer noch schwarzen Augenbrauen hoben sich. »Hmmm. Wie ist diese Anfrage angekommen?«

»Ich habe ihn eigentlich noch nicht gefragt«, sagte sie und stellte gedanklich ihren Vorschlag zusammen. »Aber ich denke, er wäre ein faszinierendes Thema. Er hatte außergewöhnlichen Erfolg beim Aufbau und Verkauf eines Unternehmens, besonders jetzt, wo er ein anderes Projekt gestartet hat, das anders, aber in mancher Hinsicht ähnlich ist. Es geht immer noch um Tiere, nur nicht mehr um Programmierung.«

Er war für einen langen Moment still, lange genug, dass sie sich auf die Lippe biss und wünschte, dieser Pitch wäre nicht so direkt gewesen. Wenn er etwas über *ITAL* wusste, und das taten viele Leute, dann wüsste er, dass ihre Publikation keine *Schönfärber*-Artikel schrieb.

»Wenn du deine Hausaufgaben gemacht hast«, sagte er schließlich, »und ich nehme an, das hast du, dann weißt du, dass es schwierig wäre, Garrett für so etwas zu gewinnen.«

Sie lächelte angespannt. »Das habe ich und ich weiß das. Denkst du, er wird nein sagen?«

»Das wird er«, antwortete er.

Sie seufzte aufrichtig enttäuscht. »Nun, ich musste es versuchen. Und es war toll, Waterford wiederzusehen. Ich würde gerne Molly treffen, bevor ich abreise. Ist sie in der Nähe?«

Wieder antwortete er lange nicht, musterte sie mit diesen durchdringenden Augen, sein scharfer Verstand arbeitete so intensiv, dass sie es sich bildlich vorstellen konnte. Nur hatte sie keine Ahnung, wohin diese Gedanken führten.

»Ich wünschte, du könntest bleiben«, sagte er.

»Ich auch.«

»Weil…« Sein Blick wanderte zurück zum entfernten Hof, genau zu der Stelle, wo sie mit Garrett gestanden hatte. »Er hat mit dir gelacht.«

Bis er es nicht mehr tat. »Über Lola«, sagte sie.

»Aber er hat gelacht.«

Ihr journalistischer Instinkt schaltete auf Hochtouren, und Macs Einschätzung des *Forbes*-Magazin-Artikels kam ihr wieder in den Sinn. *Anscheinend ist er ein echter Mistkerl.* »Ist das ungewöhnlich?«, fragte sie.

Dr. K spielte mit seinem Kaffeebecher auf dem Tisch neben ihm. »Ich habe eine Idee«, sagte er.

»Okay«, sagte sie langsam. Aber wenn seine Idee kein Interview mit Garrett beinhaltete, würde es nicht funktionieren. »Was denn?«

»Warum bleibst du nicht eine Weile hier?«

»Ich würde gerne«, sagte sie. »Aber ich habe einen Abgabetermin für eine wichtige Story, und wenn Garrett nicht mein Thema sein wird, dann muss ich ein anderes finden. Es ist… wichtig.« Sie wollte eigentlich nicht erklären, dass ihre Zukunft davon abhing.

»Du hast nicht ein oder zwei Tage?«

»Ich habe wirklich nicht, Dr. K. Ich muss anfangen zu interviewen und zu schreiben.«

»Aber was wäre, wenn du *wirklich* mit den Interviews beginnen würdest?«, fragte er. »Sicherlich musst du Hintergründe und andere Informationen sammeln. Was, wenn du etwas Zeit hier verbringen würdest, vielleicht an dem Hundetraining-Kurs teilnehmen würdest, der heute Morgen beginnt? Es ist für Leute, die darüber nachdenken, sich als professioneller Hundetrainer zertifizieren zu lassen, was wir in einem viel längeren Kurs anbieten.«

Irgendetwas sagte ihr, dass was auch immer Mercedes gerade in diesem Moment tat, es definitiv keine Kurse waren, um Hundetrainerin zu werden. »Das klingt wunderbar, aber-«

»Garrett unterrichtet auch. Und du könntest Zeit mit ihm verbringen.«

Worauf wollte er hinaus? Garrett anlügen? Kommt nicht in Frage. »Ich muss ihm die Wahrheit sagen, Dr. K. Ich werde ihn nicht interviewen, ohne dass er weiß, was ich tue. Das wäre unethisch.«

»Natürlich, ich verstehe das«, sagte er. »Und ich respektiere das, aber wenn er sich mit dir wohlfühlen würde, ein bisschen mehr lachen würde…«

»Ich müsste trotzdem ehrlich sein, was meinen Beruf angeht und worüber ich schreibe.« Es kam für sie nicht in Frage, irgendjemanden unter falschen Voraussetzungen zu interviewen.

»Ich muss dir etwas sagen«, sagte Dr. K. »Ich werde brutal ehrlich sein.«

»In Ordnung.«

»Ich möchte, dass du diese Geschichte über Garrett schreibst. Ich würde gerne sehen, wie jemand die *richtige* Geschichte erzählt, die ein Licht darauf werfen könnte, wer er wirklich ist, wie er unermüdlich ein Tier nach dem anderen rettet, angetrieben von seiner tiefen Liebe zu Hunden. Die letzte Schlachterei, die über ihn geschrieben wurde…«

»In *Forbes*«, sagte sie leise.

Seine kräftigen Schultern senkten sich mit einem Seufzer. »Ja. Nicht, dass es unwahr wäre; er hat sich tatsächlich entschieden, seinen Vertrag zu brechen, aber er tat es hierfür.« Er machte eine ausladende Handbewegung, die ganz Waterford einschloss. »Und für die Rettungen. Er würde lieber Hunde retten, als das Unternehmen eines anderen aufzubauen. Aber dieser Reporter hat ein so düsteres Bild von ihm gezeichnet, und seitdem das veröffentlicht wurde, ist er verschlossen. Eigentlich seit er aus Seattle zurückgekommen ist, ist er nicht mehr der Garrett, der er früher war. Ich sehe Anzeichen, aber er lacht nicht mehr wie früher. Ich verstehe es nicht.«

»Er hat seine Mutter verloren«, schlug sie vor. »Könnte das der Grund sein?« Denn, ehrlich gesagt, es würde viel mehr als eine unvorteilhafte Geschichte in den Medien brauchen, um einen Mann wie Garrett zu verändern. Da musste mehr unter der Oberfläche sein.

Was natürlich ihre Hände juckte, um nachzugraben und zu entdecken.

»Sie alle haben ihre Mutter verloren, und ich habe die Liebe meines Lebens verloren. Das verändert einen Menschen, ja, aber nicht so. Und ich weiß, dass nichts, was du schreibst, ihn zurückbringen wird, aber vielleicht würde er ein wenig von dieser Mauer verlieren, die er um sich herum errichtet hat.«

Und sie war die *Mauer-Brecherin.*

»Also nein, ich möchte nicht, dass du ihn täuschst, Jessie. Das wäre falsch. Aber wenn du einfach ein bisschen rumhängst, ein oder zwei Tage, glaube ich, könnte er… das genießen. Und dann kannst du es ihm sagen. Und vielleicht, nachdem er dir ein wenig vertraut, wird er dem Interview zustimmen.«

Sie saß ganz still und dachte darüber nach, überlegte die Konsequenzen. »Ich glaube nicht, Dr. K.«

»Schon gut, schon gut. Ich sollte mich sowieso nicht einmischen. Ich wette, du möchtest Molly sehen.«

So sehr. »Sie ist in der Stadt und operiert, richtig?«

»Aber sie wird bis elf zurück sein. Warum nimmst du nicht wenigstens an der morgendlichen Tour für die Klasse teil? Ich denke, du wirst Spaß daran haben zu sehen, was aus Waterford geworden ist. Das Letzte auf der Tour ist ein Stopp an der Tierarztpraxis, und dann könntest du vielleicht am ersten Kurs teilnehmen. Es würde dir eine weitere Chance geben, mit Garrett zu sprechen. Nur noch ein Versuch, Jessie. Du könntest ihm gleich nach dem Kurs sagen, warum du hergekommen bist, und schauen, was er sagt.«

»Okay«, stimmte sie zu. »Du bist überzeugend, Dr. K.«

»Das sagen sie alle, Whippet-Beine. Das sagen sie alle.« Er stand auf und griff nach ihrer Hand. »Aber nur, weil ich möchte, dass meine Kinder glücklich sind, das versichere ich dir.«

»Ich hoffe, sie wissen, wie glücklich sie sich schätzen können.«

Die Tour durch Waterford Farm fühlte sich endlos an, aber das könnte daran liegen, dass Jessie begierig darauf war, Garrett Kilcannon wiederzusehen, und nicht daran, dass die Hundetrainingsanlage nicht beeindruckend wäre.

Doch als sich die kleine Gruppe von sechs Studenten und einer Trainerin namens Allison dem letzten gelben Holzgebäude auf dem Gelände näherte, sah Jessie das Schild für die Kilcannon Tierarztpraxis. Sofort vergaß sie einen Kilcannon und freute sich darauf, einen anderen zu sehen.

Würde Molly sie erkennen? Würde die Verbindung noch da sein? Sie waren im Grunde noch junge Mädchen gewesen, erst sechzehn, als sie sich das letzte Mal umarmt und tränenreich versprochen hatten, wöchentlich zu schreiben und monatlich anzurufen. Aber sie hatten fast sofort den Kontakt verloren, nachdem Jessie weggezogen war. Aber E-Mail war damals nicht die Kraft, die sie heute ist, und es gab weder SMS noch soziale Medien. Nach ein paar unbeholfenen Versuchen mit handgeschriebenen Briefen und einigen verpassten Anrufen ließ Jessie ihre Freundschaft einschlafen. Es tat zu weh, daran zu denken, was sie hier unten verpasste, nachdem sie nach Minnesota umgezogen war.

Jessie hatte im Laufe der Jahre daran gedacht, Molly zu kontaktieren, aber es war so viel Zeit vergangen. Aber jetzt schien das albern. Sie hatten ihre prägenden Jahre gemeinsam durchlebt, und Molly war an ihrer Seite gewesen, als Jessie vor Elend weinte, weil sie nach Minnesota ziehen musste. Ihre Welt war auf den Kopf gestellt worden, und einer ihrer größten Verluste war Molly gewesen.

Gerade dann öffnete sich die Tür der Tierarztpraxis und eine Frau trat in den Sonnenschein hinaus, um die

Gruppe zu begrüßen. Jessie atmete leise ein, als ihr klar wurde, dass sie Molly Kilcannon vor sich hatte.

Sie war zu einer wunderschönen Frau herangewachsen, und der Funke, das Lächeln und die Keckheit, die Molly zu einer besonderen Person machten, hatten sich nicht verändert. Und sie war ein Spiegelbild von Annie Kilcannon geworden, mit denselben weiten haselnussbraunen Augen, denselben dicken schokoladenfarbenen Locken mit Strähnen von Karamell und Gold, derselben intelligenten Stirn und dem wohlgeformten Kinn.

»Willkommen, Waterford-Schüler«, sagte sie zu der kleinen Gruppe mit einem breiten Lächeln, während sie einen Fuß höher auf der Türstufe blieb. »Ich bin Doktor Molly, und ich bin die...« Ihre Stimme stockte, als ihr Blick über Jessie wanderte und dann wieder zurückkehrte. »Ich bin die Tierärztin für-« Sie hielt inne und starrte Jessie an, was dazu führte, dass ein paar Leute sich umdrehten und schauten, aber Jessie gab ein beruhigendes Lächeln. Molly versuchte es erneut. »Ich bin die Tierärztin für Waterford Farm.«

Die letzten beiden Worte verklangen zu einem Flüstern, als Molly Jessie anstarrte, die ihre Hand hob und mit zwei Fingern schnipste, so wie sie immer über ein Klassenzimmer hinweg kommuniziert hatten.

»Oh mein Gott!« Molly legte ihre Hand auf ihren Mund, ihre Augen füllten sich mit Tränen.

»Hey, Molls.«

»Jessie!« Die kleine Gruppe schien sich zu beiden Seiten zu teilen, als Molly aus der Tür sprang und mit einer großen Umarmung auf Jessie zustürmte. »Jessie Curtis! Ich kann nicht glauben, dass du hier bist.«

»Ich kann nicht glauben, dass du mich erkennst«,

antwortete Jessie mit einem Lachen und einer festeren Umarmung voller Freude.

Die Menge um sie herum kicherte und murmelte, alle beobachteten das Wiedersehen, aber Jessie war das sicherlich egal, und nach der zweiten, dritten und vierten Umarmung, die sie bekam, war klar, dass Molly sich auch keine Gedanken um Anstand machte.

Schließlich lösten sie sich voneinander, hielten aber noch immer die Hände des anderen. »Entschuldigt, Leute«, sagte Molly lachend. »Das ist eine längst verlorene beste Freundin, und ich bin gerade völlig aus dem Häuschen. Was machst du hier?«

»Lange Geschichte«, sagte sie. »Zu lang, um sie vor so vielen Leuten zu erzählen.«

Molly legte ihren Arm um Jessies Taille und wandte sich der Gruppe zu. »Geht schon mal rein, alle zusammen. Allison wird mit der Führung durch die Tierarzteinrichtungen beginnen, aber ich...« Sie verstärkte ihre Umarmung. »Werde mich mit meiner Freundin austauschen.«

Sie folgten der Führerin ins Büro und scherzten über das unerwartete Wiedersehen.

Molly wirbelte Jessie ein paar Schritte von der Gruppe weg. »Du siehst fantastisch aus!«

»Du auch.« Jessie strich durch eine von Mollys Locken, die sie ihr ganzes Leben lang so hartnäckig zu glätten versucht hatte. »Du hast dich mit deinen Locken angefreundet. Und du bist Tierärztin. Und dieser Ort.« Sie deutete auf den Rest der weitläufigen Anlage. »Er hat sich verändert, aber ist irgendwie immer noch gleich.«

»Es ist toll«, versicherte Molly ihr. »Und warum hast du mir nicht gesagt, dass du hierher kommst? Was machst du jetzt beruflich? Warum ist dein FriendGroup-Profil privat?«

»Du hast versucht, mit mir in Kontakt zu treten?«

»Wozu ist soziale Medien sonst da?« Sie seufzte, ihre Augen glänzten im Morgenlicht mehr braun als grün. »Ich dachte, du hättest mich vergessen.«

»Dachte ich von dir auch, Schwester.«

Molly lachte. »Aber du bist hier! Wie lange? Wo wohnst du? Wann können wir uns treffen?«

»Nicht lange. Ich bin im Bitter Bark Bed & Breakfast am Bushrod Square, das seit meinem letzten Besuch ziemlich schick geworden ist.«

»Unser Versuch, Touristen von Asheville, Blowing Rock und Boone abzuwerben«, sagte Molly. »Also, erzähl mir alles. Was machst du? Bist du glücklich? Verheiratet? Wo lebst du? Was arbeitest du? Und was um Himmels willen hat dich dazu gebracht, hierherzukommen, ohne es mir zu sagen?«

»So viele Fragen«, sagte Jessie lachend. »Mal sehen. Ja, glücklich. Nein, nicht verheiratet. Lebe in New York. Schreibe Artikel. Und ich kam aus einer Laune heraus.« Sie würde es ihr erzählen, aber nicht jetzt mit sechs Leuten, die auf sie warteten. »Und du?«

»Nicht verheiratet, aber ich habe eine zwölfjährige Tochter, Pru, kurz für Prudence, was ich nicht an den Tag gelegt habe, sonst wäre ich mit zwanzig nicht schwanger geworden, aber es ist in Ordnung, weil sie das Licht meines Lebens ist.«

»Eine Tochter!«, rief Jessie aus. »Ich wette, du bist eine tolle Mutter.«

»Ach… ich komme vielleicht besser mit Tieren in der Hitze zurecht als mit Preteens in der Pubertät, aber sie ist mein Ein und Alles, und wir stehen uns sehr nahe. Also, wann-«

Allison steckte ihren Kopf zur Tür heraus, um Molly zurückzuwinken.

»Okay, okay, eine Sekunde«, versprach Molly. »Heute Abend. Bitte sag mir, dass wir heute Abend zusammen essen können. Pru passt auf die Kinder der Nachbarn auf, also können wir da weitermachen, wo wir aufgehört haben. Gott, Jessie. Können es wirklich fast zwanzig Jahre sein?«

Jessie nickte mit einem traurigen Lächeln. »Aber du bist immer noch dieselbe Molly. Und, oh, Liebes, es tut mir leid wegen deiner Mutter.«

Die Wimpern der anderen Frau senkten sich, und sie nickte. »Danke. Es ist die neue Normalität in den letzten drei Jahren, das Leben ohne Mom. Es war beschissen, kann ich dir sagen. Und der einzige Weg, damit klarzukommen, war, an diesem Ort zu arbeiten, von dem wir alle wissen, dass es sie am glücklichsten gemacht hätte. Meine Brüder haben fast alles mit eigenen Händen gebaut, und ich teile meine Zeit zwischen dieser Praxis und einer in der Stadt auf. Aber wenn Dad nicht diese Vision für Waterford gehabt hätte? Ich glaube nicht, dass einer von uns überlebt hätte.«

Und da war eine weitere emotionale Geschichte für den Artikel, den sie nie schreiben würde. »Ich bin so froh, dass ihr einen Weg gefunden habt, als Familie zusammenzuarbeiten«, sagte Jessie.

»Aber du warst meine geheime Schwester, erinnerst du dich?« Molly hob ihren Finger. »Wir haben Blut ausgetauscht.« Und ihr Gesicht verzog sich. »Was ziemlich eklig ist.«

»Ernsthaft, was haben wir uns dabei gedacht?«

»Dass, wenn wir Schwestern wären, nichts jemals unsere Freundschaft beenden würde, nicht einmal, wenn *eine von uns* nach Minnesota zieht.«

Jessie lächelte traurig. »Nicht meine Schuld, wie du weißt.«

»Ich weiß«, versicherte ihr Molly. »Aber dann hättest du das *andere* Blutversprechen halten müssen, das wir in der siebten Klasse gemacht haben.« Sie hielt ihren Zeigefinger hoch. »Wir werden gegenseitig Trauzeuginnen sein.«

Jessie lachte laut auf. »Das hatte ich vergessen.«

Molly hob verspielt die Schulter. »Ich nicht.«

»Dr. Kilcannon«, sagte die Führerin mit einem scharfen Unterton in ihrer Stimme. »Wir haben einen Zeitplan.«

Molly seufzte und führte Jessie nach vorne. »Komm, sieh dir meine Krankenstation an, und dann werden wir die Details fürs Abendessen heute klären. Ich kann es kaum erwarten.«

»Ich auch nicht.« Das bedeutete, sie würde nur noch eine Nacht bleiben. Es sei denn, Garretts Stimmung ihr gegenüber würde sich ändern. Nun, es gab nur einen Weg, das herauszufinden.

Kapitel Vier

WAS ZUM TEUFEL MACHTE SIE IN DIESEM Klassenzimmer?

Jessie hatte in der vorletzten Reihe Platz genommen, als wäre sie Teil der verdammten Klasse, und Allison hatte ihn vorgestellt und zum Reden gebracht, bevor er die Chance hatte, sie zur Rede zu stellen.

»Es gibt zehn 'Stufen' in unserem Trainingsprogramm«, sagte Garrett und zwang sich, sich auf den Lehrplan vor ihm zu konzentrieren und nicht auf die Rothaarige in der letzten Reihe. Nicht wirklich rot, dachte er. Nicht ganz erdbeerblond. Eher wie vergoldetes Kastanienbraun, genau die Farbe von Fletcher, einem Retriever, den er während der Jahre besessen hatte, als er mit PetPic anfing.

Er hatte diesen Hund geliebt.

Und er musste aufhören, sie mit Hunden zu vergleichen. Denn Hunden konnte man vertrauen. Zeitschriftenautoren hingegen nicht unbedingt.

»Ist das die einzige Zeit?« Die Frage kam von einem jungen Mann mit eckiger Hornbrille in der ersten Reihe. Dan. Oder Dave. Oder Don.

Oder verdammt, Garrett vergaß nie den Namen eines Studenten. »Entschuldigung?« Das war das Beste, was er bei seinem kompletten Konzentrationsverlust zu bieten hatte.

»Ist das die einzige Zeit, in der wir tatsächlich praktisch mit den Hunden arbeiten, am Nachmittag nach dem Unterricht im Klassenzimmer?«

Er riss sich zusammen und zwang sich zu antworten. Dann konzentrierte er sich auf seine Notizen, ging mit ihnen den Kursüberblick durch, beantwortete weitere Fragen – die das Objekt seiner Konzentrationsprobleme nicht stellte, weil sie überhaupt nicht hier sein sollte – und stellte schließlich den nächsten Redner vor, einen begabten Hundeverhaltensforscher, Duane Randall, der die Grundlagen der Hundekunde durchgehen würde.

Normalerweise würde Garrett zu diesem Zeitpunkt das Klassenzimmer verlassen und in sein Büro zurückkehren, in die Trainingsbereiche gehen oder daran arbeiten, Heime für gerettete Hunde zu finden. Aber heute war nichts normal. Nichts war normal an der Ankunft von Jessie Curtis, Journalistin und ehemalige Bekannte.

War sie Freund oder Feind?

Er rutschte auf den Platz hinter ihr, die Reihen waren versetzt, sodass er ihr Gesicht sehen konnte und ob sie auf dem Notizblock schrieb, den sie zur Verfügung gestellt hatten. Notizen über ihn? Für eine Story?

Nach einem Moment warf sie einen Blick über ihre Schulter und fügte ein Lächeln hinzu.

»Was machst du hier?«, fragte er in einem harschen Flüstern.

Sie zuckte ein wenig zusammen, wahrscheinlich wegen seines barschen Tons, und zuckte mit einer Schulter. »Dein Vater hat vorgeschlagen, dass ich zuhöre.«

»Warum?«

Sie schluckte und drehte sich zum vorderen Teil des Klassenzimmers, konzentriert auf Duanes Vortrag. »Für eine Story… die ich vielleicht machen werde.«

Wie er vermutet hatte. Er zog sein Handy heraus und tippte auf den Bildschirm, ignorierte eingehende Nachrichten, um direkt ins Internet zu gehen. Er tippte »Jessie Curtis« ein, aber nichts Interessantes tauchte auf.

Vielleicht war sie keine so große Journalistin. Er blickte auf, um wieder ihr Profil zu studieren, und während er das tat, kamen Erinnerungen an den Teenager, der sie gewesen war, zurück. Er konnte dieses Mädchen jetzt leicht wiedererkennen, obwohl ihr Gesicht sich verändert hatte und sie von hübsch zu *wirklich* hübsch gereift war. Schön definierte Wangenknochen, eine süße Kieferlinie und ein Aufwärtsschwung der Augen, betont durch dicke dunkle Wimpern.

Als Kind hatte sie diese Haarfarbe nicht gehabt, dachte er. Damals war sie blonder gewesen. Und sie hatte auch nicht diesen Körper gehabt, obwohl sie auf dem Weg dorthin gewesen war.

Und da war diese Nacht in den alten Zwingern. Der ganze Abend kam zurück, als er sie ansah. Er hatte sie beim Abendessen bemerkt. Sie wirklich als Mädchen wahrgenommen, nicht nur als Mollys ständig anwesende Freundin. Er erinnerte sich vage daran, dass etwas Schlimmes passiert war und Mom versuchte, Jessie aufzumuntern. Sie zog weg und war nicht glücklich darüber.

Etwas Weltbewegendes, um das er sich als fast achtzehnjähriger Junge mit tobenden Hormonen und kurzer Aufmerksamkeitsspanne nicht kümmerte. Aber als Molly verkündete, es sei die erste Sommernacht, was das traditionelle Spiel Manhunt nach Einbruch der Dunkelheit bedeutete, verzichtete er nicht auf ein albernes Versteckspiel auf der ganzen Waterford Farm. Nein, er hatte sich einen Weg in Jessies Team gebahnt, sie als Partnerin ausgewählt und...

Es hatte etwa zehn Minuten gedankenlosen Geplauders in den verdunkelten Zwingern gedauert, mit bellenden Hunden und schreienden Kindern draußen, bevor sie sich geküsst hatten. Sie war genauso bereit gewesen wie er, obwohl sie es nicht zu weit getrieben hatten. Erste Base, dachte er mit einem wehmütigen Lächeln, und das war genug gewesen, um ihn die ganze Nacht mit der Mutter aller Erektionen wachzuhalten.

Er sah weg, bevor noch eine beschloss aufzutauchen, und klickte erneut auf die Suchleiste, diesmal tippte er »Jessica Curtis Reporterin« ein.

Und da war die Goldgrube an Links. *Jessica Jane Curtis, Redakteurin, Inside the A List.*

Er klickte auf einen Link und verzog das Gesicht.

Inside the A List? Dort arbeitete sie? Eine kitschige Website, die »tiefgründige persönliche Profile« von berühmten Menschen machte? Und, Gott, *sieh dir das an.* Sie hatte Dutzende dieser Profile geschrieben, mit vielen bekannten Prominentennamen in der Mischung und einigen Leuten, von denen er noch nie gehört hatte.

Sein Magen verkrampfte sich.

Er tippte auf den Namen einer Frau, die in einer Reality-TV-Show abgenommen hatte, und überflog das Bild und die Schlagzeile – und den Autorennamen Jessica Jane Curtis –, um den einleitenden Absatz zu lesen.

Das Erste, was man an Sarah Schavonne bemerkt, sind die Geheimnisse in ihren Augen.

Die *Geheimnisse* in ihren Augen?

»Das könnte eine Frage für Garrett sein«, sagte Duane und riss Garrett aus seinen Gedanken. »Kannst du diesen Teil des Kurses ansprechen, da du ihn unterrichtest?«

In seinem Moment des Zögerns drehte Jessie sich um und sah ihn direkt an, ein verschmitztes Lächeln hob die Ecke ihrer rosa Lippen. »Finanzierung eines Hundetrainingsgeschäfts«, flüsterte sie so leise, dass nur er es hören konnte.

»Natürlich«, sagte er schnell und wusste, dass er ihr zumindest mit einem stillen Blick danken sollte, aber sein Handy, das ihre alberne Schreiberei anzeigte, brannte immer noch in seiner Hand. »Wir haben einen ganzen Tag dafür, wie man das Geschäft aufbaut, was man zum Anfangen braucht, ungefähre Investitionen, alles.«

»Das müssten Sie wissen«, sagte der Hipster in der ersten Reihe. »Sie sind doch der Typ, der PetPic gegründet hat, oder?«

Falls Jessica Jane Curtis es noch nicht wusste, aber natürlich wusste sie es. »Jap.«

»Wirklich?« Eine andere Frau, Marilyn, setzte sich interessiert auf. »Wow, ich bin auf PetPic! Ich meine, es ist jetzt voller Werbung. Aber manche Bilder und Videos, die Leute posten, bringen mich um.«

»Oh, ich weiß.« Ein älterer Mann in der ersten Reihe drehte sich um. »Das hat mich dazu gebracht, mich in Hunde zu verlieben und genau zu wissen, was ich im Ruhestand machen wollte.«

»Schön zu hören«, sagte Garrett und schaute wieder auf sein Handy, sowohl um das Gespräch zu beenden und die Entgleisung des Unterrichts zu stoppen, als auch um mehr Brillantes von Jessica Jane Curtis, *Journalistin*, zu lesen.

»Ich habe einen Hund adoptiert, den jemand gepostet hat«, verkündete ein Junge, der kaum zwanzig aussah und offensichtlich Garretts soziale Andeutung nicht verstanden hatte.

»Das ist toll.« Garrett schaute nicht auf. »Das ist einer der Gründe, warum ich die Seite gestartet habe.«

Es war sicherlich nicht das erste Mal, dass er solche Geschichten hörte, und er konnte nicht anders, als einen Anflug von Stolz zu spüren, dass die Idee Menschen glücklich gemacht, einige Hunde gerettet und ihm und seinen Geschwistern nebenbei ein mehr als komfortables Leben beschert hatte. Aber dies war weder die Zeit noch der Ort dafür.

»Was für ein fantastisches Vermächtnis in so jungen Jahren«, sagte Jessie, die sich immer noch zu ihm umgedreht hatte. »Ich würde gerne mehr darüber erfahren.«

Würdest du das nicht gerne?

Er hielt ihrem Blick für eine lange Minute stand und versuchte, sie böse anzuschauen, bekam aber einen Tritt in die Magengrube – und tiefer –, der nur daher rühren konnte, dass er ihr nicht vollständig glaubte oder vertraute. Sicherlich war diese Bauchreaktion nicht, weil ihre Augen eine eindrucksvolle Kombination aus Wildheit und Furcht waren, die ihn nicht wegsehen ließ. Und nein, es konnte nicht sein, weil sie vor fast zwanzig Jahren ein halbstündiges Gerangel hatten und er sich immer noch daran erinnerte, wie süß und weich und sexy ihr Körper gewesen war.

Nein, sein Bauch stand in Flammen, weil sie eine Schreiberin für eine Art Klatschwebsite war, die ohne Klasse, Anmut oder Ethik hier hereinspaziert war, um ihm das zu verheimlichen.

»Kann ich nach dem Unterricht mit dir sprechen?« fragte sie süßlich.

»Nein.«

Er stand auf und verließ den Raum, ohne sich darum zu kümmern, wie unhöflich das war. Er hatte sich bereits ans Kreuz nageln lassen, um jemanden zu schützen, den er liebte. Er würde sich nicht noch einmal in diese Situation bringen.

~

Sein Abgang fühlte sich wie eine Ohrfeige an, die Jessie taumeln ließ.

Offensichtlich ist er ein echtes Arschloch.

Nun, zumindest hatte *Forbes* das richtig erkannt. Aber dann kamen ihr Dr. Kilcannons Worte in den Sinn, und sie versuchte, unter diese raue – und sexy – Oberfläche zu schauen. Obwohl er gutaussehend und durchtrainiert sein mochte und Hunde liebte, wenn er ein Arschloch war, dann war er für sie nicht sexy. Sie hasste solche Typen.

Aber heute Morgen? Mit Lola? Da war er *überhaupt nicht* so gewesen.

Sie nahm ihre Handtasche von der Stuhllehne und stand auf, was dazu führte, dass Duane sich zu ihr umdrehte. »Ich bin nur zu Besuch«, erklärte sie. »Danke für den tollen Unterricht.«

Sie ging durch dieselbe Tür hinaus, durch die Garrett gegangen war, entschlossen, ihn zu finden, ihm zu sagen, warum sie hier war und dass sie gehen würde. Es sei denn…

Nein.

Ziemlich eindeutige Antwort.

Außerhalb des hinteren Bereichs des Klassenzimmers überblickte sie ein riesiges offenes Feld, das sie noch nicht gesehen hatte, und entdeckte zwei Männer, die einem Schäferhund etwas zuwarfen.

Keiner von ihnen war Garrett, es sei denn, er hätte sich in ein dunkles T-Shirt umgezogen, aber sie konnte erkennen, dass einer von ihnen sehr dunkle Haare und eine große, schlanke Statur hatte. Könnte das Liam sein? Neben ihm, herumlaufend mit dem Hund, war ein junger Mann mit kastanienbraunem Haar und etwas muskulöserem Körperbau. Shane?

Er schaute zu ihr herüber, dann warf er einen langen roten Stock in ihre Richtung. Als der Hund ihm hinterherrannte, folgte er und kam nah genug, dass sie seine Gesichtszüge erkennen konnte. Er starrte sie eindringlich an, und sein Mundwinkel hob sich zu einem halben Lächeln.

Definitiv Shane, dachte sie. Immer noch gutaussehend, immer noch flirtend. Und sie wollte sich nicht mit einem weiteren Mitglied der Familie Kilcannon anlegen, also nickte sie und drehte sich weg, bevor er noch näher kam, und ging zurück zum zentralen Trainingsgehege.

Dort bellten und rannten sechs Hunde, und mehrere Leute bliesen in Pfeifen und riefen Kommandos, aber keiner davon war Garrett.

Sie würde es bei den Zwingern versuchen. Wenn er nicht dort war, würde sie sich von der süßen Lola verabschieden und zurück zur Pension gehen, um etwas Arbeit zu erledigen, neue Themen zu recherchieren und eine Geschichte zu bearbeiten, bevor sie mit Molly zu Abend essen würde. Das Experiment Garrett Kilcannon war gescheitert.

In den Zwingern hallte das ständige Gebell durch die Gänge, aber sie konnte sehen, wie man sich schnell daran gewöhnen könnte. Als sie über glänzende weiße Fliesen an großen Gehegen und Zwingern vorbeischlenderte, blieb sie bei einigen stehen und bewunderte die Hunde verschiedener Rassen.

Als sie um die Ecke bog, machte ihr Herz einen kleinen Sprung, als sie sah, dass Lolas Tor offen war. Ein paar Schritte weiter fand sie Garrett genau dort, wo er heute

Morgen gewesen war, auf seinen Knien, nur dass er diesmal einen mit Erdnussbutter bedeckten Finger vor Lolas Maul hielt.

»Wie geht's unserem Mädchen?« fragte sie.

Er schaute nicht auf, sondern behielt seine Aufmerksamkeit bei dem Hund, der ein paar Meter entfernt flach auf dem Bauch lag, das Kinn auf dem Boden. Sie schaute zu Jessie hoch und hob ihren Kopf etwa einen Zentimeter, dann ließ sie ihn wieder sinken. Zu viel Mühe, dachte Jessie traurig.

»Nicht gut«, murmelte er schließlich.

»Du machst dir wirklich Sorgen um sie, oder?« Sie betrat den Zwinger, viel sicherer, dass das zweibeinige Wesen sie anknurren würde als das vierbeinige.

»Sie wird sich zu Tode hungern.« Er setzte sich auf, griff nach einem Lappen und wischte seinen Finger ab.

»Oh mein Gott, nein.« Sie kniete sich neben ihn, schmerzlich bewusst, dass ihr Arm seine Schulter streifte, und machte sich auf eine Warnung gefasst, zu verschwinden. »Vielleicht kann ich wieder helfen.«

Er drehte sich zu ihr um, so nah, dass sie die dunklen Teile von Marineblau in seinen blauen Augen und die dicken, dicken Wimpern sehen konnte, als er sie zusammenkniff. »Ich bezweifle, dass sie dich interessieren würde. Sie steht nicht auf der A-Liste.«

Verdammt. Er wusste es. »Ich wollte es dir sagen.«

»Wirklich.« Er starrte sie nieder. »Vor oder nachdem deine Enthüllungsstory erschienen wäre?«

»Ich hatte vor, es dir sofort zu sagen. Jetzt.«

»Zu spät. Jemand richtig Schlaues hat Suchmaschinen erfunden, und siehe da, du bist überall im Internet als Spitzenschreiberin von Enthüllungsgeschichten zu finden.«

»Ich wollte dir wirklich sagen, warum ich gekommen bin.«

Er wandte sich angewidert ab. »Deshalb hast du dich in die Tour und in den Unterricht eingeschlichen? Bist hier hereingeschlichen, bereit, Fragen zu stellen, die wie Small Talk klingen, freundliche Gespräche von einer Familienfreundin? Hast dich an einen Hund rangemacht, bei dem ich Hilfe brauche?«

Jedes Wort war wie ein Schnitt in ihr Herz, aber dieser letzte Vorwurf tat besonders weh. »Ich habe es deinem Vater zehn Sekunden nachdem wir uns zusammengesetzt haben gesagt.«

»Aber ich würde viel Geld darauf wetten – über dessen genaue Höhe du zweifellos schreiben wirst – dass mein Vater nicht das Thema deines schmierigen Interviews ist.«

»Es ist nicht schmierig!«, schoss sie zurück.

»Es mir nicht zu sagen war es.«

»Ich hatte wirklich keine Chance. Wir haben weniger als zehn Minuten gesprochen, dann habe ich es deinem Vater gesagt und er dachte... er dachte, ich sollte...«

Er hob eine Hand. »Spar dir das, Jessie. Ich habe absolut keine Zeit oder Respekt für Lügner.«

»Ich habe nicht gelogen. Und ich habe deinem Vater gesagt, dass ich nicht lügen würde. Frag ihn. Er wollte, dass ich die Einrichtung sehe, eine Tour mache und mit dir spreche.«

»Erledigt, erledigt und erledigt. Du kannst jetzt gehen.« Er stand auf, aber sie traute ehrlich gesagt ihren Beinen nicht, sie zu tragen, also tat sie genau das Gegenteil und setzte sich vollständig auf den Boden und begann, Lolas weiches Fell zu streicheln. Hunde waren doch Stressabbauer, oder?

»Er denkt, dass ein besseres, freundlicheres, ehrlicheres

Profil von dir, das sich darauf konzentriert, was du jetzt tust und warum du es tust, eine gute Sache wäre«, sagte sie.

»Tut er das?« Er verlagerte sein Gewicht von einem Stiefel auf den anderen, ging aber nicht weg.

Sie sah zu ihm auf. »Wenn du meine Arbeit lesen würdest, würdest du sehen, dass ich keine Schmähartikel schreibe. Ich lasse die Leser sehen, was einen Menschen antreibt, was ihn motiviert, was ihn inspiriert. Dieser Ort, dieser Job, den du hast, ist inspirierend. Die Leute denken an dich als eine Art Dot-com-Millionär, der zurückgezogen lebt, und hier bist du... und versuchst, einem Rettungshund Erdnussbutter aus deiner Hand fressen zu lassen.«

Er schloss einfach die Augen und schwieg.

»Es ist nicht etwas, womit man auf eine Person zugeht, die man seit der Kindheit kennt«, fuhr sie fort. »Ich wollte eine Verbindung herstellen, aber...« Sie schnaubte. »Man hat mir gesagt, dass ich darin nicht sehr gut bin. Vielleicht hat er recht.«

Er ragte über ihr auf, seine Zähne so fest zusammengepresst, dass sie sehen konnte, wie sich sein Kiefer anspannte. Nach einem langen Moment nickte er, drehte sich um und ging hinaus. Schon wieder.

Mann, er war gut darin, einen dramatischen Abgang zu machen.

Sie saß ganz still da, eine Hand auf Lolas Kopf. Es war Zeit, Waterford wieder zu verlassen, aber sie wollte noch nicht.

»Hey, Mädchen«, flüsterte sie und senkte ihren Kopf, sodass ihre Stirn Lolas berührte. »Ich weiß, wie du dich fühlst.« Sie streichelte immer wieder ihr Fell, eine Handlung, die für sie genauso tröstlich war, wie sie es hoffentlich für den unglücklichen Hund war. »Ich weiß genau, wie du dich fühlst.«

Kapitel Fünf

Garrett musste mit Shane reden. Nicht mit Dad, der keine Ahnung hatte, womit er es zu tun hatte, sondern mit Shane. Aber sein älterer Bruder war im Moment nirgendwo zu finden und antwortete nicht auf seine SMS. In der Zwischenzeit musste Garrett also seinem Vater sagen, dass er aufhören sollte, die Dinge zu reparieren, weil er nicht einmal wusste, warum sie kaputt waren.

Natürlich etwas diplomatischer ausgedrückt.

Er betrat die Küche durch die Hintertür und erwartete, seinen Vater dort zu finden, Kaffee schlürfend, mit der Haushälterin plaudernd, während sie Sandwiches für das Personal und Gäste zubereitete. Aber niemand war in dem übergroßen Raum, nur polierte Metzgerblocktheken und ein langer, leerer Tisch.

Er folgte seinem Instinkt zur anderen Seite des weitläufigen Hauses, warf einen Blick in das Wohn- und Esszimmer und überprüfte das geräumige Familienzimmer, wo sie sich nach den Mittwochs- und Sonntagsessen versammelten, um spontane Firmentreffen abzuhalten.

Aber Dad war an keinem dieser Orte. Schließlich ging

er den Flur hinunter zu dem privaten Büro seines Vaters und fand die Tür geschlossen vor, was ungewöhnlich war.

So ungewöhnlich, dass er nicht wusste, ob er klopfen oder annehmen sollte, dass es leer war und seine Suche fortsetzen sollte. Aber er hörte eine Stimme auf der anderen Seite der Tür, gedämpft, ohne Antwort, was ihm sagte, dass Dad am Telefon war.

Er wartete einen Moment, dann hörte er seinen Vater lachen.

»Na, das ist gut zu hören, Sohn. Halt mich auf dem Laufenden, falls deine Staffel verlegt wird.«

Staffel? Dad telefonierte mit Aidan? Garrett klopfte der Höflichkeit halber einmal kurz an die Tür und öffnete sie dann, gerade rechtzeitig, um zu sehen, wie sein Vater das altmodische Festnetztelefon, das er auf seinem Schreibtisch hatte und auf dessen Verwendung er bestand, auflegte.

»Hast du mit Aidan gesprochen?«

»Hallo, Garrett«, sagte Dad. »Geschlossene Türen bedeuten offenbar nichts.«

Rusty stand von seinem Nickerchen in seinem Hundekörbchen auf und schlenderte zu Garrett hinüber, um zu schnuppern.

»Etwa so viel wie die Tatsache, dass ich dir gesagt habe, keine Journalisten.«

Er musterte Garrett, dann deutete er ihm an, sich zu setzen. »Ich wusste, dass sie es dir sagen würde.«

Er blieb stehen. »Nicht früh genug.«

»Ich wollte, dass sie wartet, bis du sie kennenlernst. Sie ist ein sehr attraktives Mädchen, nicht wahr?«

»Erstens, sie ist eine Frau. Zweitens, sie ist Journalistin.«

»Hast du ein Problem mit Frauen und Journalisten?«

»Ich habe ein Problem damit, manipuliert und interviewt zu werden.« Er ließ sich in einen Stuhl fallen und starrte seinen Vater wütend an, während er mit den Fingern durch Rustys Fell fuhr, als der Hund mit seiner Nase über Garretts Beine strich. »Was zum Teufel, Dad?«

»Garrett, sie ist nicht irgendeine Reporterin von der Straße. Sie hat viel Zeit hier verbracht, sie ist Mollys Kindheitsfreundin, und sie verdient besondere Zuwendung. Ich weiß, dass du ihr die geben wirst.« Er hob eine Kaffeetasse. »Aber sie ist eine Hübsche. Hatte immer so niedliche Sommersprossen. Ist dir das aufgefallen?«

Ja, ihm war eine Menge aufgefallen. Bis sie sich verdächtig nach einer Reporterin anhörte. »Schau, du weißt, dass ich nach all den Jahren im Rampenlicht kein Fan der Medien bin.«

»Und du weißt, dass wir, wenn dieses Unternehmen überleben und gedeihen soll, ein bisschen Öffentlichkeitsarbeit betreiben müssen.«

»Tu nicht so, als ob das dein Ziel wäre, denn sie hat mir bereits erzählt, dass du willst, dass sie etwas Positives schreibt, um auszugleichen, was vorher geschrieben wurde.«

»Sie *hat* dir also alles erzählt.« Er gab ein kleines Grunzen von sich. »Aber ich will eine Berichterstattung für Waterford. Es ist gut für unser Geschäft.«

»Wir sind in den sozialen Medien, das ist alles, was wir heutzutage brauchen«, schoss Garrett zurück. »Darcy hat durch diesen Instagram-Account, den sie betreibt, Dutzende von Kunden gewonnen, und Gramma ist eine verdammte Blogging-Sensation.« Nicht, dass er jemals verstehen würde, wie das passiert war, aber sobald Mollys Tochter Gramma Finnie beigebracht hatte, wie man einen Computer benutzt, war es vorbei. »Wir brauchen keine

Fremden, die Informationen *ausgraben.*« Er jedenfalls nicht.

Dad schlug seine Ellbogen so hart auf seinen Schreibtisch, dass er Rusty erschreckte, der sich zu Garretts Füßen niedergelassen hatte.

»Sohn, du kannst nicht den Rest deines Lebens damit verbringen, vor deiner Vergangenheit zu fliehen. Du hast ein Unternehmen aufgebaut, du hast es für viele, viele Millionen Dollar verkauft, du hast diese Familie ziemlich wohlhabend gemacht, und wir haben diese Segnungen genutzt, um Menschen glücklich und Hunde sicher zu machen. Das ist eine großartige Geschichte, und sie macht mich außerordentlich stolz.«

Aber wenn jemand zu tief graben würde, wäre es nicht mehr so großartig und Dad wäre nicht mehr so stolz. Er blickte auf seine abgenutzten Stiefel hinunter, sah aber nur die leuchtend grünen Augen einer neugierigen, warmherzigen, völlig ungefährlich wirkenden Frau, die wahrscheinlich sehr gut in ihrem Job war. Aber ihr Job machte ihm Angst.

»Es ist mehr als eine Reporterin in unserer Mitte, die dich stört«, sagte sein Vater, der wie immer der einfühlsamste Mensch weit und breit war.

Er sah auf. »War das also Aidan?«, fragte er und ignorierte die Frage absichtlich. »Ich dachte nicht, dass er in der Lage wäre, an einen Computer zu kommen, um uns zu mailen, geschweige denn anzurufen.«

»Nun, er hat es getan.« Dads blaue Augen, die denen, die jeden Morgen im Spiegel zurückstarrten, so ähnlich waren, wechselten von scharf einsichtig zu etwas Sanfterem, wie sie es taten, wenn eines seiner Kinder weniger als hundertprozentig glücklich war.

»Geht es ihm gut?«, fragte Garrett, während sich sein

ganzer Körper anspannte. Aidan war dort drüben in ständiger Gefahr.

»Es geht ihm gut, aber du weißt schon.«

Nein, er wusste es nicht. Er wartete schweigend auf mehr.

»Deine Mutter pflegte zu sagen, du bist nur so glücklich wie dein unglücklichstes Kind.«

Viele Male, dachte er. Es war das Mantra seiner Mutter gewesen. »Also ist Aidan nicht glücklich?«

»Er ist in einem Kriegsgebiet«, sagte Dad schlicht.

»Er könnte aussteigen, weißt du«, sagte Garrett. »Er erreicht zehn Jahre.«

Dad schnaubte. »Ich weiß. Und ich habe ihn daran erinnert, wie sehr er hier gebraucht wird.«

»Was hat er gesagt?«

»Er hat sich nicht festgelegt. Aber…« Sein Vater seufzte schwer. »Ein guter Kumpel von ihm wurde letzte Woche bei einem Gefecht schwer verletzt, und das hat ihn niedergeschmettert.«

Garrett schloss die Augen, litt für seinen kleinen Bruder und fürchtete um ihn.

»Wer wurde zerquetscht?« Eine andere Männerstimme kam aus dem Flur, zusammen mit schweren, stiefelten Schritten. Gott sei Dank, es war Shane.

»Aidan hat angerufen«, sagte Papa. »Er ist am Leben und in Sicherheit, und das ist alles, was zählt.«

Shanes breite Schultern sackten zusammen, als er zur Tür hereinkam. »Wünschte, dieser kleine Bastard würde nach Hause kommen.«

»Er ist kein Bastard«, korrigierte Papa.

»Und er ist nicht klein«, fügte Garrett hinzu. »Wann fährst du nach DC?«, fragte er Shane. »Ich muss mit dir reden.«

»Ich habe gerade deine Nachricht bekommen. Ich fahre jetzt eigentlich los.« Er runzelte die Stirn zu Garrett, ging aber sofort in die Hocke, um Rusty mit beiden Händen zu begrüßen. »Hey, großer Junge. Warum bist du nicht drüben in den Zwingern, Garrett? Jeden Moment wird einer Klasse ihre Trainingshunde zugeteilt.«

»Erinnerst du dich an Jessie Curtis, Mollys Freundin von früher?«

Shane verzog das Gesicht. »Windhundbeine? Hast du sie nicht mal befummelt?«

Garrett schloss angewidert die Augen.

»Also, streite es nicht ab, Alter.«

»Wann ist das passiert?«, fragte Papa fordernd, mit einem Blitzen in seinen Augen.

»Vor tausend Jahren«, antwortete Garrett.

Papa warf ihm einen weiteren langen, eindringlichen Blick zu. »Also deshalb willst du sie nicht hier haben. Ihr habt ein bisschen Geschichte.«

»Sehr wenig, und das ist nicht der Grund.«

Papa erhob sich von seinem Sitz und beendete damit das Gespräch. »Ich weiß alles, was ich wissen muss. Ich habe ein Meeting in der Stadt, und Shane, du solltest dich auf den Weg machen, wenn du es heute Nachmittag noch zum DOD schaffen willst. Sie könnten ein großer Trainingskunde werden, Sohn.«

Papa kam um seinen massiven Schreibtisch herum und legte auf dem Weg nach draußen eine Hand auf Shanes Schulter. »Bring deinem jüngeren Bruder hier etwas Vernunft bei.« Mit einem sanften Klaps auf den Rücken ließ er die beiden Männer allein, seine Schritte verhallten, als er den Flur entlangging, Rusty dicht auf seinen Fersen.

»Welche Vernunft brauchst du?«, fragte Shane.

»Gesunden Menschenverstand. Jessie Curtis ist eine

Journalistin«, informierte Garrett seinen Bruder durch zusammengebissene Zähne. Nur Shane würde genau wissen, *warum* das ein Problem war. »Sie schreibt Enthüllungsberichte für diese *ITAL*-Seite. *Inside the A List* oder so ein Mist.«

»Sie haben auch eine Fernsehshow«, sagte Shane. »Biografien. Ich habe eine über diesen Hedgefonds-Milliardär gesehen, der von seinem toten Vater ein Weingut in Italien geerbt hat, und am Ende heulte der Typ wie ein Baby, weil er die Liebe seines Lebens getroffen hat. Das solltest du unbedingt machen.«

»Bist du völlig durchgeknallt? Oder hast du vergessen, was wir in Seattle durchgemacht haben?«

Shane dachte darüber nach, vergrub seine Finger in seinem kurzen braunen Haar und zog es zurück. »Schau, sie müsste schon Pulitzer-Preis-Qualität haben, um deine schmutzigen Geheimnisse auszugraben. Ich habe dafür gesorgt, als ich die rechtlichen Angelegenheiten geregelt habe. Ich würde mir keine Sorgen machen.«

Garrett stand auf. »Zu spät. Die mache ich mir. Und Papa denkt, eine tolle Geschichte über mich würde die anhaltenden Auswirkungen dieser *Forbes*-Story abschwächen.«

»Er könnte Recht haben, aber ich denke, das ist längst Schnee von gestern. Es wäre gute PR für Waterford.«

»Das hat Papa auch gesagt.«

»Ich sage, mach das Interview. Du weißt, was sie nicht weiß, und das gibt dir die Oberhand.«

Garrett verdrehte die Augen. »Sagt der Anwalt.«

»Sagt jeder mit Verstand. Hast du nie gehört, dass man mit Honig mehr Fliegen fängt?«

»Ich versuche nichts zu fangen.«

Shane lachte leise, als sie hinausgingen. »Nein? Na ja,

wenn sie diejenige ist, die ich auf dem Feld gesehen habe, sieht sie gut aus. Aus der Ferne.«

»Sie sieht auch aus der Nähe gut aus.«

»Dann habe ich Recht. Du solltest diesen Honig fangen und dich glücklich schätzen.«

»Sie ist eine *Journalistin*, Shane. Du weißt, warum das ein Problem sein könnte. Mir geht es nicht um mich, aber da sind andere Leute beteiligt.«

Das wischte das neckende Grinsen vom Gesicht seines Bruders.

»Ich habe ein Versprechen gegeben, Mann«, sagte Garrett. »Und ich halte es.«

»Ich weiß«, sagte Shane. »Aber ich sage dir, bleib an dieser Frau dran, halte sie nahe bei dir und kontrolliere, was auch immer sie vorhat. Wenn du sie wegschickst, sieht es aus, als hättest du etwas zu verbergen.«

»Weil ich etwas zu verbergen habe.«

»Das weiß ich und das weißt du, aber sie muss das nicht wissen.«

Garrett schüttelte den Kopf. »Ich glaube nicht, dass ich das kann.«

»Wie du meinst, Bruder.« Shane boxte gegen seine Schulter. »Aber ein bisschen Action könnte dich besser drauf bringen.«

»Verpiss dich.«

»Nicht Action mit *mir*.« Shane zwinkerte und ging raus, ließ Garrett schmoren.

Kapitel Sechs

Vielleicht war sie mit Lola fünf Minuten oder fünfzehn allein gewesen. Jessie wusste es nicht genau. Sie wusste nur, dass sie es irgendwie geschafft hatte, den Hund dazu zu bringen, seinen Kopf auf ihren Schoß zu legen, und er schien sich so unglaublich wohlzufühlen, dass es ein Verbrechen wäre aufzustehen.

Also lehnte Jessie an der Zwingerwand und streichelte das weiche, weiche Fell, während sie über Garrett und Waterford und ihren Job und ihr Leben und Mercedes und Stephanie nachdachte, und über die elende Träne, die ihre Wange hinunterlief.

»Manchmal würde ich auch gerne meinen Kopf in jemandes Schoß legen«, flüsterte sie dem Hund zu. »Aber niemals auf das Essen verzichten. Wenn ich du wäre, würde ich jetzt mit dem Gesicht voran in einem Becher Salz-Karamell-Gelato stecken. Tatsächlich könnte ich das sehr bald tun.«

Lola hob ihren Kopf, als ob sie tatsächlich verstanden hätte. Vielleicht wollte sie Gelato.

»Willst du etwas essen, Schätzchen?«

Nach einer Sekunde stand Lola auf, drehte sich im Kreis, gab ein wimmerndes Geräusch von sich und ließ sich dann wieder nieder, ihre Schnauze einen Zentimeter vom Futternapf entfernt. Als ob sie essen wollte, aber ihren Hungerstreik nicht brechen konnte.

»Nur zu, nimm einen Bissen«, lockte Jessie und tippte an die Seite des Napfes, der mit etwas gefüllt war, das wie trockenes Hundefutter aussah. »Ich wette, es ist gut.«

Ohne den Kopf zu heben, blickte Lola mit riesigen kakaobraunen Augen hoch, die so traurig aussahen, wie Jessie sich fühlte. »Komm schon, Lola Schatz«, drängte Jessie. »Nur ein Bissen.«

Als Lola sich nicht bewegte, grub Jessie in den trockenen Stückchen Hundefutter und schöpfte etwas auf zwei Finger, um es ihr anzubieten. »Wie wäre es hiermit?«

Lola betrachtete das Futter eindringlich, überlegte offensichtlich, ließ dann aber ihren Kopf mit einem deutlichen Nein auf den Boden fallen.

Komm schon.

»Weißt du was, Süße? Ich glaube, dass jemand, der dich eigentlich lieben und sich um dich kümmern sollte, verschwunden ist. Sie haben dich irgendwo zurückgelassen, wo du sicher sein solltest, aber du warst so allein. Weißt du, das ist mir auch passiert. Ich war sechzehn. Wie alt bist du?«

Lolas Schwanz zuckte einmal, was Jessie leise lachen ließ. »Du weißt es natürlich nicht. Aber du bist alt genug, um zu wissen, dass dich jemand lieben sollte und es nicht tut. Ich frage mich, ob sie einen anderen Hund hatten, den sie mehr geliebt haben. Ich weiß, wie sich das anfühlt.«

Ein weiterer Aufprall.

»Dann, wenn du denkst, du bekommst deinen großen Durchbruch und wirst endlich die 'Beste' sein, anstatt immer übersehen und überfordert und überschattet zu werden von jemandem, der größer, besser, strahlender und *schöner* ist... explodiert es dir ins Gesicht. Wie es bei mir der Fall sein wird. *Wieder einmal.*«

Für einen Moment sah Lola auf, als ob sie ihre Meinung geändert hätte, dann stieß sie einen leisen Seufzer aus und legte ihren Kopf mit einem kläglichen Geräusch wieder ab.

»Das ist meine Leidensgeschichte«, flüsterte Jessie. »Was ist deine? Hat dich jemand verlassen? Wenn ja, wirst du einen besseren Besitzer finden. Hat dich jemand geliebt und verloren? Dann hoffe ich, dass sie dich finden.«

Lola blinzelte Jessie an, als würde auch sie mit den Tränen kämpfen. Jessies Herz überschlug sich vor Liebe. So sehr, dass sie sich vorbeugte und einen ganz leichten Kuss auf den Kopf des Hundes platzierte.

Lola rutschte nach vorne und nahm etwas Futter aus Jessies Hand.

»Gut gemacht!«, rief Jessie und rieb ihr den Hals. »Willst du mehr?«

Sie kaute zu Ende und hielt sich ganz still, als ob sie es überlegen würde. Dann legte sie sich wieder hin.

»Oh, Lola. Komm schon, nimm noch mehr. Noch einen Bissen.« Sie schöpfte noch etwas Futter und hielt ihre Hand vor Lolas Maul.

Aber sie bewegte sich immer noch nicht. Also beugte sich Jessie noch einmal vor und gab Lola einen Kuss auf den Kopf.

Und sie hob ihren Kopf und fraß.

»Oh, also das ist dein Spiel.« Jessie lachte. »Du frisst für Küsse.« Sie testete die Theorie und tatsächlich aß Lola noch mehr.

»Braves Mädchen. Jetzt versuchen wir das.« Sie schob

den ganzen Napf näher und gab Lola noch einen leichten Kuss auf den Kopf. Sofort stand sie auf und begann zu fressen.

»Heilige Scheiße.«

Jessie drehte ihren Kopf bei dem unerwarteten Klang einer Männerstimme herum und biss sich auf die Lippe, als sie Garrett sah, der außerhalb des Zwingers stand und hereinschaute.

»Du hast sie zum Fressen gebracht.«

»Es brauchte nur einen kleinen Kuss.« Sie stand auf und sofort hörte Lola auf zu fressen. Jessie streichelte ihren Kopf. »Komm schon. Hör nicht auf. Zeig deinem Herrchen, was du kannst.«

»Ich glaube nicht, dass ich ihr Herrchen bin. Du bist es.«

Jessie hielt seinen Blick für ein paar Herzschläge, bis es unangenehm wurde, und sah dann zurück zu Lola, die sich wieder auf den Boden legte. »Nein, nein, Lola. Du musst essen.« Sie hockte sich hin und küsste ihren Kopf erneut, und sie begann zu fressen.

»Ich glaube nicht, dass ich jemals auf diese Idee gekommen wäre«, gab Garrett zu.

Sie zuckte mit den Schultern und hielt ihre Augen auf Lola gerichtet, um der Macht seiner Augen auszuweichen. »Manche Mädchen reagieren eben auf Küsse.«

»In Hundezwingern.«

Sie sah ihn dann an und spürte einen sanften Blutschwall. »Also erinnerst du dich daran?«

Zum ersten Mal, seit sie erwähnt hatte, dass sie Journalistin war, spielte ein Hauch eines Lächelns um seine Mundwinkel. »Das war ein verdammt gutes Versteckspiel.«

»Hör zu, es tut mir leid«, sagte sie leise und trat einen Schritt vor. »Ich habe das schlecht gehandhabt, und es tut mir wirklich leid, dass ich dir den Morgen verdorben habe.«

Sie erreichte das Tor, aber er trat nicht beiseite und öffnete es auch nicht für sie, schaute sie nur eindringlich an. »Ist es wirklich dein großer Durchbruch?«

Sie verengte ihre Augen. »Lauschen steht nur eine Stufe höher auf der Leiter der schlechten Ethik als das, was ich getan habe.«

»Du warst völlig versunken in den Hund.«

Irgendwie wusste sie, dass das ein Kompliment war, und es wärmte sie, obwohl es das wahrscheinlich nicht hätte tun sollen. »Du hättest wenigstens husten können oder so.«

Er neigte seinen Kopf. »Du hättest ehrlich sein können oder so.«

Sie wollte nicht mehr darüber streiten. »Kannst du bitte zur Seite gehen?«

Für eine lange Zeit, viel zu lange, rührte er sich nicht vom Fleck. Schließlich schaute er hinter sie auf den Hund. »Du kannst Lola so zurücklassen?«

»Du kennst jetzt ihr Geheimnis.« Sie drückte gegen das Tor und schob es auf. »Du musst sie nur in den Hundezwingern küssen, und sie wird alles tun, was du willst.«

Er öffnete den Mund, um zu sprechen, aber sie legte ihren Finger auf seine Lippen und versuchte, nicht darauf zu reagieren, wie weich sie waren und wie sexy sich das leichte Einatmen anfühlte. »Einschließlich«, flüsterte sie, »zu gehen.«

Ohne ein Wort ging sie an ihm vorbei, hielt den Kopf hoch und trat hinaus in den Sonnenschein.

Sie bewegte sich zügig und zwang sich, die Hunde zu beobachten, die im Gehege herumtollten, wobei sie einen besonders fröhlichen braunen als ihren Fokus wählte. Wenn sie dorthin schaute und sich nicht zum Haus umdrehte, nicht in Erinnerungen schwelgte, sich nicht an das letzte Mal erinnerte, als sie diese riesige Waterford-Einfahrt hinunterging...

Tränen brannten in ihren Augen, als Bilder, die sie vor langer Zeit weggesteckt hatte, in ihrem Gehirn aufblitzten.

Mama und Stephanie zusammen im Auto – immer zusammen – ungeduldig, während sie sich von Molly verabschiedete.

Beeil dich, Jessie. Unser Flug nach New York geht in zwei Stunden.

Ihr Flug, ihr Leben, ihre Gemeinschaft, ihre... Familie. Und ihr Flug? Ging vier Stunden später nach Duluth, Minnesota.

Es ist das Beste für dich, Jessie. Du kannst nicht hier in Bitter Bark bleiben. Du hast keinen Ort zum Leben. Keine Familie.

Und wessen Schuld ist das, Mama?

Die Tränen flossen, als sie zu ihrem Auto sprintete, fest entschlossen, von hier zu verschwinden, bevor das erste Schluchzen kam. Sie hätte niemals hierher zurückkommen sollen. Waterford Farm repräsentierte alles, was sie nie gehabt hatte. Stabilität. Familie. Liebe.

Sie versuchte, die Gedanken in ihrem Kopf zu übertönen, indem sie auf die ständige Musik des Bellens in der Luft lauschte. Eines davon besonders, immer wieder, lauter und lauter, näher und näher.

Sie stolperte fast, als der Hund vor ihr vorbeihuschte und sie dazu brachte, nach ihrem Auto zu greifen, um das Gleichgewicht zu halten.

Es war Lola, die bellte und bellte. Drei scharfe Beller, dann starrte sie. Drei laute Beller und dieser traurige, traurige Blick.

»Was versuchst du mir zu sagen, Mädchen?« Jessie fiel

auf die Knie, Emotionen wirbelten, als sie ihr tränenüberströmtes Gesicht gegen den Kopf des beharrlichen Hundes drückte.

»Sie versucht, dir zu sagen, dass du bleiben sollst.«

Beim Klang von Garretts Stimme hinter ihr drückte Jessie ihr Gesicht fester in Lolas Nacken.

»Sie will, dass du bleibst.«

Jessie blickte auf den abgetragenen Stiefel und die Jeans, die nur wenige Zentimeter von ihr entfernt waren. Sie wagte nicht zu sprechen oder den Kopf zu heben und ihm die Genugtuung zu geben zu denken, dass *er* sie so emotional gemacht hätte.

»Und ich auch.«

Da musste sie aufschauen, und er zuckte ein wenig zusammen beim Anblick ihrer Tränen.

»Ich kann nicht«, sagte sie. »Ich muss ein Interview mit jemandem führen. Es ist wirklich entscheidend für meine Karriere, die...« *Alles ist, was ich habe.* »Wichtig für mich ist.«

Lola leckte Jessies Gesicht ab.

»Sie mag wohl Salz«, sagte Jessie mit einem schwachen Lachen.

»Sie mag dich«, erwiderte er. »Du könntest ihr Leben retten, indem du bleibst.«

Jessie neigte den Kopf. »Wirklich? Hast du mich nicht schon genug mit Schuldgefühlen beladen für einen Tag, Garrett? Es tut mir leid, aber ich—«

»Ich mache das Interview.«

Sie zog sich zurück, weg von der nächsten gründlichen Leckattacke auf ihr Gesicht. Sofort stellte sich Lola auf die Hinterbeine und legte ihre Pfoten auf Jessies Schultern. Garretts Augen folgten der Bewegung.

»Ich mache das Interview«, wiederholte er. »Wenn du

bleibst und mir hilfst, sie wieder normal zu bekommen und zum Fressen zu bringen.«

Sie starrte ihn erstaunt an. »Du bist so verzweifelt, diesem Hund zu helfen?«

»Ja«, sagte er. »Ich bin so verzweifelt.«

Ganz langsam nahm sie Lolas Pfoten herunter, behielt aber eine Hand auf Lolas Kopf, während sie aufstand, um ihm gegenüberzutreten. »Nur damit du es weißt, das war eine offizielle Frage.«

Er runzelte die Stirn. »Dass ich verzweifelt bin, den Hund zu retten?«

»Ja. Das ist die Art von Dingen, die ich wissen will, Garrett. Dies wird kein oberflächliches Interview sein. Dies wird kein PR-Werbetext für Waterford sein. Und wenn es gut ist, werde ich eine Videokamera vor dein Gesicht haben wollen, denn das wird ein Pilotversuch für mich sein, um eine Moderatorenposition bei *ITAL On Air* zu bekommen.«

Er schloss die Augen, als hätte sie ihn erschossen.

»Also, lass uns hundertprozentig klar sein, worauf du dich einlässt. Bist du so verzweifelt, Garrett Kilcannon?«

Sein Blick fiel auf Lola, die sich an Jessies Oberschenkel schmiegte und wimmerte.

»Ja, ich bin so verzweifelt.«

»Wow.« Sie seufzte leise und beugte sich ein wenig, um beide Hände auf Lolas Kopf zu legen und ihn zu streicheln. »Er wird ein gutes Interview geben«, flüsterte sie. »Danke, Lola.«

Kapitel Sieben

Als sie mit dem Abendessen und einer Flasche Wein fertig waren, waren alle Jahre, die Molly Kilcannon und Jessie Curtis trennten, in Gesprächen, Gelächter, gemeinsamen Erinnerungen und Lebenshöhepunkten verflogen.

»Mein Gott, es macht so viel Spaß, dich wiederzusehen«, sagte Molly seufzend. »Meine beste Freundin ist eine Zwölfjährige, die jeden Tag mit nur einem Lebensziel aufwacht: ihre Periode zu bekommen.«

Jessie prustete. »Ich hoffe, du sagst ihr, dass die Begeisterung schnell nachlässt.«

»Ich erzähle ihr alles. Sie ist wirklich meine Lebenspartnerin.«

Jessie zuckte bei diesem Ausdruck zusammen. Sie hatte ihre Mutter das einmal über Stephanie sagen hören, aber Molly hatte keine andere Tochter, die immer an zweiter Stelle kam.

»Es ist wunderbar, dass ihr so eng verbunden seid«, sagte Jessie. »Man hört ja solche Horrorgeschichten über Teenager und alleinerziehende Mütter.«

»Ich hatte Glück, aber nicht…« Sie zuckte mit einer Schulter. »In der Liebe.«

»Ja, ich bin sicher, du würdest gerne mit jemandem zusammen sein, der nicht unbedingt seine Periode bekommen will.«

Molly lachte ungezwungen. »Ja, ein netter Mann mit einem guten Herzen und dem Wunsch, sesshaft zu werden. Jemand wie einer meiner perfekten Brüder, aber nicht mit mir verwandt.«

»Die Messlatte in der Kilcannon-Familie liegt hoch«, sinnierte Jessie. »Und trotzdem hat noch niemand einen von ihnen geschnappt. Wie ist das überhaupt möglich?«

Molly schüttelte den Kopf. »Das Leben halt. Aidan ist offensichtlich jetzt im Ausland. Und die anderen? Garretts Unternehmen war der Fokus für sie alle. Er war das Gehirn hinter PetPic, aber Shane ist ein unglaublicher Anwalt und hat geholfen, daraus ein lebensfähiges Geschäft zu machen. Liam hat einen Ingenieursabschluss gemacht, als er aus dem Militär ausgeschieden ist, und es stellte sich heraus, dass er genauso gut mit Software flüstern kann wie mit Hunden. Meine kleine Schwester Darcy? Sie hat die Verwaltung von PetPic übernommen und dann im Alleingang eine Personalabteilung aufgebaut. Keiner von ihnen hatte Zeit für Romantik. Als Garrett dann verkaufte, gingen sie alle nach Seattle, um für FriendGroup zu arbeiten, aber kurz danach starb Mom und sie kamen alle zurück. Die nächsten drei Jahre drehte sich dann alles darum, Waterford Farm zu einer Eliteeinrichtung auszubauen, einer der besten an der Ostküste, wenn nicht sogar im ganzen Land.«

»War es also nur eine Frage der Zeit und der Prioritäten?« Jessie kaufte das nicht vollständig ab. Menschen fanden Zeit für die Liebe, wenn sie sie wollten.

»Mehr oder weniger.«

»Und jetzt?«

Molly beugte sich näher, ihre Augen funkelten vor Humor und diesem dritten Glas Wein. »Warum interessierst du dich so für das Liebesleben meiner Brüder?«

»Für die Story.«

Molly verdrehte die Augen. »Glaubst du, ich habe den Garrett-Schwarm vergessen? Er war tief und breit, wenn ich mich richtig erinnere. Und du hast noch keine einzige ernsthafte Beziehung erwähnt. Bist du wirklich so mit der Arbeit verheiratet, Jess, oder hat ein Mann dich kaputt gemacht?«

Jessie hörte das unausgesprochene *auch* am Ende dieser Frage. »Hat Prus Vater dich kaputt gemacht?«

»Ähh, nein.« Sie zeigte auf Jessie und schüttelte den Kopf. »Ich weiß, was du da machst. Du hast es den ganzen Abend getan. Du beantwortest eine Frage mit einer Gegenfrage und lenkst das Gespräch zurück auf die andere Person und stellst eine Frage, bei der sich die Person gezwungen fühlt, sie zu beantworten. Ich hab dich durchschaut, Jessica Jane.«

Jessie lachte über die Verwendung ihres vollen Namens, den Molly liebte, als sie Kinder waren. »Was soll ich sagen? Es ist meine Superkraft. Ich bringe Leute dazu, in die Tiefe zu gehen, wie man so schön sagt.«

»Und du denkst, das wirst du mit Garrett machen können?« Skepsis tropfte aus jedem Wort.

»Ich hoffe es, wenn ich den Moderationsjob bekommen will, von dem ich dir erzählt habe.«

»Muss das nicht in beide Richtungen gehen? Er will sich öffnen? Oder...« Sie hob ihr Weinglas und eine Augenbraue. »Ausziehen?«

»Er ist dein Bruder!«

»Er war dein erster Schwarm.«

Jessie ignorierte das. »Er muss natürlich zustimmen, Fragen zu beantworten, ja. Aber er hat gesagt, er würde es tun, und er weiß, dass es ein tiefgehendes Interview ist. Er hat es versprochen, und ich habe versprochen, mit Lola zu helfen.«

»Das wäre typisch Garrett. Verkauft seine Seele für einen Hund.«

»Ich werde nicht seine Seele nehmen«, sagte Jessie. »Der Interviewprozess – und ich möchte hinzufügen, der Profilartikel – wird ihm nicht schaden. Die meisten Menschen finden es kathartisch. Sogar heilsam.«

»Warum bist du dann nicht Therapeutin geworden?«, fragte Molly. »Abgesehen von deinem lebenslangen Traum, die nächste Katie Couric zu werden.«

»Pffft. Der Zug ist abgefahren. Aber ich liebe den Journalismus, und das ist der nächste natürliche Schritt in meinem Beruf. Das oder Biografien schreiben, was nicht ganz so glamourös ist und auch nicht so gut bezahlt wird.«

Molly musterte ihr Gesicht, ihre Augen verengt in der Art, die normalerweise einem Witz oder einer brillant scharfsinnigen Bemerkung vorausging. »Sei einfach darauf vorbereitet, nicht die ganze Geschichte von Garrett zu bekommen.«

»Weil er so verschlossen ist?«

»Weil er…« Sie schwenkte den letzten Schluck Wein und starrte dabei auf das Glas. Nach einem Moment blickte sie auf. »Ungefähr zu der Zeit, als meine Mutter starb, ist Garrett etwas passiert. Etwas – jemand, vermute ich – hat ihn verletzt. Und das alles geschah zur selben Zeit, als er seine Firma an FriendGroup verkaufte. Praktisch im selben

Monat. Natürlich war er während der Beerdigung ein Wrack, das waren wir alle. Aber dann hatte Dad diese Idee, und Garrett ist verdammt noch mal darauf angesprungen, obwohl Shane so was sagte wie: ‚Mann, du kannst nicht von diesem Deal weglaufen.' Aber er tat es. Und brachte auch Shane und Liam und Darcy nach Hause.«

»Und danach war er anders?«

»Vollkommen. Verschlossen, ruhig, fokussiert auf die Hunde.«

Genau wie Dr. K gesagt hatte. »Und du denkst nicht, dass es die Trauer um deine Mutter war? Vielleicht sogar der Verlust eines Unternehmens, das er über Jahre von Grund auf aufgebaut hatte?«

Jessie zuckte mit der Schulter. »Er will es nicht sagen. Wenn es das wäre, würde er doch darüber reden, oder?«

»Das sollte man meinen, aber manche Männer kommen mit Gefühlen nicht gut klar.«

»Das ist Liams Gebiet. Garrett war immer offen und ehrlich. Aber er kam aus Seattle als veränderter Mann zurück, und keine Menge Alkohol oder Gespräche haben es je aus ihm herausbekommen. Vielleicht kannst du ihm *tatsächlich* helfen.«

Sie dachte darüber nach, nickte und musste sich eingestehen, dass ihr diese Herausforderung eigentlich gefiel. »Ich werde mein Bestes tun.«

»Gut.« Sie kippte den Rest des Weins hinunter. »Und während wir dich zurück zur Pension begleiten, erzähle ich dir alles darüber, wie ich geliebt und verloren habe und am Ende mit dem Besten, was mir je passiert ist, endete. Du versuchst den ganzen Abend schon, es aus mir herauszubekommen.«

Am nächsten Morgen hatte Jessie eine Liste mit gezielten Fragen parat, als sie früh am Morgen, wie geplant, das weitläufige Gelände von Waterford Farm überquerte.

Als sie sich dem Haupttrainingsbereich näherte, erblickte sie zwei Männer im Ring. Einer trug einen leuchtend orangefarbenen Anzug, ähnlich einem Feuerwehranzug, mit dicken Polstern an den Armen und einem Helm mit Gitter vor dem Gesicht. Den anderen erkannte sie sofort als Liam Kilcannon, den ältesten, dunkelsten und ruhigsten der Gruppe. Er arbeitete mit einem gefährlich aussehenden Deutschen Schäferhund, behandelte ihn aber wie einen kostbaren, hilflosen Welpen.

Da er sieben Jahre älter als Molly war, war der älteste Kilcannon nicht oft da gewesen, als Jessie häufig zu Besuch kam. Er war zu den Marines gegangen, kurz nachdem sie und Jessie Freundinnen wurden, weshalb Liam am Esstisch eine Art Legendenstatus hatte. Er war der erste Kilcannon, der das Nest verließ, und sein Job als Militärhundeführer in Texas war ein beliebtes Gesprächsthema.

Sie hielt sich zurück, beobachtete, wie die beiden Männer sprachen und anhielten, um dem Hund Anweisungen zu geben. Plötzlich rief Liam: »Los, Garrett!«, und der Mann im großen orangefarbenen Anzug mit dem vergitterten Gesicht rannte über den Trainingsbereich.

Der Hund bellte wild, aber Liam hielt seinen Kragen fest und hielt ihn mühelos zurück. Dann, wie choreografiert, ließ Liam los, als Garrett scheinbar stolperte und zu Boden rollte, und der Hund schoss in die Luft und raste im vollen Angriffsmodus über das Gras auf Garrett zu.

Wie gebannt eilte Jessie näher, gefesselt vom Geschehen. Der Hund sprang in die Luft und biss kräftig in den gut gepolsterten Arm. Garrett drehte sich, während das

Tier sich mit den Zähnen festhielt, sein riesiger felliger Körper in der Luft, bis er seinen Kiefer löste und zu Boden ging.

»Braver Junge, Mussie!«, rief Liam. »Belohnung!«

Sofort sprang der Hund zu Liam zurück, der furchtlos seine bloße Hand ausstreckte, damit der Hund den Leckerbissen nehmen konnte. Inzwischen hatte Jessie den Zaun erreicht.

»Bleib draußen, wenn du nicht sterben willst«, rief Garrett, ohne jeden Humor in seiner Stimme.

Sie musterte ihn, die Schutzausrüstung machte ihn fast so bedrohlich wie den Hund. Er schlenderte herüber, bewegte sich langsam in der sperrigen Kleidung, aber selbst in diesem Aufzug spürte sie, wie ihr Herz schneller schlug beim Anblick seines Lächelns hinter den Gitterstäben, die sein Gesicht bedeckten.

»Du bist früh dran, Lois Lane.«

Sie lachte über den Spitznamen. »Du bist mutig, Superman.«

»Wenn ich mutig wäre, würde ich unbewaffnet wie mein knallharter Bruder dastehen.«

Er unbewaffnet? *Das* würde sie gerne sehen.

Er blickte in Richtung Liam und des Hundes, die jetzt umhergingen und sich drehten. Jedes Mal, wenn Liam stoppte oder sich drehte oder eine Bewegung machte, spiegelte der Hund sie und bekam eine Belohnung.

»Ernsthaft, ist das sicher mit diesem wilden Deutschen Schäferhund?«

Garrett erreichte sie jetzt am Zaun, nahe genug, dass sie das tiefe Blau seiner Augen sehen konnte und etwas mehr Stoppeln auf seinem Gesicht als am Tag zuvor. »Erstens ist das ein Belgischer Malinois, ähnliche Rasse, historisch verwandt, aber deutlich intelligenter. Nicht dass Deutsche nicht klug wären, aber Colonel Mustard? Der ist ein verdammtes Genie.«

Sie lachte. »Er heißt Colonel Mustard?«

»Liam ist Cluedo-verrückt«, sagte er. »Du hättest Miss Scarlet sehen sollen. Die tritt gerade Hintern und verteilt Denkzettel für irgendeine private Sicherheitsfirma namens The Bullet Catchers.« Er blickte zurück zu Liam, der immer noch einen Fußtanz mit dem Hund aufführte. »Mein Bruder ist der Einzige, den Mussie jetzt nicht verschlingen will, aber er wird ihn in sieben Tagen dazu bringen, aus deiner Hand zu fressen und bereit sein für die offizielle K-9-Ausbildung.«

»Nicht aus meiner Hand«, sagte Jessie.

Garrett lachte, ein schöner und unerwarteter Klang, der einen kleinen Schauer bis in Jessies Zehen sandte. Er schien heute viel entspannter und weniger auf der Hut zu sein.

Vielleicht hatte er sein Schicksal akzeptiert. Oder vielleicht war die Schutzausrüstung einfach, nun ja, schützend.

»Heute Morgen arbeitet Liam am Angriff-auf-Befehl, weil das Mussies einziger Lebenszweck sein wird.« Er blickte auf ihre Füße hinunter und musterte die Turnschuhe, die sie zu bequemen Khakihosen gewählt hatte, nachdem sie gesehen hatte, was andere Hundetrainer hier trugen. »Gut, dass du heute bessere Schuhe anhast. Bist du bereit, Lola zu sehen? Du kannst sie füttern.«

»Okay. Dann… werden wir reden?«

»Oh, nicht heute. Ich muss raus und einen Therapiehund ausliefern. Wir können morgen reden, na ja, vielleicht. Oder übermorgen.«

Kein Wunder, dass er entspannt war. Er wimmelte sie ab. »Garrett. Wir hatten eine Abmachung.«

»Ich habe zehn Tage, oder?«

»Jetzt noch neun. Aber ich muss die Geschichte schreiben. Ich dachte, wir machen heute das Interview.«

Die ganze Entspannung verschwand hinter der Maske. »Ich kann heute nicht.« Bei ihrem Blick lachte er leise. »Okay. Ich sag dir was. Wenn Lola genug frisst, und das ist ein großes Wenn, nehmen wir sie mit auf einen kurzen Spaziergang. Du kannst, weißt du, ein paar Fragen stellen.«

»Ich brauche ein Aufnahmegerät und ein Notizbuch.«

Er unterdrückte kaum ein Stöhnen. »Ich habe heute nicht viel Zeit, und Liam braucht mich jetzt.« Er rückte die Gesichtsmaske zurecht. »Geh zu Lola. Sie stirbt danach, Zeit mit dir zu verbringen.«

Aber er nicht. »Garrett, du hast es versprochen.«

Bevor er antworten konnte, kam Liam auf sie zu. Hinter ihm blieb Colonel Mustard völlig regungslos, was Jessie die Gelegenheit gab, die Konturen von Liams markanten Gesichtszügen und seinen tiefschwarzen Augen unter einer strengen Stirn zu betrachten. Sie hatte ihn natürlich als Kind kennengelernt, aber jetzt war er ein erwachsener Mann von vierzig Jahren, wenn ihre Rechnung stimmte. Ein Tattoo lugte unter einem eng anliegenden T-Shirt hervor, das über Muskeln gespannt war, die etwas Wildes an sich hatten.

»Das muss die Reporterin sein«, sagte er.

»Nicht direkt eine *Reporterin*«, erwiderte sie. »Das würde bedeuten, dass ich nach Neuigkeiten suche. Ich bin eigentlich Autorin. Schön, Sie wiederzusehen, Liam. Ich bin Jessie Curtis.«

»Jessie.« Er nickte und musterte sie eindringlich. »Ich schätze, wir haben uns vor Jahren kennengelernt, aber ehrlich gesagt, erinnere ich mich nicht an alle Freunde, die in diesem Haus ein und aus gegangen sind. Willkommen zurück.«

»Danke. Sie sind erstaunlich mit diesem Hund.«

»Mussie?« Er drehte sich um und schaute auf den Hund, dessen Ohren zuckten, aber jeder andere Muskel blieb regungslos. »Er ist einzigartig. Er geht zur NYPD, also will ich, dass er ein Superstar wird. Wir sind fertig, Garrett. Ihr könnt euch jetzt um Lola kümmern.«

Als ob Lola der einzige Grund wäre, warum sie hier war.

»Dann lass uns zu ihr gehen«, sagte Garrett, dem offensichtlich die Ausreden ausgingen, um Jessie zu meiden.

»Klar.« Jessie umrundete das weitläufige Gehege und ging zum Eingang der Zwinger. Als Garrett außerhalb des Zauns stand, hielt er an, streifte den Helm und die Maske ab und schüttelte seine langen schwarzen Locken aus.

Es sollte nicht so sein, aber diese Bewegung wirkte sexy, und alles Weibliche in ihr schwelgte in einem glücklichen Seufzer der Anerkennung. Eine Sekunde später öffnete er den Reißverschluss des Einteilers und streifte ihn ab, darunter war er oberkörperfrei.

Sie wollte den Blick vom Anblick einer breiten Brust mit einem Schimmer von Schweiß über den wogenden Muskeln abwenden, aber das hätte sie absolut unmenschlich gemacht.

»Es ist heiß in diesem Anzug«, erklärte er, als er sie beim Starren erwischte.

So heiß.

Sie nickte und wandte sich um, um zu den Zwingern zu gehen, wobei sie dem Gang mit den einzelnen Hundekäfigen folgte. Auf dem Weg hielt sie an und sprach mit verschiedenen Hunden, die aufmerksam wurden und sie anschauten, einige bellten zur Begrüßung. Sie blieb stehen, um einen lebhaften kleinen Dackel zu bewundern, der sich einen Käfig mit einem riesigen braun-weißen Hund teilte, der ihrer Vermutung nach eine Mischung aus einem Pitbull und etwas anderem war. Der kleine Hund jaulte ein paar Mal, und der große gab ihm einen sanften Schubs, drückte ihn mit seiner Vorderpfote zu Boden und starrte zu Jessie hoch, als fordere er sie heraus, den Welpen anzufassen.

»Mutt und Jeff.« Garrett kam um die Ecke, er trug ein weißes Waterford-Farm-T-Shirt mit dem Hundeknochen-Logo, das sie überall gesehen hatte. Es sah toll aus, wenn auch nicht ganz so toll wie das, was er vorher nicht getragen hatte.

»Das sind wirklich ihre Namen?«, fragte sie.

»Diese beiden können nicht getrennt werden. Wir hatten drei Leute, die Jeff adoptieren wollten, aber es ist immer schwer, das richtige Zuhause für einen Bullterrier zu finden. Mutt ist jedoch ein großes Baby, und Jeff ist sein Lieblingsspielzeug. Jemand muss beide nehmen, denn ich werde sie niemals trennen.«

Die Art, wie er es sagte, mit solcher Einfachheit und Ehrlichkeit und Liebe, berührte sie. Und ließ sie wünschen, sie hätte aufgenommen. Wie könnte sie diesen unerschütterlichen Respekt des Mannes für Tiere auf Papier bringen?

»Also wer denkt sich diese niedlichen Namen aus?«, fragte sie.

»Manche kommen mit den Hunden, manche geben wir ihnen. Manche scheinen sie einfach zu besitzen, wie Mutt.« Er warf ein paar Leckerbissen in ihren Zwinger. »Gute Arbeit, Mutt. Du hältst diesen wilden Jeff aus Schwierigkeiten heraus.«

Alles, was Mutt tat, war, seine Pfote zu heben, damit Jeff einen Leckerbissen zwischen die Zähne nehmen und ihn zu Mutt bringen konnte. Dann ging er zurück, um seinen eigenen zu holen.

»Awww.« Jessie presste ihre Hand gegen ihren Mund. »Das liebe ich.«

Garrett führte sie entlang der Zwingerreihe, und sie konnte nicht umhin, wieder zu bemerken, wie makellos sauber der Bereich war. Die Tore waren alle weiß, nicht schmutziggrau oder gefängnisartig. Die Böden waren poliert, die Sonne fiel durch strategisch platzierte Fenster und Oberlichter herein. Bei Waterford wurden keine Kosten gescheut, und das war offensichtlich.

»In diesem Bereich sind alles Rettungshunde und Pflegehunde«, sagte er. »Es ist mein zweites Zuhause.«

Wieder gingen gute Zitate verloren. »Ich würde diesen Satz gerne in deiner Geschichte verwenden.«

Er stieß einen Seufzer aus. »Muss ich auf jedes einzelne Wort achten, das ich sage? Können wir nicht eine offizielle Startzeit festlegen, und das hier ist es *nicht*?«

Selbst wenn sie seine Zitate und Gedanken nicht aufschreiben würde, würde sie mentale Notizen machen, aber Jessie hatte das Gefühl, dass er komplett dichtmachen würde, wenn sie ihm das sagte. »Klar«, stimmte sie zu. »Oh, schau, wer da ist!«

Lola lag flach auf dem Bauch, das Futter unberührt, und war genauso elend wie gestern. Beim Klang von Jessies Stimme wurde sie aufmerksam.

»Guten Morgen, Fräulein Lola.«

Sie trabte mit einem Leuchten in den Augen zum Gatter, das Jessies Herz berührte, zusammendrückte und möglicherweise vollständig in Besitz nahm. Sie bellte dreimal schnell hintereinander, was Jessie dazu brachte, vor unverhohlener Freude in die Hände zu klatschen.

»Ihr charakteristisches Bellen«, sagte sie zu Garrett. »Ist dir das aufgefallen?«

»Sie versucht dir etwas zu sagen, das ist sicher.«

Noch dreimal Bellen, und diesmal kam es mit dem leichtesten Sprung von ihren Vorderpfoten, eine Bewegung wie ein kleiner Tanz auf Jessies Herz. »Ist das möglich? Dass sie versucht, mir etwas mitzuteilen?«

»Mit dieser Mischung? Ein Border Collie und Aussie Shepherd? Sie ist das Hunde-Äquivalent eines Mensa-Kandidaten. Und aufgeregt, dich zu sehen, Jess.«

Wie er ihren Namen sagte, kurz, süß, alle Kälte verschwunden. *Das* tanzte auch ein bisschen auf ihrem Herzen.

In einer so natürlichen Bewegung, dass es sie fast nicht aus der Fassung brachte, legte Garrett einen Arm um Jessies Schultern und stand neben ihr, während sie beide auf die nun stehende Lola herabblickten wie zwei stolze Eltern, die in die Wiege schauen.

Erstaunlich, wie dieser Hund ihn veränderte, dachte sie.

»Ich habe sie zurückgebracht, Lola. Genau wie ich es versprochen habe. Wirst du jetzt fressen?« Er öffnete die Zwingertür mit seiner freien Hand und führte Jessie mit seinem Arm, der immer noch um sie lag, hinein. Er war warm, stark, männlich und fühlte sich so unglaublich perfekt auf ihren Schultern an.

Aber Jessie nahm sich nur einen Moment Zeit, darüber nachzudenken, denn Lola drückte tatsächlich ihre Schnauze gegen Jessies khakifarbenes Hosenbein und wimmerte, was Jessies armes Herz noch mehr berührte.

»Oh, Mädchen. Ich bin so froh, wieder da zu sein.« Sie streichelte sie, beugte sich hinunter, küsste ihren flauschigen hellbraunen und weißen Kopf, und sofort ging Lola zum Futternapf und fraß ein bisschen.

»Du bist magisch, Jessica Jane Curtis.«

Sie lachte und sah zu ihm auf. »Woher wusstest du, dass das mein voller Name ist?«

»Ich habe so ziemlich jeden Artikel gelesen, den du je geschrieben hast.«

Sie zuckte zurück, erstaunt. »Wirklich?« Eine neue Wärme breitete sich in ihr aus - eine Mischung aus Stolz, Hoffnung und etwas beruflicher Nervosität. »Was hast du gedacht?«

Er hob eine skeptische Augenbraue. »Ich denke, ich sollte besser vorsichtig sein. Und du solltest wissen, dass du nichts davon aus mir herausbekommen wirst.«

»Wovon?«

»Den ganzen Gefühlskram.«

Gefühlskram? »Du meinst emotionale Einblicke in die Dinge, die einen Menschen ausmachen?«

Er hockte sich hin und richtete seine Aufmerksamkeit auf Lola. »Sie klingt eher wie eine Therapeutin als eine Journalistin«, flüsterte er dem Hund zu.

»Manchmal ist ein guter Interviewer ein bisschen von beidem.«

Er drehte sich um und sah zu ihr hoch. »Nur die Fakten, gnädige Frau. Du magst davon träumen, so eine Art... Barbara Walters zu sein, deren einziges Ziel in ihrer Karriere zu sein scheint, erwachsene Männer im Fernsehen zum Weinen zu bringen, aber ich bin nicht dieser Mann.«

»Das ist nicht, was ich versuche zu tun«, sagte sie und beobachtete mit leiser Zufriedenheit, wie Lola den Großteil ihres Futters aufaß. »Mein Ziel ist es, ein Profil zu schreiben, das so überzeugend ist, dass die Produzenten mich als Moderatorin für die Sendung haben wollen.«

»Das muss dir viel bedeuten«, sinnierte er.

»Es ist mein Job«, sagte sie. »Natürlich bedeutet es mir etwas.«

»Also wirst du wirklich diesen emotionalen Quatsch erzwingen.«

Quatsch? Ärger kribbelte ihr Rückgrat hoch, wie leicht er ihre Arbeit abtat. »Du *musst* es nicht tun«, sagte sie etwas scharf. »Ein unwilliger Interviewpartner ist wie... wie...«

»Ein unwilliger Liebhaber?«

»Keine Ahnung. Hatte noch nie einen.«

Er grinste. »Touché.«

Sie legte eine Hand auf seine Schulter, um ihn zu beruhigen, und versuchte nicht zu intensiv darüber nachzudenken, wie gut sich diese starke Schulter unter ihrer Handfläche anfühlte. »Hör zu, ich werde dich zu nichts zwingen, was du nicht willst«, sagte sie.

»Ich weiß. Ich setze nur Grundregeln.« Er stand auf und schnippte mit den Fingern. »Lauf, Lola.«

Der Hund starrte ihn an, und er wiederholte den Befehl, ohne seine Stimme zu verändern. Und bekam nichts. Ein weiterer Versuch brachte ihm das gleiche Ergebnis.

Er stieß einen leisen Seufzer aus und neigte seinen Kopf in einer stummen Bitte an Jessie.

Irgendwie wusste sie, dass sie diesen Test bestehen musste. Er wusste verdammt viel mehr über Hunde als sie, aber das Einzige, was sie bei ihrer kleinen Tour gestern mitbekommen hatte, war, wie sehr Hunde Menschen ähneln. Außerdem kannte sie Lolas Schwachstelle.

Sie trat näher, legte ihre Hand auf den Kopf des Hundes und beugte sich ganz, ganz nah heran, um in ihr schlappiges Ohr zu flüstern, wobei sie einen sanften Hauch von Hundegeruch wahrnahm. »Lass uns spazieren gehen, Lola.«

Und sofort ging Lola zum offenen Tor.

»Verdammt«, murmelte er. »Das sollte eigentlich nicht mal bei Hunden funktionieren.«

»Nun, es hat gerade funktioniert.«

Er stieß einen Seufzer aus und klang geschlagen. »Ich bin sicher, das ist das, was du mit mir machen wirst.«

»Vielleicht«, sagte sie. »Aber ich bin ziemlich sicher, dass dein Ohr besser riechen wird.«

Sie ging hinaus und freute sich, ihn wieder lachen zu hören.

Kapitel Acht

Garrett hatte einen Plan, wie bei jedem Problem, das er anging.

Sein Plan für das Problem namens Jessie Curtis war einfach: So wenig Zeit wie möglich allein mit ihr verbringen und nur über Dinge reden, die nicht wirklich wichtig waren.

Er würde heute den ganzen Nachmittag weg sein, aber ein Spaziergang würde nicht schaden. Sie könnte ein paar Fragen stellen, aber die Ablenkung durch Lola würde ihr keine Chance geben, ihn zu löchern und sich Notizen zu machen. Dann wäre er für den Rest des Tages unterwegs. Morgen und Mittwoch ebenfalls sehr beschäftigt. Eigentlich jeden Tag diese Woche.

Bis dahin würde sie unter Zeitdruck stehen und könnte nicht zu tief graben. Zumindest hoffte er das. Und wenn er bei ihr war, würde er es locker halten. Lässig. Sogar spaßig.

Er könnte sogar ein bisschen mit ihr flirten, weil... er sie tatsächlich mochte. Nun, er fühlte sich zu ihr *hingezogen.* Großer Unterschied.

»Oh, ich liebe diesen Teil von Waterford Farm.« Jessie

hielt auf dem Gipfel eines Hügels inne, der den Anfang des zwei Meilen langen Pfades markierte, den Garrett heute für sie geplant hatte. Natürlich nicht die vollen zwei Meilen, aber es war sein Lieblingsweg, der letztendlich zum schönsten Teil des Baches führte.

»Molly und ich sind früher mit unseren Fahrrädern hierher gefahren und haben unsere nackten Füße in den Bach gesteckt«, sagte sie.

Garrett legte ihr leicht die Hand auf den Rücken, um sie vorwärts zu führen. »Shane und ich sind früher mit unseren Rädern hierher gefahren und splitterfasernackt im Bach geschwommen.«

»Zum Glück fanden diese beiden Ereignisse nicht zur gleichen Zeit statt.«

»Glück für wen?«, neckte er sie. »Besonders nach diesem Spiel Räuber und Gendarm.«

Sie verlangsamte ihren Schritt und, nicht überraschend, tat Lola es ihr gleich, die an Jessies Seite klebte. »Jeden Tag? Mehrmals täglich? Stündlich? Wie oft werden wir diesen bestimmten Spaziergang in der Erinnerungsgasse noch machen?«

»Ist das nicht der ganze Grund, warum du hier bist? Um in meiner Vergangenheit zu graben? Du bist zufällig ein Teil davon.«

»Für etwa zehn Minuten.«

»Ich wette, es waren eher zwanzig, und als Minuten betrachtet, waren sie gut.«

Sie schaute gen Himmel. »Ich kann mir nicht einmal vorstellen, wie viele Frauen du in den Jahren, die seitdem vergangen sind, geküsst hast. Hast du eine ungefähre Schätzung der Anzahl?«

Und so begann das Interview. »Damit du das in dein Profil schreiben kannst? Keine Chance.«

»Vielleicht bin ich neugierig. Als, du weißt schon, Teil dieser Zählung.«

»Ich dachte, eine Körperzählung bedeutet Sex, nicht schweres Petting.«

»Schweres Petting? Sagt das überhaupt noch jemand?«

»Wenn man mit Hunden lebt.«

Sie lachte leise, dann wandte sie sich um, um auf dem Pfad auf ihre Schritte zu achten und folgte den Sonnenflecken auf dem festgetretenen Erdweg. Einen Moment oder zwei sprachen sie nicht, die einzigen Geräusche waren ein paar Vögel und das Bellen der Hunde, die sie zurückgelassen hatten. Sie hielten ihr Tempo langsam, beide spürten, dass Lola das bevorzugte. Er behielt die Hündin im Auge, da dies ihr erster richtiger Spaziergang seit einiger Zeit war und er nicht zu weit gehen wollte.

Er bezweifelte, dass Lola weglaufen würde – sie würde sich wahrscheinlich nicht mehr als drei Meter von Jessie entfernen –, aber er hatte eine Leine in seine Gesäßtasche gesteckt, falls sie durch ein Geräusch oder ein Eichhörnchen erschreckt werden sollte.

»Ich habe es hier immer geliebt«, sagte Jessie, das Geständnis brach die fast vollständige Stille. »Ich dachte immer, ihr Kilcannons hättet das traumhafteste Leben, während der Rest von uns in seelenlosen Siedlungen am Stadtrand lebte. Ihr habt im Paradies gelebt.«

Ihre Worte erinnerten ihn an etwas, das er sie zu Lola hatte sagen hören.

Sie haben dich irgendwo zurückgelassen, wo du sicher sein solltest, aber du warst so allein. Weißt du, das ist mir auch passiert. Ich war sechzehn.

»Warum hast du Bitter Bark verlassen?«, fragte er.

»Musste ich«, antwortete sie. »Meine Schwester

Stephanie bekam einen Job bei den Rockettes, als sie achtzehn wurde, und ich ging nach Minnesota.«

»Die Tänzerinnen in New York? Die mit den hohen Beinen?«

»Genau die.«

Er hatte eine vage Erinnerung an ihre Schwester. Er und Stephanie waren im gleichen Alter, aber sie war nach der neunten Klasse nie mehr in der Schule gewesen. Er hatte gehört, dass sie Privatunterricht bekam und viel reiste, da sie offensichtlich eine ernsthafte Tanzkarriere anstrebte.

»Aber warum bedeutete ihr Job in New York, dass du nach Minnesota ziehen musstest?«

»Die Frage, die ich in dem Alter nie aufhörte zu stellen.« Lola verlangsamte für einen Moment, und Jessie tat es ihr gleich, was einen natürlichen Instinkt für Hunde zeigte, den sie vermutlich nicht einmal wusste, dass sie ihn besaß. Sie wartete, während die Hündin an einem Baumstamm schnüffelte, ihr Markenzeichen hinterließ und weiterging.

»Mann, das macht mich glücklich«, sagte er.

Sie warf ihm einen verwirrten Blick zu. »Dass Lola gepinkelt hat?«

»Die schiere, ich weiß nicht, *Normalität* davon ist eine riesige Verbesserung. Dafür gebe ich dir die volle Anerkennung.«

»Seltsam, dass sie so auf mich reagiert, nicht wahr?«, sinnierte Jessie.

»Nicht wirklich«, sagte er. »Es bestätigt eigentlich meine Theorie über sie.«

»Die wäre?«

Er überlegte, ob er es ihr sagen sollte, da er seine Gedanken noch mit niemandem geteilt hatte, nicht einmal mit Shane, der derzeit alle Hände voll zu tun hatte. »Du erinnerst sie an jemanden, der ihr wichtig ist.«

»Aber ich bin nicht anders als alle anderen hier. Wenn es eine Geschlechtersache ist, gibt es hier jede Menge Trainerinnen und, tatsächlich, Molly und ich haben gestern Abend über sie gesprochen, und sie sagte, dass auch sie Schwierigkeiten hatte, Lola zu erreichen.«

»Nun, irgendetwas an dir riecht, sieht aus oder bewegt sich wie jemand, den sie geliebt hat«, sagte er und warf ihr einen Blick zu. »Schätze, sie hat einen guten Geschmack.«

Das Kompliment ließ ihre Lippen nach oben zucken. »Vorsicht, Garrett. Du wirst zu vertraut mit mir. Als Nächstes kommen die Barbara-Walters-Tränen.«

Keine Chance. »Ich habe Taschentücher mitgebracht, nur für den Fall. Erzähl mir zu Ende, warum du nach Minnesota ziehen musstest, als deine Schwester nach New York zog.«

»Ich interviewe dich, schon vergessen?«

»Nicht jetzt.« Außerdem erinnerte er sich noch gut an ihr tränenüberströmtes Gesicht, als Lola sie am Auto eingeholt hatte. Sie war nicht die einzige Neugierige hier. »Außerdem fällt es mir leichter, dir von meiner Vergangenheit zu erzählen, wenn du mir zuerst von deiner erzählst.«

Sie warf ihm einen Seitenblick zu. »Ich kenne alle Tricks, Kilcannon.«

»Dann tu mir den Gefallen.«

Mit einem Schulterzucken gab sie nach. »Meine Schwester war erst achtzehn, was sie zu einer der jüngsten Rockettes machte. Sie kannte keine Menschenseele in New York, und meine Mutter musste bei ihr wohnen. Ich konnte mit sechzehn nicht alleine in Bitter Bark bleiben.«

»Deine Eltern waren geschieden, richtig?«

»Ja. Sie haben sich ein paar Jahre vor meinem Umzug getrennt. Dad hat wieder geheiratet, sein Geschäft nach Raleigh verlegt, was nicht zu schlimm oder zu weit weg gewesen wäre, aber…« Sie schüttelte den Kopf. »Er war ständig auf Geschäftsreisen, und seine Frau war nicht gerade begeistert davon, einen Teenager aufzunehmen. Also entschieden meine Eltern, dass meine beste Option ein Umzug nach Duluth zu den Eltern meiner Mutter war. Sie waren nett, aber langweilig, und lebten am Ende der Welt.«

»Warum bist du nicht mit deiner Mutter und Schwester nach New York gegangen?«

»Meine Mutter wollte nicht, dass ich in einer Großstadt zur Schule gehe. Sie dachte, das könnte zu schwierig für mich sein.« Sie klang, als hätte sie diese Entscheidung auch gehasst. »Glaub mir, schwierig war es, in eine Stadt mit neun Einwohnern zu ziehen und eine Highschool zu besuchen, wo die Freundschaften schon seit dem Kindergarten bestanden und ich nicht willkommen war.«

»Du hättest bei uns bleiben sollen, um die Highschool abzuschließen«, sagte er, die Lösung war so offensichtlich, er konnte nicht glauben, dass sie damals nicht daran gedacht hatten. »Zu der Zeit waren Liam und Shane schon weg, und ich war auf dem Sprung. Wir hatten genug Platz.«

Sie verlangsamte ihren Schritt. »Ja, das wollte ich auch. Und Molly. Deine Eltern waren damit einverstanden.«

Wie hatte er nichts von diesen Gesprächen mitbekommen? Er war in seinem letzten Schuljahr so beschäftigt gewesen, sich auf das College vorzubereiten, und mit seinem wachsenden Interesse an Programmierung und dem Internet, das war der Grund. Jessie war nie mehr als ein zusätzliches Kind im Haus gewesen – bis zu dieser einen Nacht. Dann war sie weg, und ehrlich gesagt hatte er sie vergessen.

»Warum ist es dann nicht dazu gekommen?«, fragte er.

»Meine Mutter wollte, dass ich bei der Familie bin… so

wie sie eben war. Ich denke, es ließ sie sich weniger schuldig fühlen, alles in ein Kind zu investieren und das andere im Grunde abzuschieben.«

Er verzog die Lippe. Das musste schrecklich gewesen sein.

»Waterford wäre...« Sie seufzte und blickte durch die Bäume auf ein offenes Feld und sanfte Hügellandschaften und dahinter die Berge am Horizont. »Der Himmel gewesen.«

»Das ist es«, stimmte er zu. »Ich war so glücklich, hierher zurückzukommen.« Kaum hatte er es ausgesprochen, wurde ihm klar, dass er ihr unbeabsichtigt eine Tür geöffnet hatte.

»Von Seattle aus?«, fragte sie. »Wie lange warst du dort?«

»Lang genug.« Er ging etwas schneller. »Lass uns sehen, ob Lola darauf trainiert wurde zu apportieren.« Er hob einen kleinen, stabilen Zweig auf, wedelte damit vor Lolas Gesicht und reichte ihn dann Jessie. »Wirf ihn.«

»Warum ich?«

»Weil sie sich nicht rühren wird, wenn ich ihn werfe, aber wenn du es tust, wird sie ihn holen und wieder spielen wollen.« Bei dem zweifelnden Blick in ihren grünen Augen wusste er, dass er seinen Standpunkt beweisen musste. »Schau zu.«

Er warf den Stock, und Lola bestätigte seine Vorhersage. Jessie war diejenige, die ihn holte, den Stock zu Lola zurückbrachte, ihr zeigte und warf, und... Lola lief los.

»Hab's dir gesagt.«

»Das ist so seltsam«, sagte sie, aber ihr Lächeln verriet ihm, dass die »Hundeverbindung« bereits ihre Magie auf sie wirken ließ. Lola brachte den Stock zurück und bot ihn

Jessie an, die das Spiel wiederholte. »Aber was wirst du tun, wenn ich weg bin?«

Er hörte das Stocken in ihrer Stimme, als diese Realität – an die er schon gedacht hatte – sie traf.

»Eines der Dinge, die du hoffentlich tun wirst, wenn möglich sogar heute noch, ist ihr zu helfen, sich mit anderen Hunden und Trainern zu sozialisieren. Bleib einfach bei ihr, bis sie sich wohlfühlt. Machst du das?«

Sie schaute zu ihm hoch, eine Augenbraue leicht fragend angehoben. »Du weißt, dass ich das tun werde. Aber du musst dieses Interview geben, Garrett.«

»Werde ich. Diese Woche. Ich schwöre.«

»Wie wäre es mit heute?«

Er seufzte. »Bin beschäftigt.«

Lola hörte auf zu spielen und wurde langsamer, als sie zu einer weiten, grasigen Fläche kamen, die einen Blick auf die Berge in der Ferne bot. Sie fand in wenigen Sekunden einen Platz, rollte sich zusammen und legte sich hin.

Jessie setzte sich neben sie und legte liebevoll eine Hand auf Lolas Rücken. »Müde, Mädchen?«

Obwohl eine lange Ruhepause in der Sonne nicht das war, was er im Sinn gehabt hatte, wollte er Lola nicht drängen, und es störte ihn nicht wirklich, mit Jessie rumzuhängen und zu reden.

Er ließ sich auf das weiche Frühlingsgras sinken und streckte seine Beine neben Lola aus. »Sie ist noch nicht bei voller Kraft«, sagte er und streichelte den Hund zwischen ihnen.

»Du klingst besorgt.«

Achselzuckend gab er diese Wahrheit mit einem Nicken zu. »Bin ich, ein wenig. Sie ist ein harter Fall. Wir bekommen ab und zu solche. Ein Hund, der nicht über seine besonderen Umstände hinwegkommen kann.«

»Und was passiert mit diesen Hunden?« Der leichte Ton des Entsetzens veranlasste ihn, seine Hand über Jessies zu legen, wobei ihn kurzzeitig überraschte, wie weich ihre Haut war.

»Darüber musst du dir keine Sorgen machen. Wir finden ein Zuhause für sie, selbst wenn wir sie quer durchs Land bringen müssen. Ich habe ein Netzwerk von Leuten, Tausende eigentlich, die Hunde retten. Meine größte Herausforderung ist der Transport, aber daran arbeite ich gerade.«

Sie streichelte den Hund mit langsamen, rhythmischen Bewegungen. »Arme Lola. Ich frage mich, was deine Geschichte ist. Das wäre eine, die ich gerne erzählen würde.«

»Hey, du bist die Expertin darin, Menschen dazu zu bringen, ihre Wahrheiten zu enthüllen.«

»Menschen, nicht Hunde.« Sie klopfte auf Lolas Rücken und flüsterte: »Ich wünschte, ich könnte dich mit nach Hause nehmen.« Sie beugte sich vor, um einen ihrer Küsse auf Lolas Kopf zu platzieren. Sofort rollte sich der Hund um und breitete sich aus, bot ihren gefleckten Bauch zum Streicheln an und brachte Jessie zum entzückten Lachen. »Oh, wünschst du dir das auch?«

»Siehst du? Sie kommuniziert bereits mit dir. Sie sagt dir unmissverständlich, dass sie dir vertraut.«

»Wow, das ist unglaublich«, sagte sie seufzend und streichelte Lolas Bauch. Als sie sich vorbeugte, fiel Jessies Haar hinter ihrem Ohr hervor und verdeckte ihr Gesicht, was ihn dazu brachte, die Strähne zurückzustecken, damit er in ihre Augen sehen konnte, wenn er ihr sagte, was er dachte.

Sie blickte zu ihm auf, mit einem Hauch von Überraschung in ihren Augen wegen der intimen Berührung.

»Erinnerst du dich, dass ich sagte, du erinnerst Lola an jemand Wichtiges?«, fragte er.

»Ja?«

»Ich glaube ehrlich gesagt nicht, dass sie ausgesetzt wurde«, sagte er leise.

»Was denkst du dann, was passiert ist?«

»Ich weiß es nicht, aber dieser Hund wurde geliebt«, sagte er. »Leider hatte sie keinen Chip, der uns sofort den Namen des Besitzers verraten würde. Aber sie reagiert auf Liebe, was mir sagt, dass jemand sie damit überschüttet hat.«

Jessie runzelte die Stirn und hob ihren Kopf leicht an. »Und hat sie dann in einem Tierheim zurückgelassen? Das ist doch seltsam, oder?«

»Vielleicht musste ihr Besitzer sie aus irgendeinem Grund abgeben, denn so etwas kommt vor. Aber ein so geliebter Hund wird normalerweise einem Freund oder einem wirklich erstklassigen Tierheim ohne Einschläferungen übergeben.«

Sie verzog ihr Gesicht vor Entsetzen. »Und das, wo sie war… war *keines* dieser Tierheime?« Sie legte ihren Kopf wieder an Lolas. »Meine arme Kleine. Also könnte sie verloren gegangen sein und ihr Besitzer sucht nach ihr. Haben sie in diesem Tierheim Anzeigen aufgegeben?«

»Das haben sie, aber Greensboro ist keine kleine Stadt, und das Tierheim liegt weniger als ein paar Meilen von zwei großen Autobahnen entfernt. Es gibt zahlreiche Möglichkeiten, wie sie von jemandem verloren gegangen sein könnte, der nicht einmal aus der Gegend stammt, und jemand anders hat sie ins Tierheim gebracht.«

»Dann würden sie doch zurückgehen und sie dort suchen, wo sie sie verloren haben?«

»Das denke ich auch«, sagte er. »Ich habe ein paar Flyer

in der Umgebung verteilt und die Gegend um das Tierheim herum überprüft. Ich werde in ein paar Tagen zurückgehen, um weiter nachzuforschen. Vielleicht erfahren wir so mehr über Lolas Leben.«

»Oh, armes Baby.« Jessie stöhnte mitfühlend auf und streckte beide Arme aus, um den Hund zu umarmen.

Garrett beobachtete die Bewegung, sein Blick wanderte über Jessies lange Gliedmaßen und ihre sanften Kurven, die alle gegen Lola gedrückt waren. Glücklicher Hund.

Sie drehte den Kopf, um ihn anzulächeln, einige Strähnen ihres Haares wieder in ihrem Gesicht, was ihn dazu brachte, sie wegstreichen zu wollen. »Nimm mich mit«, sagte sie leise.

Überallhin, dachte er in einem Moment völliger Verrücktheit und alltäglicher Lust.

»Nimm mich mit nach Greensboro, wenn du fährst, um ihren Besitzer zu finden.«

»Mal sehen.« Ein paar Stunden gemeinsam auf der Straße wären *nicht* gerade ein Vermeiden von Jessie Curtis.

»Wir können Lola mitnehmen«, fügte sie hinzu und erhöhte den Einsatz. »Überleg mal, wie hilfreich das sein könnte. Die Leute könnten sie sehen statt nur ein Foto.«

Da hatte sie recht. Er hatte Lola beim ersten Mal mitnehmen wollen, aber es war ihm nicht gelungen, sie aus ihrem Zwinger zu bewegen. Mit Jessie wäre dieses Problem gelöst.

Und andere Probleme würden auftauchen, wie ein paar Stunden gemeinsam im Jeep.

Langsam hob sie den Kopf und verengte ihre Augen zu einer Herausforderung. »Hast du so viel Angst vor mir, Garrett Kilcannon?«

Ja. »Natürlich nicht.«

»Warum gibst du dann auch nur einen Moment zu bedenken, ob du mich mitnehmen sollst?«

Er suchte nach einem Grund. »Je mehr Zeit du mit Lola verbringst, desto mehr wirst du dich an sie binden, und dann wird es für sie schwieriger werden, dich gehen zu lassen.«

»Und trotzdem willst du, dass ich helfe, sie mit Trainern zu sozialisieren.«

Verdammt, da hatte sie ihn erwischt.

Ein langsames Lächeln breitete sich aus und hob eine Seite ihres Mundes, verschlagen und neckend. »Weißt du, was ich denke?«

Er hatte das Gefühl, dass er es gleich erfahren würde.

»Ich glaube, du machst dir Sorgen, dass es umso schwieriger wird, all diesen ›Gefühlskram‹ eingesperrt zu halten, je mehr Zeit du mit mir verbringst.«

Sie könnte recht haben. Er stand auf und klopfte sich das Gras ab. »Ich schätze, Lola und ich werden es beide herausfinden müssen«, sagte er.

Jessie blieb sitzen, was bedeutete, dass Lola es auch tat.

»Ich muss einen Hund ausliefern, Jessie.«

»Kann ich mitkommen?«

Gott, er wollte, dass sie mitkommt. Wollte ihren Witz und ihre Gesellschaft und ihren Charme den ganzen Tag neben sich haben. Schlechte, sehr schlechte Idee.

»Nein, Lola braucht dich mehr als ich.« Das hoffte er zumindest.

Kapitel Neun

Garrett war der beschäftigtste Hundebefreier, den sie je getroffen hatte.

Am nächsten Tag hatten sie vielleicht ein oder zwei Stunden zusammen. Sie redeten über Nichtigkeiten, lachten über viele Dinge und machten mit Lola einen kurzen Spaziergang über das Gelände. Jessie aß mit Molly und Dr. K zu Mittag und brachte Lola zu Darcys Hundesalon, um den Hund zu baden, da sie sich in etwas Widerlichem gewälzt hatte, und verbrachte einige Zeit mit den Auszubildenden in der ursprünglichen Klasse, die sie kennengelernt hatte.

Danach fuhr sie zurück zu ihrer Pension, um Arbeit nachzuholen, den Entwurf für ihre Geschichte zu beginnen – die viel zu viele Lücken aufwies – und einige Anrufe zu tätigen.

Aus reiner Langeweile rief sie ihre Schwester an, was sich nach einer Minute als Fehler herausstellte. Das Baby weinte im Hintergrund, der kleine Ashton forderte Aufmerksamkeit, und Stephanie war genervt, weil Mama noch nicht da war, um ihr zu helfen.

»Was genau machst du nochmal dort unten, Jessie?«, fragte Stephanie mit dieser abgelenkten Stimme, die bedeutete, dass die Frage mehr aus Höflichkeit als aus Interesse gestellt wurde.

»Eine Story über Garrett Kilcannon für *ITAL*. Erinnerst du dich an ihn?«

»Dieser Junge, den du so sehr mochtest, als du klein warst?«

Hatte sie ihn so sehr gemocht, dass sowohl Molly als auch Stephanie sie darauf ansprachen? Und sie war mit sechzehn nicht *klein* gewesen. »Er hat ein wirklich interessantes Leben geführt. Hat eine große Dot-Com-Firma gegründet und rettet jetzt Hunde.«

»Mmm. Klingt faszinie– Ashton, denk nicht mal dran.« Sie stöhnte. »Ich kann nicht glauben, dass Mom dachte, heute zu irgendeiner Kirchenveranstaltung zu gehen, sei wichtiger, als mir am freien Tag meines Kindermädchens zu helfen.«

Jessie schloss die Augen. »Ich auch nicht.« Denn nichts kam vor Stephanie, selbst nachdem ihre berühmte Karriere mit einer unerwarteten Schwangerschaft abrupt geendet hatte. Aber sie hatte Andrew geheiratet, der reich und freundlich war und sie wahnsinnig liebte, und Mom führte natürlich ihr Leben weiter, indem sie ihr Erstgeborenes verhätschelte und ihr zweites Kind ertrug.

»Aber du hast es dort in diesem großen Haus immer so sehr gemocht«, sagte Stephanie mit diesem typischen Unterton von Herablassung.

»Ich liebe es in diesem großen Haus.« Viel mehr als in dem kleinen, in dem sie ein paar Kilometer entfernt aufgewachsen war. »Tatsächlich sollte ich besser dorthin zurückkehren und schauen, ob ich an meiner Geschichte arbeiten kann.«

Stephanie war froh, aufzulegen, und das Gespräch machte Jessie ein wenig traurig, also arbeitete sie natürlich. Sie grub sich durch einige Recherchen und las jede Geschichte über PetPic, die sie im Internet archiviert finden konnte, und verbrachte sogar einige Stunden damit, über FriendGroup zu lesen, das Riesenunternehmen, das Garretts viel kleineres geschluckt hatte.

Sie stieß auf ein Profil von Jack Chamberlain, dem schillernden CEO, und fragte sich, ob er und Garrett gut miteinander ausgekommen waren. Jack war extravagant, ein markant gutaussehender Australier mit einem langen blonden Pferdeschwanz und einem charakteristischen weißen T-Shirt, das er bei jeder Gelegenheit trug. Er wurde als einer der zehn reichsten Menschen der Welt gelistet, verheiratet mit einer atemberaubenden Blondine namens Claudia und Vater eines Kleinkindes, das ein exaktes Abbild seiner schönen Mutter war.

War Garrett mit diesen Jetsettern befreundet? Wie war es, in Seattle zu leben, nachdem man in North Carolina geboren und aufgewachsen war? War die Gelegenheit, Waterford Farm zu bauen, der einzige Grund, weshalb er Seattle verlassen hatte? Oder steckte mehr dahinter?

Frustriert über die wachsende Liste von Fragen und die schwindende Zeit, um sie beantwortet zu bekommen, schwor sie sich, dass sie sich morgen an ihn heften würde, egal was passierte.

Am nächsten Tag war er zunächst nirgends zu finden, also verbrachte Jessie einige Zeit mit Lola, arbeitete mit ihr und zwei der Trainer, und entdeckte dann Gramma Finnie, die auf der Veranda des Hauses saß. Finnie wäre eine exzellente Interviewpartnerin, entschied sie. Bunt, meinungsstark, und ihr singender Akzent war Musik in den Ohren.

»Komm, Lola, lass uns versuchen, hier endlich richtig zu arbeiten.«

Die ältere Frau saß in einem Rattansessel, ein schlankes Laptop vor ihr geöffnet. Sie hatten in den letzten Tagen ein paar Mal kurz geplaudert, aber Gramma Finnie kam und ging auf Waterford Farm genauso viel wie der Rest von ihnen.

»Darf ich deine Arbeit unterbrechen?«, fragte Jessie.

»Auf jeden Fall.« Ihr Gesicht faltete sich zu einem Lächeln, ein helles Leuchten in Augen, die fast genau die gleiche Farbe wie Garretts hatten. »Ich versuche, eine Idee für den heutigen Blog zu bekommen. Hast du welche?«

Jessie lachte. »Ich hoffe eigentlich, dass du mir hilfst«, sagte sie, wohl wissend, dass Gramma Finnie vollständig darüber informiert war, warum Jessie hier war. »Wann hast du mit dem Bloggen angefangen?«

»Vor etwa anderthalb Jahren, als Pru, Mollys kleine Maus, entschied, dass ich im einundzwanzigsten Jahrhundert ankommen müsste.«

Auf dem Tisch, neben dem Laptop, entdeckte Jessie ein iPhone der neuesten Generation. »Sieht aus, als hätte sie Erfolg gehabt.«

Gramma strahlte. »Ich habe Tausende von Twitter-Followern.«

Jessie warf den Kopf zurück und lachte. »Das ist außergewöhnlich.«

»Ich bin @grammafinn. Folge mir.«

»Das werde ich auf jeden Fall.« Sie nahm ihr eigenes Handy heraus, um den Namen zu notieren.

»Ich könnte über dich schreiben«, sagte Finnie schnell.

»Nun, das wäre mal was anderes. Ich fürchte, ich bin nicht so interessant.«

»Ich finde dich faszinierend«, sagte sie. »Eine dieser

modernen Mädels, die keinen Mann brauchen, nur eine erfolgreiche Karriere.«

Jessie suchte in ihrem Gesicht nach einer Spur von Spott, die zu den Worten passen würde, sah aber keine. »Ja, so hat es sich irgendwie ergeben.«

»Das Leben ergibt sich nicht einfach, weißt du. Du gestaltest es. Es ist deine Entscheidung, nehme ich an. Du bist sicherlich hübsch genug, um jeden anständigen Mann zu bekommen, den du möchtest, oder?«

Jessie lächelte. »Es hatte keine Priorität.«

»Mit dreiunddreißig Jahren?« Finnie schnalzte mit der Zunge. »Die Uhr tickt, Kind. Es gibt ein altes irisches Sprichwort, dass es beim Muttersein nicht darum geht, was du aufgibst, sondern was du gewinnst.«

Vielleicht kein Spott, aber eine Lebenserfahrung stand auf jeden Fall bevor. »Ich konzentriere mich wirklich auf meine Karriere.«

»Schlimme Kindheit, ja?«

Jessie verschluckte sich leicht. »Du hast vielleicht deinen Beruf verfehlt, Oma Finnie. Falls bei *ITAL* eine Stelle frei wird, sollen wir dich anrufen?«

Sie winkte mit einer Hand, faltig wie Krepppapier, ihre Schultern bewegten sich lachend unter einer leuchtend grünen Strickjacke. »Habe ich Recht, oder?«

Jessie öffnete den Mund, um zu widersprechen, schloss ihn dann aber wieder und schüttelte den Kopf. »Nein, ich hatte kein gutes Vorbild für Mutterschaft, aber ich bin wirklich sehr glücklich. Ich liebe meinen Job, verdiene gut, und eine große Beförderung steht bevor.«

Finnie nickte bei jedem Punkt, den Jessie machte, als würde sie zustimmen. »Du hast also was zu beweisen.« Es war keine Frage.

Jessie betrachtete sie lange und fühlte sich plötzlich wie

jemand auf der anderen Seite eines Zauns. »Vielleicht habe ich das«, gab sie zu.

»Ich denke, darüber werde ich dann schreiben.« Finnie schaute auf das Land hinter Jessie. »Schau, da fährt Garrett mit Rin Tin Tin los. Er trägt seinen Hut nicht, also bringt er keinen Hund zu einer Rettung. Obwohl wir das wüssten, weil es immer eine große Sache ist, wenn er das tut.«

Jessie drehte sich um und sah einen alten, abgenutzten gelben Jeep, den sie schon auf Waterford Farm bemerkt hatte und der, wie sie bereits gehört hatte, nach dem berühmten Hund benannt war.

»Wohin fährt er jetzt?«, murmelte sie und stand auf, als ihr klar wurde, dass er wegfuhr, nicht zurückkam.

»Warum findest du das nicht heraus?«, schlug Finnie vor. »Die Uhr tickt, würde ich sagen.«

Jessie warf ihr einen Blick zu, ziemlich sicher, dass Finnie immer noch die biologische Uhr meinte, aber ihre Story-Uhr tickte auch. »Ich glaube, das werde ich. Danke, Finnie. Komm, Lola.«

Der Hund folgte ihr, als sie die Stufen hinunterrannte, über den Rasen lief und dann zur Einfahrt sprintete. »Garrett!«, rief sie. »Warte!«

Er trat auf die Bremse, als sie näher kamen.

Atemlos holte sie ihn ein und erreichte die offene Fahrerseite mit Lola direkt neben ihr. »Wohin fährst du?«, fragte sie.

»Nach Greensboro.« Er trug eine verspiegelte Fliegerbrille, die ihr jede Chance nahm, seine Augen zu sehen, nur ihr eigenes Spiegelbild mit vom Laufen wildem Haar und geröteten Wangen. »Es gibt Neuigkeiten über Lolas Besitzer.«

»Du hast gesagt, ich könnte mitkommen.«

»Ich sagte, wir werden sehen.«

»Ja? Nun, wir haben gesehen.« Sie riss die hintere Tür auf. »Spring rein, Mädchen.«

»Jessie, du kannst nicht-«

Sie ging um die Vorderseite des Jeeps herum und warf ihm einen Blick zu, der ihn herausforderte, sie zu überfahren. Sofort begann Lola zu bellen, dreimal, immer wieder, und sprang in leichter Panik von einer Seite des Jeeps zur anderen, aus Sorge, dass Jessie weggehen könnte.

»Denk nicht mal daran, sie ohne mich mitzunehmen.« Sie griff nach der Beifahrertür, zog sie auf und stieg ein.

Er senkte die Brille, vielleicht um ihr zu zeigen, wie verärgert er war, vielleicht um sie besser sehen zu können.

»Los geht's«, sagte sie fröhlich.

Er starrte sie an, dann zog ein langsames, verführerisches Lächeln an seinen Lippen. »Ich schwöre bei Gott, ich habe noch nie jemanden wie dich getroffen.«

Sie war nicht sicher, ob das ein Kompliment war oder nicht, aber sie machte es sich bequem, legte den Sicherheitsgurt an und ließ siegreich den Kopf zurückfallen.

Garrett wusste nicht, was ihn mehr ärgerte - die Tatsache, dass er sie mitkommen ließ, oder die Tatsache, dass er *wollte*, dass sie mitkommt.

Er war es leid, ihr aus dem Weg zu gehen, hatte genug von Ausreden und schämte sich ein wenig dafür, dass er seinen Teil der Abmachung nicht eingehalten hatte, obwohl Lola bereits ein veränderter Hund war. Und, verdammt nochmal, Jessie sah heute hübsch aus. Mit strahlenden Augen und Entschlossenheit, wie ein Mädchen, das auf diese Farm gehörte, nicht nach New York.

Die Wahrheit war, dass er Jessie in den Zwingern

gesucht und insgeheim gedacht hatte, er könnte sie einladen, ihn auf dieser Fahrt zu begleiten.

»Ist das der berühmte Hut?« Sie drehte sich um und griff nach dem braunen Ungetüm, das hinten auf seinem Platz thronte.

»Setz ihn nicht auf«, warnte er.

»Warum? Ist er schmutzig?«

»Das ist der *doggone*-Hut. Wortwörtlich.«

Sie drehte ihn in ihrer Hand, und selbst von seinem Sitz aus konnte er sehen, wie abgenutzt er war. »Er ist sehr... Indiana-Jones-mäßig.«

»Ich habe ihn seit meiner Jugend.«

»Ja.« Sie nickte. »Ich erinnere mich vage, dich damit gesehen zu haben, obwohl er damals in viel besserem Zustand war.«

Er schnaubte. »Ich auch.«

»Nicht wirklich«, sagte sie und ließ ihren Blick schnell über seinen Oberkörper wandern. Er kämpfte gegen ein Lächeln bei diesem Kompliment an.

»Ich bekam diesen Hut an dem Tag, als ich meine erste Rettung organisierte und sie zu einem neuen Besitzer brachte. Meine Mutter nannte ihn immer 'Garretts doggone-Hut', und so wurde er bekannt. Ich trage ihn nur, wenn ich einen geretteten Hund in ein neues Zuhause bringe, und auf dem Rückweg, wenn Rin Tin Tin einen weiteren glücklichen Vierbeiner an seinen endgültigen Platz gebracht hat. Deshalb ist es der *doggone*-Hut, weil der Hund weg ist.«

»Aww.« Sie drückte die Krempe an ihre Brust. »Das ist das Süßeste, was ich je gehört habe. Bitte sag mir, dass ich das in meiner Geschichte verwenden kann.«

»Klar.« Er warf ihr ein Grinsen zu. »Lass mich nur nicht wie einen Weichling klingen.«

Sie drehte sich um und legte den Hut mit neuer Ehrfurcht zurück, was ihn berührte. »Kein Weichling, versprochen.« Sie schaute sich noch einmal im Jeep um und dann intensiv ihn an. »Obwohl ich sagen muss, dass diese ganze Umgebung nicht das ist, was ich mir für einen ehemaligen CEO eines erfolgreichen Internetunternehmens vorstellen würde.«

Er zuckte mit den Schultern. »Es ist jetzt mein Leben, und es gefällt mir. Sehr sogar. Und das ist offiziell so tief, wie ich gehen werde.«

»Nein, ist es nicht«, sang sie spielerisch. »Warum gefällt dir dein Leben so sehr?«

»*Warum*?« Wie sollte man eine so große Frage beantworten? »Weil es mir eben gefällt?«, schlug er vor.

Sie lachte und schüttelte den Kopf.

»Nicht gut genug für dich, ist es das?«, vermutete er.

»Nicht mal ansatzweise.«

»Okay, okay.« Er konnte das schaffen. »Ich bin immer noch ein Unternehmer, was ich als jemanden definiere, der ein Geschäft um eine Leidenschaft herum aufbaut.« Er warf ihr einen weiteren Blick zu, ein vorsichtiger Schalk in seinen Augen. »Wird das genug für das Interview sein?«

Sie verdrehte die Augen. »Hör mal, ich habe keinen Stift, kein Papier, kein Aufnahmegerät oder Handy dabei. Wir unterhalten uns nur, okay?«

»Heißt das, alles was ich sage, ist inoffiziell?«

»*ITAL* hält nicht viel von dieser Redensart. Alles, was ein Interviewpartner teilt, ist fair game, und ehrlich gesagt ist das ein Teil des Grundes für den Erfolg der Website.«

»Und dann wundern sich die Leute, warum wir die Medien verabscheuen.«

»Es liegt am Autor, Grenzen zu setzen, und deshalb ist es wichtig für mich, genügend Zeit mit dem Subjekt eines

Porträts zu verbringen. Um Vertrauen auf beiden Seiten aufzubauen.« Sie zögerte einen Moment und sagte dann: »Du musst mir vertrauen.«

Er antwortete nicht, starrte auf die Straße vor sich und spürte, wie sein Kiefer sich etwas anspannte.

»Vertraust du mir?« Als er nicht antwortete, sagte sie: »Lola tut es.«

Halte es locker, dachte er. Flirty. So wie Shane es tun würde. »Wenn ich es tue,« sagte er mit einem neckischen Lächeln, »wirst du mir dann den Bauch kraulen, wenn ich mich auf den Rücken rolle?«

Sie lachte über die Frage und darüber, wie Lola ihre Schulter anstupste, einen Lecker nahm und sich dann hinlegte. »Keine Versprechen, aber Lola vertraut mir, und du hast selbst gesagt, sie vertraut niemandem.«

»Ich habe darüber nachgedacht,« sagte er. »Hunde sind ausgezeichnete Charakterbeurteilier.«

»Dann hör auf Lola.«

»Allerdings keine unfehlbaren Charakterbeurteilier.«

Sie drehte sich etwas, positionierte sich so, dass sie ihn und Lola, die auf dem Rücksitz ruhte, sehen konnte. »Also, was hast du solche Angst zu enthüllen?«

Er lachte erstickt. »Bringen sie euch diese Fangfragen in der Journalistenschule bei? So wie, wann hast du aufgehört, deine Frau zu schlagen?«

»Ich stelle eine legitime Frage. Ist es eine Romanze in deiner Vergangenheit? Eine Geschäftsentscheidung? Eine alte Wunde, die nie verheilt ist?«

Oh Mann. »Ja,« sagte er schließlich. »Und du kannst gleich mit dieser Fragelinie aufhören.«

Die Antwort brachte sie zum Schweigen, so sehr, dass er sich tatsächlich schlecht fühlte, sie so abgewürgt zu haben.

»Ich rede nicht gerne über mich selbst,« fügte er hinzu.

»Nicht ungewöhnlich,« sagte sie. »Viele Leute denken, über sich selbst zu reden zeigt einen Mangel an Bescheidenheit. Und manche Menschen sind wirklich privat.«

»Das bin ich,« sagte er. »Und Bescheidenheit ist mir nicht wichtig. Ich bin stolz auf das, was ich erreicht habe.«

»Okay, dann erzähl mir etwas über dich, das überhaupt nicht privat ist. Eine dieser Sachen, auf die du stolz bist und bei denen du dich gut fühlen würdest, wenn Leute über deine Vergangenheit Bescheid wüssten.«

Er stöhnte leicht. »Dass ich solchen Scheiß hasse?«

Sie atmete ein und ließ ihren Atem mit einem lauten Seufzen aus. »Garrett, wir hatten eine Abmachung. Ich würde mit Lola arbeiten, du würdest mit mir reden. Lola liegt gerade entspannt hinten, auf einem Roadtrip, gut gefüttert und ausgeführt. Habe ich meinen Teil der Abmachung nicht erfüllt?«

Das hatte sie. Und er schuldete ihr etwas. Sicherlich hatte er etwas, das funktionieren würde. Er grub in seinen Erinnerungen, ging so weit zurück, wie er konnte. Ganz weit zurück. Kindheit zurück.

»Als ich klein war,« sagte er langsam, »ich meine, wirklich klein, so sechs oder sieben, hatten wir eine französische Bulldogge namens Moses. Er war fett und langsam und alt und stur und nicht besonders schlau.«

Sie stieß einen Seufzer aus, der sehr nach *Endlich. Etwas Echtes.* klang. Sie rückte ein bisschen näher, als könnte sie jede Spur tiefer, dunkler Emotionen erschnuppern.

»Ich weiß nicht einmal, wie oder warum wir ihn hatten,« fuhr er fort. »Vielleicht hat ihn jemand in der Praxis meines Vaters abgegeben und nie wieder abgeholt.«

Sie ließ ein leises Keuchen hören. »Leute machen

sowas? Bringen einen Hund zum Tierarzt und vergessen, ihn abzuholen?«

»Da gibt es kein *Vergessen.*«

Sie brummte leise.

»Ja,« sagte er zustimmend. »Menschen tun viele beschissene Dinge, wenn es um Hunde – oder jedes Tier, denke ich – geht. Aber wie auch immer, wir hatten Moses. Er war nicht der Star des Hauses, das kann ich dir sagen.« Er beobachtete den Verkehr für einen Moment, wechselte auf die linke Spur, um an einem Sattelschlepper vorbeizuziehen, und sammelte seine Gedanken.

»Wir hatten natürlich Golden Retriever und Labradore, die durch Mamas Pflegeprogramm kamen und gingen. Wir beherbergten Pitbulls und Rottweiler und Schäferhunde. Und wenn ein neuer Hund ins Haus kam, hat sich einer von uns normalerweise an ihn gehängt. Hunde haben in der Regel 'ihre Person' in einer Familie, und jedes Mal, wenn wir einen bekamen, bildete sich diese Beziehung irgendwie organisch. Dann waren wir für die Pflege dieses Hundes und das Spielen mit ihm verantwortlich, was meinen Eltern sehr wichtig war.«

»Ich erinnere mich daran bei deiner Familie,« sagte sie. »Molly hatte diesen Basset namens Sam, der bei Übernachtungen immer mit uns im Bett lag.«

Er lachte leise und erinnerte sich an diesen Jagdhund und was für ein Heuler er war. »Nun, meine Brüder wollten alle die großen, harten Hunde für sich beanspruchen, trainieren und mit ihnen spielen,« sagte Garrett. »Wenn wir einen niedlichen Fluffball hatten, ging er zu Aidan und Darcy, weil sie so jung waren. Molly und ich, die mittleren Kinder, blieben mit den Zwischending-Hunden wie Moses und Sam hängen.«

Sie rutschte auf ihrem Sitz herum, entweder um es sich

bequemer zu machen oder weil es sie juckte, nach einem Notizbuch zu greifen. Er würde auf Letzteres wetten. Jedenfalls hatte er ihre volle Aufmerksamkeit.

»Ich war nicht glücklich darüber,« gab er zu. »Ich wollte einen echten Jungenhund, weißt du? Ich habe so oft versucht, Moses abzuschütteln und ihn zu Hause zu lassen, aber er watschelte mir überallhin nach. Auch an dem Tag…« Er verlangsamte seine Rede und gab ihr einen Blick, um ihr zu zeigen, dass er zum Kern der Geschichte kam.

»Ja?« fragte sie, völlig dabei.

»Auch an dem Tag, als ich beschloss, zur anderen Seite des Sees zu wandern und auf diesen großen alten Zuckerahorn dort zu klettern. Kennst du den Baum?«

»Oh ja.« Er konnte die Ehrfurcht in ihrer Stimme hören. »Dieser Baum ist wunderschön. Besonders im Herbst.«

»Ich liebe diesen Baum«, stimmte Garrett zu. »Er stand schon dort, bevor mein Großvater das Haus gebaut hat, und er gilt in Waterford als eine Art heiliger Boden. Er ist vom Haus aus nicht zu sehen und ziemlich weit ab vom Weg. Auch leicht zu erklettern. Wir sollten dort nicht allein spielen, aber ich dachte, wenn ich weit genug ginge, würde Moses müde werden, umkehren und wieder im Hof einschlafen, und ich hatte ihn und seinen dicken Hintern satt.«

Sie lachte. »Und du warst ganz allein? Keiner deiner Brüder war bei dir?«

»Shane und Liam spielten Frisbee und tobten mit ihren großen Hunden herum«, sagte er, ohne die alte Bitterkeit in der Erinnerung zu verbergen. »Ich war *stinksauer*. Also ging ich allein zu dem Baum, und du weißt, dass der See groß ist. Man kann die andere Seite nicht sehen und niemanden dort hören, es sei denn, man geht dorthin. Also machte ich mich auf den Weg mit dieser Bowlingkugel, die mir folgte, egal was ich tat.«

Sie kicherte leise bei dieser Beschreibung. »Und was ist dann passiert?«

Er hielt inne, schloss die Augen und stieß einen Atemzug voller Selbstekel aus. »Natürlich fiel ich aus dem verdammten Baum und brach mir das Bein.«

»Nein.«

»Gott, es tat weh.« Er schüttelte den Kopf, die Erinnerung an diesen Schmerz noch immer lebendig. »Und dieser verdammte Hund blieb fast zwei Stunden bei mir, drückte auf den gebrochenen Knochen, was, wie ich später erfuhr, dabei half, ihn zu richten. Ich weinte so heftig, dass ich nicht einmal um Hilfe rufen konnte, nicht dass mich jemand gehört hätte.«

Er konnte sich noch an die wilde Panik, den Schmerz und das Gewicht von Moses auf seinem Bein erinnern. »Wie haben sie dich gefunden?«

»Nur weil dieser fette, langsame, alte Hund den *ganzen* Weg zurück zum Haus lief und dann meine Mutter zu mir führte.«

»Wirklich?« Ihre Stimme hob sich. »Oh, das ist so süß.«

»Es war ein totaler Lassie-Move.«

»Das war es«, stimmte sie zu. »War das also der Moment, in dem du dich in Hunde verliebt hast und sie zu deiner Leidenschaft wurden?«

»Nee. Ich wurde schon mit der Liebe zu Hunden geboren. Wahrscheinlich wurde ich von einem Hund abgeschleckt, bevor mich meine eigene Mutter geküsst hat.«

»Dann... war das der Moment, als Französische Bulldoggen deine Lieblingsrasse wurden?«

Er warf ihr einen Blick zu. »Ehrlich? Sie sind langsam und pummelig und lassen sich nicht so leicht trainieren. Du wirst nicht viele Französische Bulldoggen finden, die Servicehund-Jacken tragen.« Er hob die Hand. »Warte mal kurz. Schreib das *nicht* auf. Ich will nicht, dass die Legion der Französischen Bulldoggen-Liebhaber Waterford boykottiert.«

»Gibt es so etwas?«

»Wahrscheinlich.«

Sie ließ sich in den Sitz zurückfallen und betrachtete ihn. »Was ist denn der Sinn dieser Geschichte?«

»Muss sie einen Sinn haben?«, fragte er, überrascht von der Frage. »Es ist eine tolle Geschichte. Eine Erinnerung. Ein Moment aus meiner Vergangenheit. Und du kannst sie in deinem Profil verwenden, mit, du weißt schon, etwas Bearbeitung. Die ich sehen und genehmigen darf.«

»Aber diese Geschichte hat keinen Sinn.«

Er dachte einen Moment nach. »Alte, fette, langsame Hunde haben auch Herz? Nein, ich mache Spaß. Das ist off the record. Was muss ich tun, um dich zu überzeugen, das nicht zu drucken?«

»Wie wäre es, wenn du mir einen echten Einblick in deine Vergangenheit gibst, einen mit Herz und Bedeutung, der dich auf deinen Weg gebracht und zu deinem Erfolg inspiriert hat und der erfasst, wer du als Person bist, die anders ist als jede andere Person auf der Erde?«

Er wechselte auf die Spur für die Ausfahrt und verlangsamte den Jeep ein wenig. »Das wirst du dir ausdenken müssen.«

»Ich werde mir keine Geschichte über dich ausdenken!«

»Tut mir leid, Moses ist das Beste, was ich habe. Ich dachte, du würdest das mit Löffeln aufessen. Beginne deine Geschichte damit.« Er zeichnete eine imaginäre Schlagzeile in die Luft. »Lebensrettende Tat bringt Garrett Kilcannon auf den Weg zum Besitzer einer erstklassigen Hundetrainings- und Rettungseinrichtung.«

»Nicht ganz das, was ich dachte«, sagte sie mit einem schiefen Lachen. »Was ist eigentlich aus Moses geworden?«

»Er ist gestorben.«

»Oh.«

Er schaute sie an. »Hunde sterben, Jessie. Es tut jedes Mal weh, aber wenn sie an jedem Tag ihres Lebens mit Liebe überschüttet wurden, dann…« Er zuckte mit einer Schulter. »Schau, ich bin nicht leichtfertig damit, glaub mir. Ich weine, wenn ein Hund stirbt. Wir haben Familienfeiern und stoßen auf die Erinnerung an und teilen, was wir an jedem Hund geliebt haben, der jemals diese Brücke überquert. Aber ich hatte in meinem Leben mit hundert Hunden zu tun, und sie sterben nun mal. Aber während sie hier sind, übertreffen sie Menschen um Längen.«

»Du ziehst wirklich Hunde den Menschen vor?«

Er nahm die Ausfahrt und rumpelte in Richtung der Straße in die Stadt. »Meistens. Außer meiner Familie.«

»Okay, also muss ich fragen. Ich meine, ich weiß, du hast gesagt, ich soll nicht, aber es ist die automatische nächste Frage.«

Er antwortete nicht und wappnete sich für das, was kommen musste.

»Warst du noch nie so in einen Menschen verliebt, dass er jeden Hund übertroffen hat, den du je hattest?«

Er hielt an einer Ampel und drehte sich um, um ihren direkten Blick zu erwidern. »Nein.«

»Nein, warst du nicht, oder nein, du wirst nicht antworten?«

»Einfach nur… nein.«

Und nach dem Gesichtsausdruck zu urteilen, als er diese Tür zuschlug, hatte er nichts getan, um die Fragen zu stoppen. Sie würde weiter nach dem Schlüssel suchen, und er würde weiter daran arbeiten, die Tür verschlossen zu halten.

Er musste das tun. Er hatte ein Versprechen gegeben, und er würde es nicht brechen.

Natürlich hatte er Jessie auch ein Versprechen gegeben. Er wünschte nur, die Moses-Geschichte würde ausreichen, um sie zufriedenzustellen. Er hätte es besser wissen müssen.

Kapitel Zehn

Als er seinen Jeep auf dem Parkplatz anhielt, betrachtete Garrett das North Ames Animal Shelter und kratzte sich am Kinn, während er alles durchdachte. Er blickte über seine Schulter zu Lola, die aufmerksam geworden war, als sie langsamer wurden, und jetzt schweigend aus dem Fenster starrte.

»Vielleicht solltet ihr beide besser hierbleiben.«

»Machst du dir Sorgen um Lola?«, fragte Jessie.

Er machte sich viel mehr Sorgen um Jessie. »Und um dich. Es kann ziemlich hart sein da drinnen. Es sind größtenteils gute Leute. Aber sie kümmern sich um viele Tiere, von denen viele misshandelt wurden, und es ist kein fröhlicher Ort.« Es könnte herzzerreißend sein, und er wollte nicht, dass Jessies Herz litt.

»Ich komme damit klar.«

Natürlich würde sie das sagen. »Ich bin nicht sicher, ob Lola das kann«, sagte er, der bereits Jessies Schwachstelle kannte. »Ich bringe jeden mit raus, der sie vielleicht sehen möchte. Und danach halten wir an ein paar Hundeparks, was immer ein guter Ort ist, um herauszufinden, ob ein Hund aus der Gegend stammt.«

»Okay.« Sie drehte sich um und gab Lola eine Nackenmassage. »Kann ich mit ihr spazieren gehen? An der Leine? Ich bleibe draußen.«

»Ja, natürlich.« Er holte die Leine aus der Mittelkonsole und stieg aus, öffnete die hintere Kabine, aber Lola drückte sich sofort gegen die gegenüberliegende Tür. Garrett lachte leise. »Ich glaube, das ist eine Aufgabe für ihre Bezugsperson.«

Jessie strahlte bei diesen Worten. »Okay, ich kümmere mich um sie.« Sie streckte ihre Hand über den Sitz aus, um die Leine zu nehmen, umschloss aber seine Hand mit ihren Fingern. »Mit wem genau wirst du da drinnen sprechen, Garrett?«

»Zuerst mit dem Manager. Gesetzlich müssen sie etwas aushängen, wenn ein nicht identifizierter Streuner gebracht wird. Also würde ich gerne wissen, ob jemand auf diesen Aushang reagiert hat. Zweitens werde ich mit meiner Freundin Marie sprechen, die mich einen Tag nachdem Lola reinkam, angerufen hat. Ich glaube, ich habe dir erzählt, dass sie Lolas Potenzial erkannt hat, sich aber Sorgen um sie machte.«

»Sie hätte sich zu Tode gehungert?«

In diesem Tierheim? »Falls sie so lange überhaupt am Leben geblieben wäre.«

Sie zuckte zurück, ihre Lippe kräuselte sich. »Geh du rein. Ich bewache sie mit meinem Leben.«

Dieses Versprechen und die Aufrichtigkeit dahinter berührten ihn irgendwo... nun ja, irgendwo, wo ihn schon lange keine Frau mehr berührt hatte. Tief in seiner Brust, ein bisschen zu nah an dem Eisblock, der sein Blut pumpte. »Ich bin nicht lange weg.«

Er ließ sie zurück und ging zum Haupteingang eines Ortes, den er ungern besuchte. Als er eintrat, verspannte er sich sofort. Dieses Tierheim war von der einfachsten Sorte. Er hatte natürlich Schlimmeres gesehen, aber es gelang ihm nie, einige Tierheime zu verlassen, ohne den brennenden Wunsch zu haben, mehr Tiere zu retten, mehr Tierheime ohne Einschläferung zu finanzieren und Menschen die Kehle durchzudrücken, die nicht begriffen oder denen es egal war, dass auch Tiere Seelen haben.

Eine junge Frau mit Ohrhörern, die unter blau gefärbtem blondem Haar hervorschauten, saß am Empfang und las auf ihrem Handy. Er klopfte an die Scheibe, die sie von der Lobby trennte, und sie schaute auf und lehnte sich dann vor, um das verschmierte Glas zur Seite zu schieben, wobei das Echo bellender Hunde von hinter ihr herausdrang. »Noch keine Nachricht von einem Besitzer, Herr Kilcannon.«

Er war ein wenig überrascht, dass sie sich an ihn erinnerte, nickte aber. »Ist ein Manager hier?«

Sie schaute ihn zweifelnd an. »Es ist Bud, aber er ist in einer Besprechung und wird mir den Hintern aufreißen, wenn ich ihn störe.«

»Wie lange?«

Sie hob gleichzeitig eine Schulter und eine Augenbraue, und er wusste, dass er bei Blauschopf nicht weiterkommen würde. »Deine Vermutung ist so gut wie meine.«

»Kann ich nach hinten gehen und Marie sehen? Sie ist heute hier.«

»Sie hat Hofdienst und hat mindestens drei nicht identifizierte Hunde draußen, also kannst du jetzt nicht mit ihr sprechen.«

»'kay, danke.« Er wusste genau, wie er jemanden im *Hofdienst* finden konnte, also ging er hinaus und um die

Rückseite des Gebäudes herum, während er versuchte, die Wut zu unterdrücken, die er jedes Mal fühlte, wenn er an einen Ort wie diesen kam. Ja, Tierheime waren ein notwendiges Übel... aber er gab den Menschen die Schuld, nicht den Tieren.

Er entdeckte Maries kurzes graues Haar und ihre dicke Brille schon von weitem. Sie kniete vor einem Hund, während zwei andere auf dem Gras herumlungerten.

Irgendwo in ihren Siebzigern war Marie Boswell eine der stärksten Frauen, die er je getroffen hatte, und ihr Herz für Tiere war verdammt fast beispiellos. Sie verbrachte ihre Rentnerjahre damit, in jedem vom Landkreis betriebenen Tierheim im mittleren Bundesstaat freiwillig zu arbeiten und gab ihr Bestes, um Streuner in die Hände guter Betreuer und verlorene Hunde zu ihren Besitzern zurückzubringen. Wenn sie näher wohnen würde, würde er sie anflehen, in Waterford zu arbeiten, aber er vermutete, dass sie ihre Mission der Freiwilligenarbeit und Hunderettung nicht aufgeben würde. Und dafür liebte er sie.

»Hey, Hübsche«, rief er.

Sofort schaute sie über den Rasen und ihr Gesicht erhellte sich. »Na, da ist ja mein zukünftiger Ehemann«, scherzte sie und stand auf, um zum Zaun zu kommen.

Sofort fing der Hund, mit dem sie gesprochen hatte, an zu bellen und bewegte sich auf Garrett zu, verlangsamte aber und humpelte auf einem verbundenen Bein. Verdammt.

Marie beruhigte ihn mit einem Wort, einem Streicheln am Kopf und einem der endlosen Leckerlis aus ihrer Tasche, während sie langsam zu Garrett ging und dabei das Tempo des lahmen Hundes hielt.

»Wie läuft die Schlacht, Miz Marie?«

Sie lachte und deutete vielsagend auf die Tarnhose, die

sie jeden einzelnen Tag trug. Eine Hose, wie sie ihm einmal erzählte, die ihrem Sohn gehört hatte, der vor mehr als zehn Jahren im Irak getötet wurde. »Es ist ein Krieg, Garrett. Aber ich nehme es von einem Hund zum nächsten. Triff Kiko, mein neuestes Projekt.«

Garrett musterte den alten Kerl, der schließlich den Zaun erreichte und ihn einmal anbellte. »Was ist mit ihm passiert?«

»Ich will es ehrlich gesagt gar nicht wissen, aber ein Tierarzt hat ihn neulich hergebracht, und er wird wieder gesund. Hey, schau nicht so. Er ist schon adoptiert worden.«

Das brachte ihn zum Lächeln.

»Von mir«, fügte sie hinzu.

Und das brachte ihn zum Lachen. »Warum überrascht mich das nicht?«

»Ich behalte ihn, bis sein Bein hundertprozentig geheilt ist, dann habe ich ihn schon an ein wirklich nettes Paar in Asheville vermittelt. Alles gut.«

»Stimmt«, stimmte er zu und lächelte sie an. »Du bist ein Engel der Barmherzigkeit, Miz Marie.«

»Und du bist so verdammt gut aussehend, dass ich über diesen Maschendrahtzaun klettern und dich mit Messer und Gabel verspeisen könnte.« Sie wackelte mit den Schultern. »*Lecker*.«

Er war ihre Neckereien gewohnt. Shane gab sie Miz Marie direkt zurück, aber Garrett lächelte nur.

»Wie geht's deiner Familie?«, fragte sie.

»Allen geht's gut.«

»Sogar dem Hundevater?«

»Dad leitet den Laden und unser Leben wie ein Profi.«

Sie schüttelte den Kopf. »Er ist ein Profi. Und immer noch zu jung und zu gutaussehend, um allein zu sein.«

Eine Tatsache, die all seine Kinder kannten, aber nicht

wirklich wahrhaben wollten. »Ihm geht's gut, es sei denn, du bist interessiert.« Was er sicher sagen konnte, denn Marie redete nur große Töne.

»Ich? Ich hatte bereits die große Liebe meines Lebens. Beim nächsten Mal nehme ich jemanden, der vierzig Jahre jünger ist und erlebe den *Ritt* meines Lebens.« Sie bewegte sich näher. »Interessiert?«

»Mein Vater hatte auch die große Liebe seines Lebens«, sagte er.

»Schade, denn ich habe eine Frau im Vorstand des Tierschutzvereins kennengelernt, etwa fünfzig, vielleicht zweiundfünfzig, reich und verwitwet und könnte nach einem Date suchen.«

Ein Date? »Dad datet nicht.« Obwohl, vielleicht sollte er das. »Also, was gibt's Neues über Lolas Besitzer?«

»Nun, ja, deshalb habe ich dich angerufen und nicht nur, um dich mit meinen Augen zu verschlingen.« Augen, die an seiner Schulter vorbei wanderten und sich weiteten. »Ist sie das? Ist das Lola? Du hast sie rausgeholt?«

Er drehte sich um und sah Jessie auf dem Parkplatz, sichtbar zwischen zwei Gebäuden. Sie hatte Lola an der Leine, das erste Mal, dass er sich erinnerte, diesen Hund je an einer gesehen zu haben. Lola ging stolz und aufrecht, ihre hübschen Farben glänzten in der Sonne, mit den Bewegungen eines Hundes, der es sehr gewohnt war, an der Leine geführt zu werden. Es sogar vorzog, eigentlich.

»Das ist sie.«

»Und wer ist die hübsche Rothaarige?«, fragte sie. »Hab sie nie in Waterford gesehen.«

»Sie ist eine...« Er zögerte, unsicher, wie er Jessie beschreiben sollte, ohne auf das ganze Journalismus-Thema einzugehen. »Eine alte Freundin unserer Familie. Mollys Kindheitsfreundin. Sie bleibt eine Weile in Bitter Bark.«

»Sie ist gut mit Hunden.«

»Sie ist gut mit Lola«, sagte er. »Die beiden haben eine mysteriöse Verbindung, und dieser Hund reagiert auf niemanden außer ihr.«

»Ich muss dieses Mädchen kennenlernen. Und Lola sehen«, fügte sie mit einem Grinsen hinzu. »Lass mich diese Jungs zurückbringen, und ich bin im Nu vorne. Komm nicht rein. Es wird dich nur schlechte Laune versetzen.«

Er schätzte die Warnung. »Und die Neuigkeiten, die du über Lolas Besitzer hast?«

»Ich erzähl's dir. Alles zu seiner Zeit.« Sie winkte ab und begann, ihre Hunde zur Tür zu treiben. Er ging zwischen den Gebäuden durch, während das Stimmengewirr bellender Hunde in der kleinen Gasse widerhallte, und er ging zurück zu Jessie und erzählte ihr ein wenig über Marie, bevor sie herauskam.

Nachdem sie sich begrüßt hatten, ging Marie direkt auf den Boden, von Angesicht zu Angesicht mit Lola. »Und wie schön, dich wiederzusehen, Lola.«

Lola schaute zu Jessie, die sie mit einem Nicken ermutigte. Das reichte schon, damit Lola sich entspannte und sich für etwas Zuneigung von Marie nach vorne beugte. Allerdings nur für eine Sekunde, dann wich sie zurück an Jessies Beine.

»Ich habe ihr den Namen gegeben, weißt du«, sagte Marie und richtete sich auf, geschmeidig und stark auf eine Weise, die ihr Alter Lügen strafte.

»Wirklich?«, fragte Jessie. »Warum Lola?«

»Ich bin ein Kind der Sechziger, und ich hatte an dem Morgen ein Kinks-Album aufgelegt – und ich meine *Album*, also Vinyl, vielen Dank auch. Und als ich hier ankam, sang ich immer noch meinen Lieblingssong. *L-O-L-A, Lolllla*!« Sie schmetterte den Song heraus, schief, schnippte mit den Fingern und bewegte sich hin und her. »Und dieses süße Mädchen schnüffelte an der Vordertür herum, als ich hier ankam. Also nannte ich sie Lola. *L-O-L-A, Lollla*!«

»Ich glaube, ich kenne das Lied nicht«, gab Jessie zu. »Aber der Name ist perfekt.«

»Und du bist es auch.« Marie streckte die Hand aus und strich über Jessies Haar und tätschelte ihre Wange, was bewies, dass sie persönlichen Raum nicht respektierte und sich nicht zurückhielt. »Absolut köstlich. Was für ein leckeres Paar ihr abgebt. Ihr seid doch ein Paar, oder? Oh, ihr werdet es sein. Ihr beide seid einfach zu unwiderstehlich für Worte.«

Jessie lachte, eine süße Röte vertiefte sich auf ihren Wangen.

»Beachte diese Frau nicht, Jessie«, versicherte Garrett ihr. »Sie ist besessen von Hunden, Essen und Liebe.«

»Bitte sag mir, wovon sonst man in der Welt noch besessen sein sollte?«, konterte Marie. »Diese drei Dinge sind die wichtigsten Elemente des Lebens, wenn du mich fragst. Obwohl das wahrscheinlich nicht das ist, was du mich fragen möchtest.«

»Über Lola?«, erinnerte Garrett sie.

»Garrett sagte, du könntest mehr Informationen über Lolas Besitzer haben«, fügte Jessie hinzu. »Wir sind sehr daran interessiert, sie zu ihrem echten Zuhause zu bringen.«

»Wir.« Maries Augen funkelten. »Hört sich gut an.«

»Marie«, warnte Garrett leise.

»Na gut, na gut. Lasst einer alten Frau ihre Fantasien, bitte. Ja, jemand kam und fragte nach ihr und sagte, er sei derjenige, der sie hierher gebracht hat, aber die Cracksüchtige am Empfang ließ ihn gehen, ohne mich zu kontaktieren. Sie bekam einen Vornamen und eine Telefonnummer, die – es wird niemanden überraschen – falsch ist. Oder zumindest sagte der Mann, der antwortete, es sei eine falsche Nummer, als ich mich als jemand vom Tierheim vorstellte.« Sie kramte in ihrer Tasche. »Ich habe sie für dich, so nutzlos sie auch sein mag.«

»Warum sollte er reinkommen, nach dem Hund sehen und die falsche Nummer angeben?«, fragte Jessie.

»Leute machen das«, sagte Garrett. »Sie denken, wenn sie zu viel Interesse am Hund zeigen, werden sie als Besitzer untersucht – was sie sehr wohl sein könnten. Vielleicht musste er den Hund aus verschiedenen Gründen loswerden, wie ein Umzug oder ein neues Baby oder eine Allergie, und wollte wissen, ob es ihr gut geht. Oder vielleicht hat er Lola wirklich gefunden, will keinen Hund, sorgt sich aber um ihr Wohlbefinden.«

»Hier.« Marie gab Garrett einen Zettel aus einem Notizbuch. »Mach damit, was du willst. Vielleicht macht ein Anruf von einem Besitzer von Waterford ihn ehrlicher, und du kannst mehr darüber erfahren, woher Lola kommt.«

»Ich bin mehr denn je überzeugt, dass sie geliebt und trainiert wurde.«

Marie nickte nachdenklich. »Sie scheint jedenfalls verdammt glücklich mit Jessie hier zu sein.«

Jessie zerzauste Lolas Fell. »Es geht ihr besser, aber wenn sie aus einem liebevollen Zuhause entlaufen ist, dann leidet jemand anderes genauso sehr wie sie.«

»Oh.« Marie stieß einen tiefen Seufzer aus und drückte die Hände an ihre Wangen. »Sie ist wie für dich gemacht, Garrett. Dieses wunderschöne Mädchen hat dasselbe Herz wie du.«

Okay, das wurde etwas seltsam. »Jedenfalls, Frau Marie«, sagte er betont. »Danke fürs Anrufen und, nun, für alles, was du tust. Wir werden versuchen, mit diesem

Typen in Kontakt zu treten. Ist das alles? Ich dachte, du hättest gesagt, du müsstest mich auch wegen etwas anderem sehen?«

Denn er hätte einen Namen und eine Telefonnummer auch telefonisch bekommen können und nicht so weit fahren müssen.

»Nun, ich hatte einen anderen Grund, namens Winchester«, sagte sie mit einem schuldbewussten Lachen. »Ich wusste, wenn du diesen Rottweiler siehst, wäre Winnie auf dem Weg nach Waterford. Aber als ich heute Morgen reinkam, war er glücklich von einem älteren Paar adoptiert worden, das gerade einen verloren hatte. Ich wollte dich anrufen, aber ich habe es vergessen. Tut mir leid.«

»Schon okay, dein Herz ist am richtigen Fleck«, versicherte er ihr mit einer schnellen Umarmung und einem Kuss auf ihre Wange, was sie als Gelegenheit nutzte, ihn fest und lange zu umarmen und seinen Bizeps zu drücken.

»Und dein Körper ist auch am richtigen Fleck«, witzelte sie, lehnte sich ganz zurück, hielt aber noch immer seine Arme fest, während sie sich zu Jessie drehte. »Ich beneide dich wirklich, junge Dame.«

»Oh... ich... nicht...«

»Nun, dann solltest du es. Er ist heiß.«

»Ist mir aufgefallen«, sagte Jessie mit einem schiefen Lächeln.

»Und du bist umwerfend mit diesen grünen Augen und diesem hübschen Haar.« Sie verengte ihre Augen und sah Garrett an. »Und Lola stimmt zu. Worauf wartest du? Hast du dieses Mädchen schon zum Essen eingeladen?«

Keiner von beiden beantwortete die direkte Frage.

Marie stieß einen genervten Atemzug aus, der ihren grauen Pony aufwirbelte. »Wie wäre es mit heute Abend?«

Er starrte Marie an, unsicher, ob er lachen oder genervt den Kopf schütteln sollte.

»Es ist so einfach«, sagte Marie. »Du drehst dich zu ihr und sagst: ›Jessie, hättest du Lust, heute Abend mit mir zu Abend zu essen?‹«

Er sollte nicht. Das war, nach Ärger suchen. Er sollte einen Witz machen und die alte Dame stehen lassen. Aber...

»Jessie«, sagte er in perfekter Nachahmung von Maries Tonfall. »Hättest du Lust, heute Abend mit mir zu Abend zu essen?«

Sie gab einem Lachen nach, das aus ihrer Brust sprudelte. »Sehr gerne.«

»Da!« Marie klatschte in die Hände. »Nun, macht euch auf den Weg, ihr zwei.« Sie scheuchte sie Richtung Jeep. »Sie wird nach Hause wollen und sich schick machen. Bring sie irgendwo hin, wo es nett ist, Garrett.«

»Das werde ich«, versprach er und öffnete die Beifahrertür.

Jessie, die noch immer lachte und den Kopf schüttelte, ließ Lola zuerst hineinspringen und zwischen den Sitzen nach hinten klettern, bevor sie Marie umarmte. »Schön, dich kennenzulernen. Ich hoffe, dich irgendwann wiederzusehen.«

»Oh, das wirst du. Ich werde auf der Hochzeit tanzen!« Mit einem Juchzer ließ sie sie los, und Jessie stieg ein und ließ Garrett die Tür schließen.

»Du bist unverbesserlich, weißt du das?«, flüsterte er in Maries Ohr.

»Wenn das bedeutet ›mit allem Recht haben‹, dann ja.« Sie umarmte ihn noch einmal und flüsterte zurück: »Sie ist ein Glücksgriff. Frag einfach Lola. Hunde liegen nie falsch, Garrett. Und ich auch nicht.«

Er gab ihr noch einen Kuss, setzte sich hinters Steuer und grinste Jessie an. »Ich hätte dich warnen sollen, dass sie eine Naturgewalt ist.«

»Sie ist toll, und du…« Sie schob ihre Unterlippe unter ihre Vorderzähne und biss hart genug zu, dass die rosige Farbe unter dem Druck weiß wurde. »Musst nicht mit mir essen gehen.«

»Ich will aber«, sagte er einfach, Ehrlichkeit war immer sein Weg. Was ein Problem werden könnte, sobald dieses Interview richtig begann.

»Oh, okay. Nun, ich kann ein paar Fragen vorbereiten, die–«

Er lehnte sich über die Mittelkonsole und brachte sein Gesicht so nah an ihres, dass er die Wärme ihres Mundes spüren konnte, ohne ihn zu berühren. »Wie wäre es, wenn es kein Interview ist«, flüsterte er. »Sondern ein Date.«

»Ein Date.«

»Du hast gesagt, ich sollte dich kennenlernen und Vertrauen aufbauen. Es ist ein vertrauensbildendes Date.«

Bevor sie antworten oder er den letzten Abstand überbrücken konnte, bellte Lola dreimal so laut, dass der Jeep wackelte.

»Sie bleibt zu Hause«, sagte er und zog sich zurück, um den Motor zu starten, bevor Jessies Beschützerin ein Stück aus seinem Ohr biss.

Kapitel Elf

Bevor er an diesem Abend losfuhr, um Jessie abzuholen, versuchte Garrett noch einmal die Nummer, die Marie ihm gegeben hatte, und landete auf der Mailbox eines Typen namens Bill.

»Ja, Bill, hier ist wieder Garrett Kilcannon von der Waterford Farm. Es geht um die beige-weiße Collie-Mischlingshündin, die Sie offenbar im North Ames Tierheim in Greensboro abgegeben haben. Wir haben den Hund, sie wird gut versorgt, und wir werden ein tolles Zuhause für sie finden. Bevor wir das tun, möchten wir sichergehen, dass der Besitzer des Hundes sie nicht vermisst. Rufen Sie mich unter dieser Nummer jederzeit an. Alles wird vertraulich behandelt, das versichere ich Ihnen. Danke.«

Als er auflegte, brummte Garrett, als er Shanes Truck in der Einfahrt hörte. Er wollte eigentlich verschwinden, bevor Shane von seinem Trip nach DC zurückkam, aber jetzt würde er wohl die spanische Inquisition über sich ergehen lassen müssen.

Eine Minute später betrat sein Bruder, ein Jahr älter, gelegentlich etwa zehn Jahre weniger reif, durch die

Hintertür die Küche. Er wischte seine Stiefel ab, während er Garretts dunkle Hose und sein Hemd mit Knopfleiste begutachtete. »Beerdigung, Vorstellungsgespräch oder ein Date?«

»Ausgehen.«

»Mit einer Frau?«

»Ja, mit einer Frau, Shane.«

»An einem Mittwoch?«

Garrett zuckte zusammen. »Scheiße. Ich hab vergessen, welcher Tag ist.« Das Familienessen der Kilcannons auf Waterford war mittwochs nicht so heilig wie sonntags, aber wenn du in der Stadt warst, wurde erwartet, dass du da bist.

»Ich werde dich entschuldigen«, sagte Shane und kam näher, um an Garretts Gesicht und Hals zu schnuppern. »Mmm. Hübsch. Du hast Darcys Weihnachtsstrumpf voller teurer Männerprodukte für den Anlass ausgepackt.«

Er wich zurück. »Ich hab mich rasiert.«

»Du musst wirklich dringend flachgelegt werden.«

Ohne darauf zu antworten, nahm er wieder sein Handy und prüfte die Zeit, während er berechnete, wie lange es dauern würde, in die Innenstadt zum Bitter Bark Bed & Breakfast zu kommen. Vielleicht fünfzehn Minuten quer durch die Stadt, aber er wollte nicht zu früh sein. Oder zu spät. Oder zu pünktlich. Gott, warum zur Hölle war das wichtig?

»Basierend auf dem Aufruhr in deinem derzeitigen Gesichtsausdruck vermute ich, dass die Möglichkeit von Sex dein Gehirn stark beschäftigt.« Shane grinste. »Wer ist die Glückliche?«

Garrett funkelte ihn an. »Geht dich nichts an.«

Shane schlenderte zum Kühlschrank, öffnete ihn und schaute vom Bier zum O-Saft, wobei er sich für Letzteren entschied. Als er ihn herausriss, drehte er sich um und zeigte damit auf Garrett. »Ist es die Reporterin?« Seine Stimme erhob sich, als ob er ein Spiel von zwanzig Fragen spielte und gewann. »Jessie Curtis?«

»Sie ist Journalistin, nicht wirklich eine 'Reporterin'«, korrigierte er. »Und ja, wir essen zusammen.«

»Ohhh.« Er dehnte das Wort, während er es überdachte, und nickte. »Sei vorsichtig, kleiner Bruder.«

»Keine Sorge, sie interviewt mich heute Abend nicht.«

Shane ließ sich auf einen Barhocker gleiten und schüttete Orangensaft in ein übergroßes Hurricane-Glas, das er aus einer Bar in der Bourbon Street geklaut hatte. »Dann sei besonders vorsichtig. Brauchst du Schutz?«

Garrett neigte den Kopf und warf ihm einen Blick zu, von dem er hoffte, dass er seinen Ekel vermittelte. »Hast du was dagegen?«

»Oh, ich habe etwas dagegen. Ich kann mich nicht erinnern, wann du das letzte Mal mit einer Frau ausgegangen bist. Monate, vielleicht mehr. Seit dieser Tussi aus Boston. Wie hieß sie noch?«

»Weiß nicht.« Er wusste es, aber es war egal. Sie war nicht sein Typ gewesen. »Wie lief's beim DOD?«

»Fantastisch.« Shane kippte den Saft hinunter und stellte das Glas ab. »Sie leiten die Papiere weiter, um Waterford auf eine sehr kurze Liste bevorzugter Trainingsstätten zu setzen. Viel Geld. Viele Hunde. Wechsle nicht das Thema. Brauchst du Schutz? Oder vielleicht einen Auffrischungskurs?«

Er griff über die Theke und schnappte sich eine Banane aus dem Bündel, die er aufrecht in seiner Hand hielt. »Du schiebst es über die Spitze, so in etwa.«

Garrett riss Shane die Banane aus der Hand und warf sie zurück auf den Teller mit dem Obst. »Ich werde heute Abend nicht mit ihr schlafen.« Oder doch? Der Gedanke war ihm hundertmal durch den Kopf gegangen nach diesem Fast-Kuss und während sie den ganzen Heimweg redeten, was einfach war. Mit ihr zu reden war einfach. Lag das daran, dass sie eine ausgebildete Interviewerin war oder weil es einfach… angenehm war, mit ihr zu reden?

Würde *alles* so angenehm sein?

»Also lass die Schutz-Witze, okay?«

»Warum also das schicke Dinner? Ich dachte, du versuchst, deine Zeit zu beschränken und so wenig wie möglich mit ihr zu tun zu haben, außer dem, was du tun musst. Ich habe übrigens gehört, sie kommt super mit Lola klar.«

»Tut sie. Und wenn wir gerade von Zeit sprechen…« Er nahm sein Handy und schaute erneut darauf. Immer noch zu früh. »Das Dinner war Marie Boswells Idee, und es klang, du weißt schon, vernünftig. Für all das, was sie mit Lola macht.«

»Du magst sie.« Es war eine Feststellung, keine Frage. Natürlich. Niemand kannte ihn so gut wie Shane. Sie hatten den größten Teil ihres Lebens zusammen verbracht, als Jungen ein Schlafzimmer geteilt und jetzt als erwachsene Männer ein Haus. Ein großes Haus, eine tolle Investition, aber manchmal war es nicht groß genug.

»Ich werte dieses Schweigen als Ja, Euer Ehren«, witzelte Shane in seiner Gerichtsstimme. »Beweisstück A. Rasierbalsam und gebügeltes Hemd. Beweisstück B. Vergessenes Mittwochabendessen. Beweisstück C. Verdrehter Gesichtsausdruck der Qual, den ich nicht gesehen habe seit… nun, seit Claudia.«

Sein Magen verkrampfte sich. »Ich hab genug.«

»Hey, ich zieh dich nur auf, entspann dich.« Er rutschte vom Stuhl, hob die Saftflasche hoch, um zu sehen, wie viel noch übrig war, und trank den Rest ohne Glas aus. »Aber du magst sie«, fügte er hinzu, als er die Flasche in die Recyclingtonne warf.

»Was macht das für einen Unterschied?«

Shane starrte ihn an, die Verspieltheit aus seinen grüngoldenen Augen verschwunden. Er sah viel mehr aus wie der Hotshot-Anwalt, der er einmal war, als ein begabter Hundetrainer. »Ich habe diese Frau noch gar nicht wirklich kennengelernt, da ich so oft vom Grundstück weg war. Hab sie nur von Weitem gesehen.«

»Du hast sie tausendmal getroffen, als sie in unserem Haus war.«

Er nickte. »Die kleine Jessie, nicht die erwachsene Jessie. Liam hat bestätigt, dass sie aus der Nähe heiß ist, und du stimmst offensichtlich zu, sonst würdest du in Shorts ESPN schauen und Chicken Wings von Bitter Bark Burgers futtern.«

Was machte Liam da, als er Jessie so musterte? Und sprach mit Shane über sie? Liam sprach über nichts anderes als K-9-Training. »Mann muss essen.«

»Und flachgelegt werden.«

Verdammte Scheiße. Er würde um den Block fahren, wenn er zu früh dran wäre. Er griff nach dem Handy und steckte es in seine Tasche. »Wir sehen uns-«

»Morgen.«

»Wer weiß?« Er schenkte seinem Bruder ein Grinsen, hauptsächlich um ihn zum Schweigen zu bringen, was unmöglich war. »Ich bin weg.«

Auf dem Weg streckte Shane seine Hand über die Theke und packte Garretts Arm. »Jetzt spreche ich als dein Anwalt.«

Garrett schaute ihn schweigend an.

»Sie ist immer noch ein Mitglied der Medien. Hübsch, verfügbar und gut mit Lola. Sei vorsichtig mit dem, was du im Bett erzählst. Bei einer anderen Frau könntest du vielleicht reinen Tisch machen. Aber diese hat definitiv eine Agenda, und die Frage wird aufkommen. Warst du jemals-«

Er brachte seinen Bruder zum Schweigen, indem er seinen Arm aus dem lockeren Griff riss. »Ich weiß, was ich sagen muss.«

»Und was du *nicht* sagen sollst«, fügte Shane hinzu, »wenn sie anfängt, die tiefgründigen Fragen zu stellen.«

»Ich habe nicht vor, mit ihr tiefgründig zu werden, Shane.«

»Es sei denn, es ist unter der Bettdecke.«

»Du bist erbärmlich.«

Shane trat zurück und musterte ihn noch einmal. »Dieses französische Lokal, das in der Innenstadt aufgemacht hat? Oder Bitter Bark Bistro?«

Warum lügen? »Es heißt La Maison...irgendwas.«

»Bushrod's ist direkt auf der anderen Straßenseite«, sagte Shane. »Wenn die Sache schiefgeht und du rechtliche Unterstützung brauchst, kann ich dich dort treffen.«

»Und wenn alles glatt läuft?«

Shane lachte. »Dann sehe ich dich morgen, großer Junge.«

Es war definitiv ein Date.

Und sobald Jessie sich mit dieser Idee angefreundet hatte, wurde ihr klar, dass es ein wirklich gutes Date war. Sie wusste es, als ein frisch rasierter Garrett Kilcannon in den Empfangsbereich des Bitter Bark Bed & Breakfast kam, mit einem knackigen blauen Chambray-Hemd und dunkler Hose, und absolut... wie hatte Marie die Kupplerin ihn genannt? Köstlich. Nun, sie hatte *sie beide* als köstlich bezeichnet und Garrett als heiß. Und das war er.

Und als er sie anlächelte, seine Augen über sie gleiten ließ mit unverhohlener Bewunderung im Gesicht und einem stummen *wow*, das über seine Lippen glitt, war sie so froh, dass sie ein schlichtes schwarzes Kleid ausgewählt und ein Paar Pumps angezogen hatte.

Das Restaurant sei zu Fuß erreichbar, sagte er ihr, nicht weit vom Bushrod Square im Stadtzentrum.

»Diese Gegend ist völlig anders als zu der Zeit, als ich hier gewohnt habe«, sagte sie, als sie auf die gepflasterte Straße traten. »Ich schwöre, hier waren nur verlassene Lagerhallen und Geschäfte. Und jetzt schau es dir an.«

Sie deutete auf die große Grünfläche, die mitten im Stadtzentrum lag, mit einem riesigen Bitter-Bark-Baum in der Mitte, der der Stadt ihren Namen gab, als Thaddeus Ambrose Bushrod sie nach dem Bürgerkrieg gründete. Sein Name war überall, oder war es zumindest früher gewesen. Mit der Gentrifizierung, die hier stattgefunden hatte, hießen alle Geschäfte, Unternehmen und Restaurants irgendwas mit Bitter Bark.

Der Platz, der sich auf allen Seiten über einige Häuserblocks erstreckte, war von vier großen Backsteinsäulen begrenzt. Die Grünflächen umfassten einen Spielplatz, einen Brunnen, verschlungene Steinwege, Parkbänke und weitläufige Bereiche für Stadtfeste und Festivals.

»Der Bushrod Square und die gesamte Ambrose Avenue wurden vor fünf oder sechs Jahren komplett überholt«, erzählte Garrett ihr. »Nach und nach sind all diese Geschäfte und Cafés und sogar dieses Bed & Breakfast entstanden oder wurden zu neuem Leben umgebaut.«

»Es ist bezaubernd«, sagte sie und bewunderte die

geschwungenen Markisen und die niedlichen Schaufronten.

»Und es ist nah am Campus«, sagte er und meinte damit das Vestal Valley College, eine kleine Hochschule für freie Künste, die im selben Jahr wie die Stadt gegründet wurde. »Deshalb sind immer eine Menge Studenten hier.«

»Sie haben die Stadt immer jung gehalten.«

»Aber wir haben den Code für Touristen noch nicht wirklich geknackt«, sagte er. »Obwohl wir eine neue Bürgermeisterin haben, und sie hat meinen Vater und einige andere einflussreiche Leute in ein 'Tourismus-Beratungskomitee' gesetzt, und die sind angeblich besessen davon, dass Bitter Bark das nächste Asheville wird.« Sie bogen um eine Ecke in eine Fußgängerzone, die eindeutig das Herz dieses angesagten Viertels war.

»Entschuldige, du interessierst dich wahrscheinlich nicht für die lokale Politik.«

»Doch, tue ich«, versicherte sie ihm. »Und ich interessiere mich dafür, woher du das alles weißt, da du deine Tage mit Hunden verbringst.«

»Bitter Bark ist immer noch eine Kleinstadt«, sagte er. »Und Gramma Finnie kennt jeden.«

»Ich hatte heute ein nettes Gespräch mit ihr«, sagte sie.

»Lass mich raten, sie hat entweder irische Sprichwörter von sich gegeben oder dir etwas über die Geschichte von Waterford erzählt. Alles im Namen der Überzeugung, dass sie nach einem Thema für den Blog gesucht hat.«

»Ja!« Sie lachte. »Sprichwörter. Über Babys.«

»Klingt richtig.« Er führte sie zu einem süßen kleinen Backsteingebäude mit einigen Tischen draußen und einladendem warmen Licht drinnen. »Ich habe etwas Französisches ausgesucht, weil...«

»Weil es ein Date ist«, ergänzte sie.

»Und kein Interview.«

Oh, ihr Herz sank ein wenig. War das der Grund, warum er darauf bestand, dies ein Date zu nennen? »Denkst du, ich stelle dann weniger Fragen?«

»Ich denke, wir werden beide Fragen stellen, und alles ist off the record.«

»Aber ich habe dir gesagt-«

»Nur ein Abend, Jessie. Nur eine Mahlzeit. Ich möchte mit dir zusammen sein, ohne auf der Hut zu sein.«

Aber warum war er auf der Hut? »In Ordnung. Ein Date. Off the record. Unterhaltung, kein Interview. Aber morgen...«

»Ist morgen.«

Im Restaurant zog er ihren Stuhl am Tisch zurück, bestellte eine Flasche Wein für sie beide, und die Unterhaltung floss so leicht wie der Wein.

Und als die Hauptgerichte kamen, war Jessie von ihm verzaubert und durch das zweite Glas Pinot Noir entspannt.

»Das hier«, sagte sie, während sie mit einem Pilz auf ihrem Teller spielte, »ist viel mehr das, was ich von einem ehemaligen High-Flying-Internetunternehmer erwarten würde.«

Er schaute von seinem Teller auf, die Augenbrauen über Augen zusammengezogen, die in seinem hellblauen Hemd besonders verträumt wirkten. »Nicht in einem alten, ramponierten Jeep, der Hunde herumkutschiert? Es gibt viele Seiten an einer Person.«

»Genau. Und deine sind ziemlich vielfältig.«

Er zuckte mit den Schultern und nahm einen Bissen, kaute während er eine Antwort formulierte. »Ich muss vermuten, dass es viele Seiten von Jessica Curtis gibt, stimmt's? Du hast Hobbys und einen Job und verschiedene

Arten von Freunden und... warum hast du keinen Freund?«

»Wow, das kam aus heiterem Himmel«, sagte sie mit einem verlegenen Lachen. »Und was lässt dich denken, dass ich keinen habe?«, witzelte sie und steckte sich den Pilz in den Mund.

»Ich bezweifle, dass du mit mir ausgegangen wärst, wenn du einen hättest.«

»Ich bin hier, um dich zu interviewen.« Bei seinem Blick fügte sie hinzu: »*Morgen*.«

Er gab ihr ein verschmitztes Lächeln. »Also, kein Freund?«

»Voll und ganz meinem Job verpflichtet, der all meine Zeit und Energie in Anspruch nimmt.«

»Dann erzähl mir mehr über deinen Chef, denjenigen, der dich für diese große Beförderung vorbereitet.«

»Wenn ich muss. Sein Name ist Mac Thomas, und sein neuester Spitzname für mich ist Mauerbrecher, was ich eigentlich ziemlich hasse, aber ich verstehe die Idee dahinter.«

»Mauerbrecher? Bist du sicher, dass er nicht meint...« Seine Stimme verklang, als er es verstand. »Wie das Einreißen der Mauern von Menschen.«

Sie hob die Augenbrauen. »Wenn sie mich lassen.«

Er wandte seine Aufmerksamkeit wieder seinem Essen zu und schnitt hochkonzentriert ein Stück ab. »Du magst diesen Typen also nicht.«

»Ich vertraue ihm nicht vollständig«, gab sie zu. »Er ist ein Sieg-um-jeden-Preis-Typ, was großartig ist, wenn du diejenige bist, die er gewinnen sehen will.«

»Ein beschissener Chef ist das Schlimmste«, stimmte er zu. »Das ist der Hauptgrund, sein eigenes Unternehmen zu besitzen.«

»Das muss eine riesige Veränderung für dich gewesen sein«, sagte sie. »PetPic zu haben und dann für FriendGroup zu arbeiten.«

»Du hast keine Ahnung.« Er legte seine Gabel ab und nahm einen tiefen Schluck Wein, nachdenklich. »Da war ich, hatte die Zeit meines Lebens in Chapel Hill, keine zwei Stunden von zu Hause entfernt. Ich mochte diese Stadt seit dem College, und dann fanden wir dieses erstaunliche Lagerhaus und bauten es zu unserem Hauptquartier um, wuchsen so schnell, dass ich die Hälfte der Zeit kaum atmen konnte. Ich reiste viel, arbeitete Seite an Seite mit Shane als meinem Anwalt und Liam in der Entwicklung. Hunde im Büro, Menschen, die motiviert waren, jeden Tag zur Arbeit zu kommen, all dieser unerwartete Erfolg.« Er schüttelte den Kopf und lächelte. »Gute Zeiten.«

»Wie hast du angefangen? Wie kamst du auf die Idee?« Sie hatte Ausschnitte der Geschichte hier und da gelesen, als sie recherchierte, aber nichts ging über seine eigenen Worte. Oder ihn reden zu sehen. Manchmal bewegte er seine Hände, was ihre Aufmerksamkeit auf seine langen, starken Finger und die kantigen, sauberen Nägel lenkte. Oder er lächelte, was ihren Blick zu seinem Mund und seinen perfekten Lippen zog. Selbst der Klang seiner Stimme war wie nackt auf Samt zu rollen.

Sie nahm einen Schluck Wasser statt Wein. *Beruhig dich, Jessica Jane.*

»Ich habe damit angefangen, weil ich Fotografie liebte, und Hunde, und genug über Programmierung wusste, um gefährlich zu sein«, sagte er und blickte einen Moment lang auf sein Weinglas, vielleicht gab er ihm die Schuld für den uncharakteristischen Ausbruch von Offenheit, vielleicht sammelte er seine Gedanken. »Ich wollte Bilder von meinen Haustieren teilen, ohne mich mit einer größeren

Social-Media-Szene auseinandersetzen zu müssen. Nur Haustiere, keine Sonnenuntergänge, keine Kinder, keine Politik, keine Werbung. Aber dann begannen wir, Leute Bilder sponsern zu lassen und, ehrlich gesagt, das Geld strömte herein. Dann fügten wir das gesamte Rettungsnetzwerk hinzu und begannen tatsächlich, Hundeleben zu retten. Es war unglaublich.«

Sie deutete auf ihn. »Weißt du, du bist definitiv mehr Hundeliebhaber als Computernerd.«

Er lachte. »Schuldig im Sinne der Anklage. Aber man kann Menschen nicht in Schubladen stecken, auch wenn du zufällig damit deinen Lebensunterhalt verdienst.«

Sie runzelte die Stirn. »Nein, tue ich nicht.«

»Jede Person, die du porträtierst, endet beschrieben in einer Drei-Absatz-Schachtel. Ich habe deine Arbeit gelesen, erinnerst du dich?«

»Ich stecke Menschen nicht in Schubladen, Garrett. Ich hole sie aus ihren Schubladen heraus.«

»Aber es wird diese drei Absätze geben, oder?«

»Es gibt einen 'Klappentext', der die Hauptpunkte eines Profils zusammenfasst, ja.«

»Einen Klappentext?« Er verzog angewidert das Gesicht. »Klingt wie etwas, das aus dem Maul eines Mastiffs fällt.«

»Ein reizender Gedanke für unser Abendessen.«

Er gab nach mit einem Lächeln. »Also, wie lautet mein Klappentext, Jessica Jane Curtis, außerordentliche Journalistin?«

»Das weiß ich noch nicht.«

»Komm schon, versuch's mal. Garrett Kilcannon ist... was?«

Sie war noch lange nicht so weit, ihn wirklich zu kennen, aber sie beschloss, ihm den Gefallen zu tun.

»Garrett Kilcannon widersetzt sich Schubladen«, sagte sie, lehnte sich zurück, hielt seinen Blick und benutzte absichtlich eine Stimme, die ihm zu verstehen gab, dass sie in ihrem Kopf 'las'. »Groß, dunkel und gutaussehend, mit einem unwiderstehlichen Lächeln und einem Funkeln in seinen tiefblauen Augen, kann er draußen robust, großstädtisch sophisticated sein und kennt sich offensichtlich mit Programmcode aus, da er ein erfolgreiches Tech-Unternehmen aufgebaut hat. Er hat ein weiches Herz für Tiere und seine Familie, öffnet sich aber Fremden nicht leicht. Mit einem Wort, er ist ein Rätsel, das diese Journalistin näher heranzog, faszinierend und verblüffend zugleich.«

Sein Kiefer klappte herunter. »Du hast daran schon eine Weile gearbeitet.«

»Nein.« Sie nahm einen Schluck Wein, ihr Selbstvertrauen wuchs. »Das ist ein erster Entwurf, inspiriert von der Gesellschaft und« – sie tippte mit ihrem Zeigefinger an den Rand ihres Weinglases – »dem magischen Traubensaft. Ich bin sicher, du würdest gerne etwas ändern.«

»Lösche gutaussehend.«

»Ersetze es durch bescheiden?«, schlug sie vor.

»Muss dir Anerkennung zollen, Lois Lane.«

»Es ist Jessica Jane.«

»Du bist eine gute Schriftstellerin«, sagte er und hielt ihren Blick so intensiv, dass ein paar Schmetterlingsflügel in ihrem Bauch flatterten.

»Es ist nicht schwer. Versuch selbst einen Klappentext zu entwerfen.«

»Über mich?« Er *pfft*-te einen Atemzug. »Zu langweilig.«

»Dann über mich.«

Er hob eine Augenbraue, interessiert an dieser Herausforderung. »Okay.« Er nahm noch einen Schluck von seinem Wein, als ob er selbst Inspiration bräuchte, dann studierte er sie für eine Minute. »Jessica Jane Curtis ist... hübsch.« Er verdrehte selbstironisch die Augen. »Ich bin kein Wortschmied.«

»Punkte für die Verwendung meines Vor- und Mittelnamens, was deiner Geschichte einen Ich-bin-Insider-Glanz verleiht. Und hübsch?« Sie neigte ihren Kopf mit übertriebener Koketterie. »Danke, werter Herr.«

»Ich kann es besser.« Er schob seinen Teller ein Stück weg und lehnte sich näher über den Tisch. »Jessica Jane Curtis war hübsch als Teenager. Sie hatte niedliche Sommersprossen, große Augen und die Art von Körper, die Teenager-Jungs versuchen ließ, nicht über den Esstisch zu starren.«

Sie lachte. »Erstens ist der historische Bezug beim Erstellen eines Profils brilliant. Eine glatte Eins für eine großartige Einleitung. Zweitens hast du mich nie, nicht ein einziges Mal, angestarrt. Und glaub mir, ich habe beobachtet und gewartet.«

»Ich bin noch nicht fertig. Aber der hübsche Teenager«, fuhr er fort, »entwickelte sich zu einer intelligenten, neugierigen, unabhängigen jungen Frau mit geheimnisvollen jadegrünen Augen, Haaren, die im Kerzenlicht golden schimmern, und einem... sexy Mund.«

»Wow.« Sie atmete aus, *das* hatte sie nicht erwartet.

»Du könntest diese Beschreibung wahrscheinlich viel besser formulieren, aber das ist es, was ich sehe.«

»Danke«, flüsterte sie und spürte, wie ihr Gesicht warm wurde. Vielleicht mehr als nur ihr Gesicht. »Großes Lob für die Alliteration. Und, weißt du, das mit dem Jade und dem Kerzenlicht ist wunderbar anschaulich. Ich bin mir nicht sicher, ob jemand meinen Mund jemals sexy genannt hat.«

»Dann haben sie ihn noch nicht geküsst.«

Sie hob ihre Augenbrauen. »Ist es wieder Zeit für unsere tägliche Anspielung auf die Knutscherei beim Manhunt?«

»Keine Anspielung nötig. Wiederholung vielleicht. Keine Anspielung erforderlich.«

Wiederholung. Die Vorstellung glitt wie heiße Lava über sie, erwärmte ihren Bauch und weiter unten. »Weißt du, worin du gut bist?«, fragte sie mit leiser Stimme.

»Manhunt spielen?«

»*Nicht* interviewt zu werden. Warum ist das so?«

Er rutschte auf seinem Stuhl hin und her. »Du weißt, dass ich schon mal von den Medien verbrannt wurde, das ist kein Geheimnis.«

»Ich werde dich nicht verbrennen, das verspreche ich.«

Der Blick, den er ihr zuwarf, sagte, dass er das keine Sekunde glaubte. »Das hat Brad Darber auch gesagt.«

Der *Forbes*-Reporter. »Nun, ich bin Jessica Jane Curtis, und ich interessiere mich nicht für Vertragsverhandlungen mit dem Unternehmen, das deines gekauft hat. Ich interessiere mich für dich. Hier drinnen« – sie tippte auf ihre Brust – »hier.«

»Wie willst du dahin kommen?«, fragte er.

»Nun, wenn du mich jemals lassen würdest, stelle ich Fragen und suche nach emotionalen Höhepunkten.«

Er machte ein Gesicht, das Verwirrung und Entsetzen mischte. »Was zum Teufel ist das, und hinterlässt es Spuren?«

Sie lachte. »Es ist eine Methode, um durch deine persönliche Geschichte zu sieben und die Dinge zu finden, die dich zu dem gemacht haben, der du bist. Jeder hat sie.«

»Hast du welche?«

»Natürlich.«

Er sagte einen Moment nichts, gab aber dem vorbeigehenden Kellner ein Zeichen und nachdem beide auf den Nachtisch verzichtet hatten, bekam er die Rechnung. Nachdem er seine Kreditkarte übergeben hatte, wandte er sich ihr zu, und sie wappnete sich für das schnelle und saubere Ende des Abends. Was wehtun würde, aber vielleicht war es das Beste.

»Ich habe eine Idee«, sagte er und überraschte sie.

»Eine schnelle Runde Manhunt?«

Er lachte ungezwungen, wieder entspannt. »Ich mag deine Denkweise, aber meine Idee macht etwas weniger Spaß. Warum erzählst du mir nicht einige Dinge, die dich mit emotionalen Schlägen geprägt haben?«

»Emotionale *Höhepunkte*«, korrigierte sie.

»Klingt für mich wie dasselbe.«

Dann müsste sie ihn davon überzeugen, dass es das nicht war. »Ich denke, das könnte ich. Was möchtest du wissen?«

»All das Zeug, das du Lola erzählt hast. Über die Zeit, als du sechzehn warst und gehen musstest.«

Sie starrte ihn an, innerlich wurde ihr kalt.

»Du könntest es, weißt du, diesmal mit einem Menschen teilen.«

Der Kellner kam mit der Rechnung zurück und reichte sie Garrett, der ihm dankte, den Ordner öffnete, Trinkgeld hinzufügte und ohne ein Wort unterschrieb. »Wenn du mir heute Abend diese emotionale-Höhepunkte-Geschichte beibringst, vereinbaren wir dein Interview für morgen. Den ganzen Tag.«

»Abgemacht«, flüsterte sie und wusste plötzlich genau, wie er sich fühlen musste, jedes Mal wenn sie drohte, tief zu graben.

Konnte eine Mauerbrecherin ihre eigene Festung schützen?

Kapitel Zwölf

Garrett wählte eine Nische in der Ecke des kleinen Restaurants neben dem Bitter Bark Bed & Breakfast. Es war kein Treffpunkt für Studenten und auch kein besonders beliebter Ort für Einheimische, vor allem nicht mitten in der Woche.

Es war privat und intim und genau das, was er wollte.

Er ließ Jessie ihre Seite der Sitzbank wählen und hineinrutschen, dann setzte er sich direkt neben sie. Nicht zu nah, damit sie sich nicht bedrängt fühlte, aber nahe genug, um sie leicht berühren oder über das bisschen Oberschenkel streichen zu können, das zu sehen war, als sie sich setzte, und einen Hauch ihres blumigen Parfüms wahrzunehmen.

Sie wollte nur Sprudelwasser, was sogar besser klang als ein Bier, also bestellte er auch eines.

»Wie fangen wir an?«, fragte er sie, nachdem sie es sich bequem gemacht hatten. »Mit deiner ersten Kindheitserinnerung? Wie weit gehen wir zurück?«

Sie stach mit einem Rührstäbchen nach einer Limettenscheibe, die in ihrem Getränk schwamm, und dachte nach.

»Normalerweise beginne ich mit einem Thema, bei dem sich mein Gesprächspartner wohlfühlt. Deshalb bitte ich ausdrücklich darum, das erste Interview im Büro oder zu Hause zu führen. Dort kann ich anhand der Umgebung sehen, was ihnen wichtig ist.«

»Was würde ich sehen, wenn ich in deinem Wohnzimmer säße?«

»Meine zwei Mitbewohnerinnen und das Chaos, das sie hinterlassen«, sagte sie mit einem trockenen Lachen. »Du hättest mehr davon, wenn wir in meinem Büro wären, damit du sehen kannst, was auf meinem Schreibtisch liegt. Und, volle Offenlegung, es ist kein Büro, sondern eine sehr kleine Kabine inmitten eines Labyrinths aus anderen Kabinen.«

»Ich kenne dieses Labyrinth gut. Was hängt an deiner Kabinenwand?«

»Ein Bild von mir in der Nähe des Eiffelturms von einer Reise nach Paris, ein Schmetterling, den ich schön fand, ein motivierendes Zitat und eine Liste von A-Prominenten, die ich gerne für die Website interviewen würde.«

»Stehe ich darauf?« Plötzlich verunsicherte ihn die Vorstellung, dass sein Name an ihrer Bürowand hängen könnte, ein wenig.

»Nicht auf dieser Liste.«

Er musste das Gespräch auf sie konzentrieren. »Nun, wir sind nicht dort, sondern hier. Aber Bitter Bark war einmal dein Zuhause, oder?«

Sie atmete ein und blickte sich im Restaurant um. »Es ist so anders als zu meiner Zeit hier. Ich fühlte mich nicht besonders verbunden mit Bitter Bark, North Carolina.«

»Warum hat es dann wehgetan wegzugehen?«

Sie zeigte auf ihn. »Gute Frage.«

»Dann beantworte sie.«

»Ich meinte, dass das buchstäblich eine gute Frage war. Immer wenn du eine ›Warum‹-Frage stellen kannst, bekommst du die beste, ehrlichste Antwort.«

»Und diese Antwort wäre…«

Sie dachte einen Moment nach, bevor sie antwortete. »Es tat aus ein paar Gründen weh, unter anderem weil ich direkt vor meinem Junior-Jahr an der High School herausgerissen wurde und meine beste Freundin und ihre tolle Familie zurücklassen musste, aber auch, weil ich die Zweite war. Vollkommen und gänzlich die Zweite.«

»Was meinst du damit?« Bei ihrem ungläubigen Blick verbesserte er sich. »Ich meine, *warum* sagst du das?«

Wieder lachend legte sie ihre Hand auf seine. »Du bist so süß, dass es wehtut.«

»Bitte schreib das nicht in deinen Artikel«, sagte er und nahm mit der anderen Hand einen Schluck. »Erkläre das mit der Zweiten.«

»Ich war die Zweite«, antwortete sie, »nach meiner Schwester. In allem. In jeder erdenklichen Hinsicht.«

»Warst du eifersüchtig auf sie?«

»Nicht auf ihr Talent, das beachtlich war. Oder auf die Tatsache, dass sie jeden zusätzlichen Cent und so viel Aufmerksamkeit und Bewunderung bekam. Meine Schwester ist wunderschön und hatte, nun, sie hatte ein besonderes Talent. Aber ich habe es ihr nicht geneidet, nein.« Sie begann den Kopf zu schütteln, hörte dann aber auf. »Okay, vielleicht ein klitzekleines bisschen.«

Er neigte seinen Kopf etwas näher zu ihrem. »Bin froh zu hören, dass du normal bist.«

»Punkte für das Treffen einer emotionalen Saite«, flüsterte sie.

»Ja.« Er machte eine triumphierende Geste mit der Faust, und sie brach in Lachen aus.

»Nur eine kleine Saite«, fügte sie hinzu. »Nichts Großes.«

»Dann erzähl mir mehr, bis wir zu etwas Großem kommen.«

»Worauf ich eifersüchtig war«, gab sie zu, »war, wie nah sich meine Mutter und meine Schwester standen. Wie sie immer füreinander die Nummer eins waren, mit der sie alles teilten. Ich meine, es war verständlich. Sie fuhren jedes Wochenende zu Tanzwettbewerben. Als ich alt genug war, um allein zu Hause zu bleiben oder die Wochenenden in Waterford zu verbringen, bin ich nie mitgefahren.«

»Warum nicht?«

»Weil es endlose Stunden der Hölle waren, eine Million überschminkter kleiner Diven zu den gleichen fünfzehn Liedern tanzen zu sehen, nur damit wir ein dreiminütiges Solo von Stephanie sehen konnten. Und die Übergabe einer Trophäe, die sie *immer* gewann.«

Er lächelte darüber und über die Tatsache, dass sie seine Hand nahm, vielleicht ohne es zu merken, als ob sie ihn berühren wollte, während sie ihre Geschichte teilte.

»Also hatten Mom und Steph einen Haufen Insider-Witze und gemeinsame Erlebnisse und Spitznamen für die anderen Tänzerinnen, und sie hielten immer zueinander. Immer. Ich wollte das auch, aber ich hatte es einfach nicht. Ich wollte jemandes Nummer eins sein.«

Er umschloss ihre Finger mit seinen. »Ich verstehe dieses Gefühl.« Er hatte es in den Gesichtern verlorener Hunde gesehen. In den Ausdrücken verlorener Menschen. Manchmal im Spiegel.

»Nur damit du's weißt, Garrett, was ich dir gerade offenbart habe, ist eine grundlegende Wunde. Wenn jemand dir einen Blick auf eine Wunde gewährt, tauchst du ein.«

Er verzog die Lippe. »Das klingt grausam.«

»Nicht, wenn es richtig gemacht wird«, versicherte sie ihm und drehte sich ihm mehr zu.

»Wie kann das Eintauchen in eine Wunde etwas anderes als hart sein? Selbst wenn du sie teilen wolltest?«

Sie nickte ermutigend. »Genau. Der Trick ist, mich dazu zu bringen, das zu tun. Sei kreativ, sei subtil, aber verpasse die Gelegenheit nicht. Ich habe ein paar Mauersteine niedergelegt, und das ist der Moment, in dem du... versuchst, mehr niederzureißen, um die wahre mich zu sehen.«

Er musterte ihr Gesicht und sah die wahre sie, keine Mauern. Nur einladende grüne Augen und weiche, weiche Lippen.

»Also... Nummer eins.« Er versuchte, sich zu konzentrieren. »Du willst jemandes Nummer eins sein?«

Sie zuckte etwas zusammen. »Es ist nicht ganz so einfach, und ich klinge dabei wie, keine Ahnung, eine verzweifelte Ehemann-Jägerin oder so.«

Für ihn nicht. Sie klang normal, menschlich und ein wenig verletzlich, was ihm gefiel.

»Aber ich liebe meinen Job, und ich will dort die Nummer eins sein. Das würde funktionieren, verstehst du. Aber ich muss einige sehr starke Konkurrenz ausstechen.«

»Jemand größer und besser und, wie hast du gesagt, schöner?«

Sie rückte überrascht zurück. »Du hast *wirklich* mein Gespräch mit Lola belauscht.«

»Nicht absichtlich«, versicherte er ihr. »Meistens versuchte ich, mich zu sammeln, um dir zu sagen, dass du verdammt nochmal verschwinden sollst. Aber dann...«

»Ist Lola mir nachgelaufen.«

»Und du hast geweint.« Er strich über ihre Knöchel. »Warum hast du geweint, Jessie?«

Sie nahm einen langsamen, zitternden Atemzug. »Waterford zu verlassen.«

Er war sich nicht ganz sicher, was sie meinte, spürte aber, dass er gerade einen dieser Ziegelsteine abgebaut hatte, von denen sie gesprochen hatte. Also sollte er eintauchen, oder? »Warum war das so schwer?«

»Es war wie Camelot für mich«, flüsterte sie. »All diese Liebe. All diese Verbundenheit. All diese Familie und der Spaß und so viele Nummer eins, dass sich eine Person niemals verloren fühlen könnte. Ein Hund auch nicht«, fügte sie lachend hinzu. »Streuner sind in Waterford willkommen, und... ich war einer.«

Etwas regte sich in seiner Seele, ein tiefes, ursprüngliches, unerwartetes, aber so vertrautes Gefühl, dass er etwas tun musste. Jemanden retten. Jemanden halten und reparieren und beschützen und *lieben*.

Oh Mann. Er kannte dieses Gefühl. Nicht nur bei ein paar hundert Rettungshunden. Sondern bei der Frau, die alles vernarbt und verändert und beschädigt hatte. Jessie enthüllte vielleicht ihr emotionales Gepäck, aber es schnitt tief in seines ein.

Warum ließ ihn das nicht weglaufen? Warum wollte er nicht so schnell wie möglich von ihr weg? Warum wollte er mehr?

Ihm fiel auf, dass sie ihn prüfend ansah. »Ist alles in Ordnung?«

»Ich... versuche nur, über meine 'Warum'-Fragen nachzudenken.« Er rückte näher. »Zum Beispiel, warum ich dich gerade jetzt so sehr küssen will?«

Sie schenkte ihm ein zittriges Lächeln. »Vermutlich weil... ich das auch will.«

Während er ihren Blick hielt, beugte er sich zu ihrem Mund, wie von einem Magneten gezogen, und sehnte sich nach dem Kontakt mit ihren Lippen. Nichts anderes zählte.

Als ihre Augen flatterten, überbrückte er den Abstand und küsste sie.

Sein Blut rauschte und verengte seine Brust, während er mit seiner Zunge über ihre Lippen strich. Das genügte, um sie erneut zu küssen, mit noch mehr Intensität, wobei beide in der Nische näher zusammenrückten. Er ließ seine Hand von ihrer Wange zu ihrer Schulter gleiten, fuhr ihren Arm hinunter und streifte mit seinen Fingern über ihren nackten Oberschenkel.

Interviews waren vergessen. Fragen verschwanden. Das langsame Brennen der Erregung ersetzte alles. »Ich erinnere mich daran, dieses Mädchen zu küssen«, flüsterte er, während er sich löste, nur um ihre Wange und ihren Kiefer zu küssen.

»Und alle Wege führen zurück zu Manhunt.«

»Kein schlechtes Ziel, Jess.«

Für einen langen Moment schauten sie einander an, die winzige Ader an ihrer Schläfe pochte im gleichen erhöhten Rhythmus wie sein Puls.

Tief in seiner Tasche vibrierte sein Handy und klingelte leise, das Geräusch eines Anrufs, den er mit Sicherheit ignorieren würde.

»Willst du nicht rangehen?«

»Nein.«

»Ich denke, du solltest.«

Mit anderen Worten, halt an und denk darüber nach. Er zog das Handy heraus und reagierte auf den Namen auf dem Display. »Es ist Bill. Der Typ, von dem Marie sagte, dass er mit Lola ins Tierheim kam.«

»Oh, sprich mit ihm, Garrett. Bitte.«

Er nickte und tippte auf den Bildschirm. »Hallo?«

»Hey, hier ist, äh, Bill. Wegen des Hundes.«

Jessie lehnte sich näher heran, also winkelte er das Telefon an, damit sie beide Seiten des Gesprächs hören konnte. »Ja, Bill. Danke, dass du meinen Anruf zurückrufst.«

»Hör zu, ich will nicht involviert werden, weil ich kein, du weißt schon, Hundemensch bin. Und ich bin auch kein, weißt du, Mensch, der sich in den Scheiß anderer Leute einmischt.«

Sie tauschten einen verwirrten Blick aus, während Garrett ihn ermutigte, weiterzusprechen. »Ich verstehe, Bill. Alles, was du mir sagst, bleibt vertraulich. Wir versuchen herauszufinden, ob sie verloren gegangen oder ausgesetzt wurde.«

»Nun, es ist verdammt schwer zu sagen, was von beidem es war«, murmelte Bill. »Vielleicht verloren, vielleicht ausgesetzt. Aber so was hab ich noch nie in meinem Leben gesehen.«

»So was wie was?«, fragte Garrett und hielt Jessies Blick fest, der genauso verwirrt wirkte, wie er sich fühlte.

»Ich saß auf einem Rastplatz an der 73 und trank Kaffee in meinem Van, als dieser Typ direkt vor mir parkt, mir zugewandt, in einem Pickup-Truck mit einem Hund auf dem Beifahrersitz. Er steigt aus und lässt beide Fenster ganz runter. Ich dachte für die Luft, weißt du, aber was glaubst du? Dieser Hund kletterte direkt raus und nahm Reißaus.«

Garrett spürte, wie er sich anspannte, wie immer, wenn jemand einen Hund misshandelte. Absichtlich oder nicht. »Was ist passiert?«

»Na ja, ich saß da einen Moment und überlegte, ob ich den Typen suchen oder dem Hund hinterherlaufen sollte.

Dann wurde es verdammt offensichtlich, dass der Hund auf die Autobahn zusteuerte.«

Jessie zuckte zusammen und presste die Knöchel an ihren Mund, als könnte sie den Gedanken nicht ertragen, dass Lola etwas zustoßen könnte.

»Ich bin gerannt wie verrückt, hab den Hund eingefangen, der, das muss ich sagen, auf den Befehl zum Anhalten gehört hat. Aber sie hatte kein Halsband um, also war es nicht leicht, sie dazu zu bringen, zu diesem Truck zurückzugehen. Als ich zurück auf den Parkplatz kam, was sehe ich da? Dieser Truck fährt los und haut ab.«

Sie haben sie zurückgelassen? formte Jessie lautlos die Frage, Entsetzen in ihren Augen.

»Also war entweder dieser Typ im Truck dumm wie Brot und hat nicht bemerkt, dass sein Hund weg war, oder er hat das, du weißt schon, absichtlich getan.«

Garrett schloss die Augen. »Hast du den Mann gut gesehen?«

»Nee. Hatte eine Baseballmütze auf. Ich habe aber Rhode Island-Kennzeichen am Auto gesehen. Hab die Nummer aber nicht mitbekommen.« Er machte eine kurze Pause. »Ich wusste, wo das Tierheim in North Ames ist, weil ich da unten einen Malerjob hatte, also hab ich den Hund dort abgegeben. Ich bin froh, dass es ihr gut geht.«

»Sie«, korrigierte Garrett. »Wir haben sie Lola genannt, und es geht ihr gut. Vielen Dank, Bill. Du hast das Richtige getan.«

»Manche Leute sind Idioten, weißt du?«, fügte Bill hinzu.

»Allerdings.«

»Danke für die Information, Bill«, sagte Garrett. »Ich weiß das zu schätzen, Mann. Du hast etwas Gutes für diesen Hund getan.«

Er schnaubte und verabschiedete sich.

Jessie ließ sich in die Lederbank zurückfallen, wie die Luft abgelassen. »Wie kann jemand so etwas tun?«

»Um meinen Freund Bill den Maler zu zitieren, Leute sind Idioten, weißt du?«

Sie schüttelte den Kopf. »Was nun?«

»Ich weiß nicht.« Aber was er wusste, war, dass die Stimmung mit diesem Anruf vorbei war. »Komm, ich begleite dich zurück.«

Sie betraten das B&B immer noch händchenhaltend, aber er konnte erkennen, dass die Nachricht, dass jemand Lola nicht genug liebte, um sie zu behalten, Jessie die Luft – und alles andere – aus dem Körper gepresst hatte.

»Das heißt nicht, dass sie nicht geliebt wurde«, versicherte er ihr, als sie zur breiten Treppe gingen. »Menschen lassen ihre Hunde aus allen möglichen Gründen zurück.«

»Warum gibt man sie dann nicht jemandem, der sich um sie kümmert? Einem Freund oder Familienmitglied? Warum lässt man sie in Richtung Autobahn laufen?« Ihre Stimme brach vor Emotionen, der Klang berührte ihn wieder.

Es gab etwas an einer Frau, die Hunde liebte, etwas Gutes.

»Jessie, ihr geht es gut. Sie ist an einem guten Ort.«

»Sie ist deprimiert. Wenn ich sie nicht auf den Kopf küsse, frisst sie nicht.«

»Sie wird darüber hinwegkommen. Arbeite noch ein paar Tage mit ihr, und es wird ihr gut gehen«, versprach er ihr.

»Und was wird dann mit ihr passieren?« Sie blieb vor einer Zimmertür stehen. »Wird irgendein anderer Idiot sie nehmen?«

Er fasste sie an den Schultern, um sie zu halten und ihr

etwas Halt zu geben. »Wir vermitteln sie nur an gute Menschen. Oder wir behalten sie in Waterford.«

Sie schaute nach unten, dann wieder zu ihm. »Meine Mitbewohnerinnen würden die Idee vielleicht nicht völlig hassen.«

Das brachte ihn zum Lächeln und er zog sie näher, während seine Gedanken über das Gespräch wanderten und all das, was er über sie erfahren hatte. »Was steht da?«, fragte er.

Sie wich zurück und runzelte die Stirn. »Was steht wo?«

»Das motivierende Zitat an deiner Bürowand?«

Sie lächelte zum ersten Mal seit Bills Anruf. »Warum willst du das wissen?«

»Würdest du es nicht wollen? Wenn der Interviewschuh am anderen Fuß wäre?«

»Ja, würde ich. Es ist kitschig und ich habe es als Geschenk zum Studienabschluss bekommen, aber ich habe es immer an meinem Schreibtisch, wo auch immer ich arbeite. Es heißt: ›Erfolg ist nicht der Schlüssel zum Glück. Glück ist der Schlüssel zum Erfolg.‹«

»Albert Schweitzer. Oder Oma Finnie.«

Sie lachte. »Schweitzer. Und es ist albern, ich weiß.«

»Ein bisschen, aber ich denke, es sagt viel über dich aus.«

»Wie was?«

»Dass deine Werte am richtigen Platz sind. Dass *du* kein Mensch bist, der um jeden Preis gewinnen will, auch wenn dein Chef so einer ist.«

»Wirklich. Ich dachte, es bedeutet, dass ich nach Glück suche.«

»Tust du das?«

Sie wich noch weiter zurück und musterte ihn. »Bist du nicht ein schneller Lerner an der Interviewfront?«

Er lächelte und küsste sie auf den Kopf, ihr Haar seidig unter seinen Lippen, duftend nach Blumen und Frau und etwas, worin er sich verlieren wollte. »Bis morgen zur emotionalen Abreibung.«

Das brachte sie zum Lachen, was die beste Art war, diesen Abend zu beenden. Na ja, die zweitbeste Art, aber damit würde er zufrieden sein müssen.

Kapitel Dreizehn

»Da ist ja unsere Star-Journalistin bei der Arbeit.«

Jessie blickte von ihren Notizen auf und sah Dr. Kilcannon in Garretts Bürotür stehen, sein Irish Setter dicht auf den Fersen. »Guten Morgen«, sagte sie, legte ihre Unterlagen beiseite und begrüßte ihn mit einer schnellen Umarmung. »Wir fangen endlich mit diesem Interview an. Hallo, Rusty«, sagte sie und kraulte den Hund.

»Ich habe gehört, das Interview hat schon gestern Abend begonnen«, sagte er mit einem Schmunzeln in der Stimme.

Sie hob ihre Augenbrauen, unsicher, was sie sagen sollte.

»Garrett verpasst selten ein Mittwochabendessen. Das ist eine Waterford-Tradition, weißt du.«

»Es tut mir leid, das wusste ich nicht. Und ja, wir haben ein bisschen an dem Profil beim Abendessen gearbeitet.«

Der ältere Mann grinste sie an, mit einem Funkeln in den Augen. »Du wirst von mir keinen Widerspruch hören, junge Dame. Ich könnte nicht glücklicher sein, wenn du und Garrett einen Abend in der Stadt zusammen verbringt. Er ist ein Workaholic und braucht jemanden wie dich, um ihn abzulenken.«

»Nun, ich bin nicht…« Sie lachte nervös. »Es war nur, weißt du…« Sie wollte Arbeit sagen, aber das wäre eine Lüge gewesen. »Spaß«, beendete sie den Satz.

»Genau das wollte ich hören.«

Nur hatte er dieses Interview nicht zum *Spaß* angeregt. »Wir werden heute wirklich ins Eingemachte gehen, also fürchte ich, dass ich ihn für ein paar Stunden beschäftigen werde. Hast du nach ihm gesucht?«

»Ich habe eigentlich nach Shane gesucht, der nicht in seinem Büro ist, und dachte, er könnte hier bei Garrett sein.«

»Ich habe Garrett in den Zwingern gelassen, nachdem ich eine Weile bei Lola war«, sagte Jessie. »Er meinte, er würde Kaffee holen und mich hier treffen. Shane habe ich allerdings nicht gesehen. Ist er nicht außer Haus?«

»Ich bin hier. Bin gestern Nacht zurückgekommen«, dröhnte eine männliche Stimme von außerhalb der Tür, und eine Sekunde später kam Shane hinter Dr. K herein. Rusty stand auf, bellte und schnüffelte an den Schuhen des Neuankömmlings.

Shane Kilcannon hatte sich kaum verändert, dachte Jessie.

Er war schon immer groß und breitschultrig gewesen, mit dickem, kurz geschnittenem Haar, irgendwo zwischen sattem Braun und poliertem Gold. Er hatte fesselnde haselnussbraune Augen, die Annie Kilcannon in den Genpool eingebracht hatte, aber sündhaft dunkle Wimpern und ein starkes Kinn bewiesen, dass er genauso Daniels Sohn war wie Annies.

»Ich habe gehört, du bist zurück, Windhundbeine.«

Dr. K gab ein leises Lachen von sich.

»Danke für dieses Vermächtnis«, neckte sie Dr. K, als sie sich ausstreckte, um Shane zu umarmen. »Schön, dich wiederzusehen, Shane. Du siehst gut aus.«

Er löste sich und musterte sie freundschaftlich. »Nicht so gut wie du. Ja, das erklärt das gebügelte Hemd und den teuren Rasierbalsam meines Bruders.«

»Ich sehe, bei den Kilcannons hat sich nichts geändert«, sinnierte sie.

»Einschließlich der Familienabendessen«, sagte Dr. K. »Du hast gestern gefehlt, aber wirst du am Sonntag dabei sein? Es wird wie in alten Zeiten sein, Windhundbeine am Tisch zu haben.«

»Natürlich.« Die bloße Vorstellung brachte sie zum Lächeln. »Oh, ich würde das sehr gerne, danke.«

»Und wie läuft das Projekt?«, fragte Shane. »Lässt du Garrett nicht wie einen elenden Zeugen auf der Anklagebank fühlen, oder?«

»Ich verhöre ihn nicht«, sagte sie zu Shane. »Dieser Prozess soll Spaß machen.«

»Stell sicher, dass du langweilig buchstabieren kannst, denn das ist er«, scherzte Shane. »Aber wenn du faszinierend, urkomisch und gut aussehend willst, bin ich genau hier.«

»Eigentlich würde ich gerne mit dir reden, um der Geschichte Farbe und Tiefe zu verleihen. Und mit dir, Dr. K«, fügte sie hinzu. »Ich verstehe, dass diese ganze Hundetrainings- und Rettungseinrichtung deine Idee war.«

»Nur der Keim einer Idee«, sagte er, genauso bescheiden wie sein Sohn. Sein *mittlerer* Sohn. »Dieser ganze Ort wurde auf dem Verstand und Schweiß meiner Kinder gebaut. Und ich bin verdammt stolz darauf. Ich würde gerne für deinen Artikel darüber sprechen. Vielleicht können wir uns am Sonntag zusammensetzen?«

»Perfekt, danke.« Sie strahlte beide an. »Es ist so schön, wieder im Haus der Kilcannons zu sein.«

»Und es ist gut, dich hier zu haben«, sagte Dr. K und legte eine warme Hand auf ihre Schulter. »Nimm dir jetzt Zeit und bekomm alles, was du von Garrett brauchst. Lass ihn nichts zurückhalten.«

»Es sei denn, er möchte es«, fügte Shane hinzu. »Als sein Anwalt gesprochen, versteht sich.«

Warum würde sein Anwalt so eine Warnung aussprechen? »Gibt es Themen, die ich vermeiden sollte?«, fragte sie.

»Was genau die Themen sein werden, auf die du abzielen wirst.«

Sie seufzte, gewohnt an das Misstrauen gegenüber den Medien, aber wünschte sich, sie könnte den Vorteil haben, ein Familien-Insider zu sein. Zumindest bei Garrett und jetzt auch Shane. »Nicht, wenn du mich bittest, es zu lassen«, versicherte sie ihm.

»Jessie ist ein gutes Mädchen«, sagte Dr. K und ließ sie sich etwa zehn Jahre alt fühlen. »Sie war immer ein gutes Mädchen. Und sie ist immer noch ein gutes Mädchen.« Vielleicht acht Jahre alt.

Shane schenkte ihr ein skeptisches Lächeln, das sie vermuten ließ, dass er nicht dachte, sie sei gut oder ein Kind. »Ich bin sicher, sie wird fair sein und die Welt nicht wissen lassen, dass Garrett Kilcannon nur ein schwacher Abklatsch seines älteren Bruders ist.«

»Hau ab, großer Bruder.« Garrett marschierte mit zwei Tassen Kaffee und einem finsteren Blick herein, während er von seinem Vater zu Shane schaute. »Es sei denn, ihr Jungs wollt das für mich machen, denn ich habe Arbeit zu erledigen.«

Shane grinste Jessie an. »Viel Spaß, Kinder«, sagte er und schlüpfte hinaus.

»Ich bin sicher, ihr zwei werdet gut zurechtkommen«, fügte Dr. K hinzu und signalisierte Rusty, mit ihm zu gehen. »Und bleibt nicht den ganzen Tag hier drin. Setzt euch eine Weile an den See.«

»Wir gehen später mit Lola spazieren«, versicherte ihm Garrett und schob seinen Vater zur Tür. »Danke. Auf Wiedersehen. Folter wird in privater Umgebung durchgeführt.«

»Folter?« Jessie lachte, als er die Tür mit einem kräftigen Schlag schloss. »Du wirst eine Weile über dich reden. Inwiefern ist das Folter?«

Er drehte sich um, sein Gesichtsausdruck wurde weicher, als er ihr einen Kaffee reichte. »Du hast meinen Bruder gehört. Ich bin nicht so interessant.«

»Darüber werde ich urteilen.« Sie hob die Tasse in einem gespielten Toast. »Setz dich jetzt in diesen Stuhl, Garrett Kilcannon, und erzähl mir, wie es möglich ist, dass ein Mann, der so küsst wie du und ein Herz aus Gold hat, noch nie verliebt war.«

Er erstarrte. »Das ist es? Da fangen wir an? Bei der Liebe?«

»Hast du einen besseren Ausgangspunkt?«

Er stieß einen Seufzer aus und ging um seinen Schreibtisch herum, obwohl sie wollte, dass er es sich auf der Ledercouch neben ihr gemütlich machte. »Lass mich dir stattdessen von dem Tag erzählen, an dem wir zehn Millionen geteilte Bilder auf PetPic erreicht haben.«

Also so sollte es laufen. Er wollte dieses Interview kontrollieren. In Ordnung. »Okay, fang damit an.«

Aber das würde nicht der Endpunkt sein.

Als sie mit Lola nach draußen gingen, war Garrett unerklärlich erschöpft. Hungrig, unruhig, seiner eigenen Stimme überdrüssig und müde, Fragen zu beantworten, egal wie hübsch seine Fragestellerin war.

Jede Information, die er ihr gab – über seine Studienzeit, wie ihm die PetPic-Idee kam, wie das Unternehmen wuchs, wie es war, es aufzubauen – alles wurde gekontert mit… *Wie hat dich das gefühlt?* und *Welcher Moment kristallisiert sich in deinem Kopf heraus?* und *Wie hast du den Tag gefeiert, an dem du deine Firma verkauft hast?*

Bei der letzten Frage schaffte er es, nicht zu sehr ins Detail zu gehen. Denn allein die Erwähnung eines Trips nach Las Vegas hätte eine Büchse der Pandora geöffnet, die er lieber verschlossen halten wollte.

Den ganzen Vormittag über tänzelte er herum, wich aus und vermied jede Form von »Warum«-Frage, die sie stellte, und kratzte nur an der Oberfläche. Am frühen Nachmittag konnte er erkennen, dass sie ein wenig frustriert und wahrscheinlich genauso hungrig und genervt war wie er.

Nicht dass es anstrengend war, über die Geschichte der Unternehmensgründung und das Wachstum bis zum Verkauf für Millionen zu sprechen, aber die Geschichte war mit Landminen gespickt. Eine Landmine. Die Claudia-Cargill-Landmine.

Nun, sie hieß nicht mehr Cargill, weshalb diese spezielle Mine explodieren könnte.

»Ich verhungere«, sagte er und schnappte sich zwei Lunchboxen, die auf einem Picknicktisch für Mitarbeiter und Gäste bereitstanden.

»Schnüffeln die Hunde nicht an all diesen Boxen?«, fragte Jessie und behielt Lola im Auge.

»Nicht, wenn sie trainiert sind. Und die untrainierten dürfen nicht hierher. Lola wurde offensichtlich trainiert.«

»Und dann an einer Raststätte zurückgelassen.« Bitterkeit verdunkelte ihre Stimme, dann fing sie sich und legte eine Hand über ihren Mund. »Glaubst du, sie versteht Englisch?«

»Hunde verstehen Menschen, wenn auch nicht die genauen Worte«, antwortete er.

»Oh, Lola, meine Liebe.« Sie hielt an, ließ sich hinunter und schlang beide Arme um den Hals des Hundes. »Es tut mir leid für jedes Unrecht, das dir jemals angetan wurde.«

Lola nahm einen ausgiebigen Schleck über Jessies Wange.

»Das habe ich verdient.« Sie stand auf und wischte sich mit dem Handrücken übers Gesicht.

Er lachte zum ersten Mal seit Stunden. Nicht dass seine Geschichte so ernst war, aber er musste so vorsichtig sein, und sich wohlzufühlen und zu lachen war keine gute Idee.

Sie nahmen denselben Pfad wie neulich, gingen aber jetzt weiter, da Lola so viel energiegeladener war. Der Frühling lag in der Luft, als wüsste er, dass seine Tage gezählt waren und die Hitze und Feuchtigkeit eines nordkarolinischen Sommers auf Bitter Bark drücken würde. Aber heute war es kühl, trocken, sonnig und hier draußen so viel besser als drinnen, dass Garrett vor Erleichterung seinen Kopf in den Nacken hätte legen und heulen können.

»Durchläufst du all diese sieben Stufen der Hölle für jedes einzelne Interview, das du führst?«

Sie stieß ihn spielerisch an. »Hasse es, dir die Neuigkeit zu überbringen, aber das war erst die erste Stufe.«

»Gott steh mir bei.«

Sie hakte ihren Arm bei ihm ein und drückte ihn mitfühlend. »Lass uns eine Pause machen.«

»Eine echte Pause?«

»Absolut, hundertprozentig inoffiziell, du hast mein Wort.« Sie verstärkte ihren Griff ein wenig und klammerte sich so sehr an ihn, dass er ihr glaubte. »Ich möchte wirklich über Lola sprechen.«

»Okay.« Erleichterung durchströmte ihn. »Ich bin ganz bei dir.« Er betrachtete den Hund, der neben ihr hertrabte, den Kopf hoch, die Augen wachsam. Ein glücklicher, gesunder, geliebter Hund. »Sie kommt so gut mit dir zurecht. Ich habe sie heute Morgen während der Zwinger-Reinigung bei den Trainern gesehen, und sie passt sich wirklich besser an.«

»Aber etwas beschäftigt mich«, sagte sie. »Ich habe die ganze Nacht an sie gedacht.«

Während er an Jessie gedacht hatte. »Und?«

»Schau, ich weiß nicht, was du über Hunde weißt, offensichtlich. Aber ich weiß etwas über Menschen und... Motivationen.« Sie zögerte einen Moment und sammelte ihre Gedanken. »Den Hund zurückzulassen, wie der Typ im Truck es getan hat? Das passt nicht. Was, wenn er nicht ihr Besitzer war? Was, wenn es wirklich einen anderen Besitzer gibt, der wie verrückt nach seinem Hund sucht?«

»Ja, darüber habe ich auch nachgedacht.« Er war tatsächlich mit diesem Gedanken aufgewacht, aber nach dem Zwingerdienst war jeder Moment vom Interview vereinnahmt worden.

Er führte sie zu einer Stelle, wo ein Dickicht von Bäumen um diesen Teil des Crescent Creek gerodet worden war, was im Frühling und Sommer etwa sechs oder sieben Fuß freies Schwimmen ermöglichte. Daneben gab es eine Grasfläche, wo sie sitzen und Lola sich in der Sonne ausbreiten konnte.

»Wenn jemand Lola so sehr geliebt hätte, würde er sie nicht in so einer Situation zurücklassen«, fuhr sie fort und ließ sich ins Gras sinken. »Es ergibt einfach keinen Sinn.«

Er setzte sich zu ihr und gab ihr eine der Lunchboxen. »Nein, es ergibt keinen Sinn.«

»Jemand könnte immer noch da draußen sein und sich nach Lola sehnen, so wie sie sich sehnt.«

Lola sehnte sich im Moment nach nichts. Sie lag auf der Seite zwischen ihnen, ihre Schnauze an Jessies Oberschenkel geschmiegt. Ein guter Platz, wenn er so darüber nachdachte.

Er öffnete sein Mittagessen und zog ein Sandwich auf irischem Sodabrot heraus, das ganz klar Gramma Finnies Handschrift trug. »Einen Hund an einer Autobahnraststätte zurückzulassen, passt nicht zu einer Person, die diesen Hund geliebt und trainiert hat«, sagte er.

»Das denke ich auch. Was, wenn Lola gestohlen wurde? Oder verloren ging, und dieser Typ, der sie zurückließ, hat sie gefunden und realisiert, dass er sie nicht behalten kann? Ergibt das nicht mehr Sinn?«

»Unendlich viel mehr.« Er nahm einen Bissen und kaute, während sein Verstand bereits durchging, was er tun wollte, sobald er einen Moment Zeit hatte. »Ich habe ein Netzwerk von Leuten, die in Tierheimen, Tierarztpraxen und sogar bei Züchtern im ganzen Land arbeiten. Ich werde die Leute in Rhode Island kontaktieren, um zu sehen, ob jemand einen vermissten Border Collie-Aussie Shepherd Mix gemeldet hat.«

»Ist das alles, was du tun kannst?«

Er zuckte mit den Schultern. »Social Media wäre der nächste Schritt. Ich kann jemanden bei FriendGroup kontaktieren, um nach Vermisst-Meldungen für Hunde zu suchen.« Er schluckte schwer, wissend, dass er viele Freunde verloren hatte, als er die Firma verließ, sodass seine Liste möglicher Ansprechpartner nicht besonders lang war.

Eine Person würde ihm aber definitiv helfen. Eine, die versprochen hatte, immer *Freunde* zu bleiben.

»Du könntest das tun?«, fragte sie, ihr Gesichtsausdruck hellte sich auf. »Willst du das nicht?«

Claudia kontaktieren? Ganz und gar nicht. »Klar«, sagte er. »Aber lass mich erst mit meiner Rhode Island-Datenbank anfangen. Jetzt, wo wir einen Bundesstaat haben, ist es nur eine einfache E-Mail und wir könnten sofort eine Antwort bekommen.«

Sie lächelte daraufhin und schmiegte ihr Gesicht an Lolas Ohr. »Hörst du das, Süße?«

Während er sein Sandwich aß, beobachtete er die beiden für eine Minute und schätzte die Bindung, die sich aufbaute – eine, der sich Jessie wahrscheinlich nicht einmal bewusst war. Und wenn sich ihre Theorie als richtig erwies?

»Vorsicht, Jessie«, warnte er leise. »Falls wir Erfolg haben und Lolas liebevollen Besitzer finden, musst du dich verabschieden.«

Sie schmiegte sich noch mehr an den Hund. »Aber sie wäre glücklicher.«

»Ich weiß nicht, ob sie überhaupt glücklicher sein könnte«, sagte er und tätschelte den Hund. »Schau dir dieses Lächeln an.«

Jessie setzte sich auf, ihr eigenes Lächeln war breit, als sie nach einem Handy in ihrer Jeanstasche griff. »Ich muss ein Foto davon machen.«

»Da«, sagte er, schnippte mit den Fingern und zeigte auf das Handy. »*Das* ist es, was ich heute Morgen eine halbe Stunde lang in Worte zu fassen versuchte. Der Drang, den Bruchteil einer Sekunde eines Hundegesichtsausdrucks einzufangen und zu teilen, ist universell. Es ist archaisch. Es ist unwiderstehlich.«

Genauso unwiderstehlich wie Jessie dabei zuzusehen, wie sie ein Foto von einem Hund macht, in den sie sich verliebte.

Sie tippte ein paar Mal auf ihren Bildschirm, bevor Lola ihre Position veränderte und der Moment verflogen war. Aber nicht, bevor er aufgenommen wurde und geteilt werden würde – eine Handlung, die Garretts Geschäft so erfolgreich gemacht hatte. Dann tippte sie wie wild. »Schickst du es jemandem?«

»Nein, ich schreibe dieses Zitat auf. Es ist perfekt. Es erfasst, was dir wichtig ist und was dich so interessant macht.«

Er schüttelte den Kopf und stieß ein Grunzen aus. »Du hast *versprochen*, dass wir fertig sind.«

»Dann hör auf, so prägnante Dinge zu sagen.« Sie legte das Handy weg und öffnete eine Tüte Chips, steckte sich einen in den Mund. »Und ich komme damit klar.«

»Mit prägnanten Zitaten?«

»Mich von Lola zu verabschieden«, sagte sie. »Obwohl…« Sie blickte sehnsüchtig zu dem Hund. »Es wäre schön, ihr… wie hast du mich genannt? Ihr Mensch zu sein.«

»Alle Hunde brauchen einen Menschen«, sagte er.

»Alle Menschen brauchen einen Menschen«, erwiderte sie leise.

Ihre Geständnisse vom Vorabend kamen ihm wieder in den Sinn. Zusammen mit der Erinnerung daran, wie gut es sich anfühlte, sie zu küssen. »Ich bin sicher, du wirst deinen Menschen finden, Jessie.«

Sie blickte von Lolas gut gestreicheltem Fell auf, um seinen Blick zu erwidern. »Ich habe jede Menge Menschen. Freunde und Familie. Nicht, dass Stephanie die Schwester des Jahres wäre, aber... warum schaust du mich so an?«

»Wie denn?«

»Als ob du mir nicht glaubst.«

»Ich glaube dir.« Er streckte die Hand über Lola aus, um Jessies Kinn zu berühren, mehr aus dem Vergnügen, sie zu berühren, als um ihre Aufmerksamkeit zu bekommen, die er bereits hatte. »Was ich nicht glaube, ist, dass nicht irgendein Typ dich schon längst für sich gewonnen hat und die Aufgabe, dein Mensch zu sein, sehr ernst nimmt.«

Sie lächelte fast, aber es verblasste. »Es ist nicht mein Schicksal, jemandes... Nummer eins zu sein.«

Als wolle sie das unterstreichen, stand Lola auf und ging ein paar Schritte weg, um an etwas Gras zu schnüffeln. Und Garrett rückte sofort näher an Jessie heran. »Was bedeutet das?«

Sie versuchte, die Frage abzutun, indem sie ihre Aufmerksamkeit auf Lola richtete und dann umherblickte. »Willst du Apportieren spielen, Süße? Ich werde einen-«

»Jessie.« Er legte seine Hand auf ihre. »Wechsel nicht das Thema. Jetzt bin ich an der Reihe, tiefgründige Fragen zu stellen.«

»Wie du dein Unternehmen gegründet hast, ist nicht tiefgründig. Tut mir leid, dir das zu sagen, Schätzchen, aber heute Morgen gab es keine echten tiefgründigen Fragen.« Sie drehte ihre Hand um und verschränkte ihre Finger mit seinen. »Ich habe mich gerade erst für das richtige Spiel warmgelaufen. Aber nicht, bevor du diese Suche in Rhode Island anstößt.«

»Ich hatte unrecht.«

»Über Rhode Island?«

»Über dich und Lola. Wenn du bereit bist, die Rhode Island-Suche über eine weitere Stunde mit Fragen zu stellen, dann hast du dich bereits in sie verliebt.«

Sie seufzte. »Ja, vielleicht.«

Er betrachtete sie einen Moment lang, verloren in Augen von der gleichen Farbe wie das Gras hinter ihr, unerklärlich zu ihr hingezogen, und spürte etwas, das er seit langer, langer Zeit nicht mehr gefühlt hatte. Keine gewöhnliche Anziehung, sondern etwas Tieferes. Eine Verbindung. Eine Verbindung, die ihn dazu brachte, sich ihr zu öffnen und ihr noch näher zu kommen. Was ihn zum Nachdenken brachte... war es ihre außergewöhnliche Fähigkeit oder ihr außergewöhnliches Selbst, das ihn so fühlen ließ?

»Garrett?«

»Wie machst du das?«

Sie hob eine Augenbraue. »Ich mache eigentlich nichts... noch nicht.«

Er ließ seine Finger durch ihr seidiges Haar gleiten und genoss das Gefühl mehr als alles andere seit langer Zeit. Es gab etwas an ihr. Irgendetwas.

Etwas, das er wollte.

Ihre Lippen trafen sich in der Mitte, ein gegenseitiger Kuss, von beiden begonnen und sofort tiefer.

Ins Gras zu fallen war einfach. Sie unter sich zu bringen war perfekt. Und ihre Körper aneinander zu schmiegen war so natürlich wie das Atmen.

Sie schnurrte zufrieden, als er den Kuss unterbrach, um mit seinen Lippen ihren Hals hinabzuwandern, und bog sich gerade genug, um ihm Zugang zur süßen, warmen Haut ihrer Kehle zu gewähren.

Das Blut pochte in seinem Kopf, als seine Hände an ihren Seiten auf und ab wanderten, ihr T-Shirt rutschte gerade genug nach oben, sodass seine Finger ihre Haut streiften. Und mehr Blut strömte, baute mit jedem Kuss Hitze auf und ließ ihn danach verlangen, sich fester gegen sie zu drücken.

»Garrett, was machen wir hier?«

Er lachte in den nächsten Kuss hinein. »Wir spielen die Nacht in den Zwingern nach?«

»Oh.« Ihre Hüften bewegten sich leicht, gerade genug, um ihm keine andere Wahl zu lassen, als sich in gleicher Weise gegen sie zu bewegen. »Du hast es fast den ganzen Tag geschafft, ohne das zu erwähnen.«

»Weil ich es nicht vergessen kann.« Er streichelte ihre Seite und berührte sie besitzergreifend.

»Du warst schon damals ein guter Küsser. Ich erinnere mich.«

»Erinnerst du dich« – er schob seine Hand höher über ihre warme Haut – »hieran?«

»So bin ich in diese heikle Lage geraten.«

Er hob den Kopf und verengte die Augen, da er ihr nicht folgen konnte.

»Mein Chef fragte, wie gut ich dich kenne, und ich sagte, du warst der erste Mann, der meine Brüste berührt hat.«

Er spürte, wie sich seine Lippen zu einem zufriedenen Grinsen verzogen. »War ich das?«

»Hey, ich war gerade mal sechzehn. Das Bild der Unerfahrenheit.«

»Und das hast du deinem Chef erzählt?«

»Er hat gefragt, wie gut ich dich kenne. Er war übrigens nicht sonderlich beeindruckt.«

»Dann ist er dumm.« Er ließ seine Hand über die nackte Haut ihres Bauches gleiten und stieß ein leises Stöhnen aus, weil es sich so gut anfühlte. »Denn das ist beeindruckend.«

»Das ist… verrückt.«

Er sah sie an, wartete und versank ein wenig tiefer in einer Anziehung, die er eigentlich nicht fühlen wollte… aber gegen die er auch nicht ankämpfen wollte.

»Ich mag dich«, flüsterte sie.

Er wollte antworten, aber sie legte einen Finger auf seinen Mund.

»Ich mag dich wirklich«, wiederholte sie. »Ich will dich küssen… viel. Ich will in der Sonne liegen und stundenlang rumknutschen. Ich will wahrscheinlich auch nicht beim Küssen aufhören.« Sie drückte ihren Finger fester, um ihn vom Sprechen abzuhalten. »Das ist wahrscheinlich – nein, warte, da gibt's kein wahrscheinlich – das *ist* unprofessionell, fragwürdig und vielleicht nicht der klügste Schritt meinerseits. Trotzdem kann ich nicht aufhören, daran zu denken. Es zu wollen. Dich zu wollen. Ich habe den Eindruck, dass du vielleicht dasselbe fühlst.«

»Genau so ist es«, flüsterte er. »Genau dasselbe.«

»Aber ich sollte dich interviewen, ein Profil schreiben, meinen Job machen.«

»Ja, nun, ich sollte dich meiden, so wenig Zeit wie möglich mit dir verbringen.«

Sie runzelte die Stirn. »Tatsächlich?«

»Das war mein fieser Plan für mindestens eine Woche.« Er deutete auf das Picknick und ihre eng aneinander liegenden Körper. »Gescheitert.«

»Besser, dass du mit diesem Plan scheiterst. Mein Chef hat mich nicht hierher geschickt, um Verstecken zu spielen, und wenn ich das hier vermassele, weil… weil ich dich *mag*, dann werde ich es bereuen, wenn ich zurück nach New York komme.«

Er überlegte, nickte und suchte nach einer Lösung für das Problem, wie sein Verstand es immer tat. »Wir brauchen Grenzen«, sagte er. »Einen Ort, an dem wir dein Interview führen, und überall sonst ist… sicher.«

»Sicher.« Sie hauchte das Wort, als fühlte es sich für sie fremd und wunderbar und richtig an.

Aber war es das? Konnte er ihr vertrauen? Er schloss die Augen und zog sie an sich, gab ihr einen Kuss auf die Stirn, als ob das die Sache besiegeln würde.

Wenn er nicht die Chance ergriff und ihr vertraute, dann hatte Claudia gewonnen. Der Verrat hatte gewonnen. Die Liebe hätte keine Chance.

Liebe?

Es war das erste Mal seit langem, dass er über diesen Begriff nachgedacht hatte, und es fühlte sich so verdammt gut an.

»Sicher«, wiederholte er und hob ihr Kinn. »Versuchen wir es.«

Ihre Antwort bestand darin, ihn sanft auf den Mund zu küssen, wobei sie den Kopf neigte und den Rücken durchbog, um ihm ihren Körper anzubieten.

Den er angenommen hätte, aber Lola begann wie wild zu bellen, was dazu führte, dass sie beide sich umdrehten, als eine Gruppe von Hundetrainingsstudenten in einer Reihe den Weg entlang marschierte, jeder mit einem Hund.

Lola stürmte auf sie zu, was Jessie dazu brachte, aufzuspringen und sie einzufangen, wodurch der intime Moment zerstört wurde, aber nicht seine Hoffnung, dass eine Frau – diese Frau – sicher für ihn sein könnte.

Nachdem sie Lola eingefangen hatte, drehte sie sich um und winkte ihm zu. »Zurück in die Folterkammer, Garrett. Wir sind noch nicht fertig.«

Oh nein, sie waren noch nicht fertig. Nicht einmal annähernd.

Kapitel Vierzehn

Am Sonntagnachmittag war Jessie darauf gespannt, weitere Fortschritte mit der Familie Kilcannon zu machen. Sie waren alle so beschäftigt, ständig unterwegs oder mit den Hunden oder mit Trainern im Gespräch, dass sie nicht wirklich so viel Zeit mit der Familie verbracht hatte, wie sie wollte.

Mit Garrett?

Nun, manchmal fühlte es sich an, als wäre keine Zeit genug. Sie waren in den letzten Tagen in eine wunderbare Routine verfallen. Morgens ging sie zur Waterford Farm, um mit Lola zu spielen und zu arbeiten. Sie hatte sich in einen der Gruppentrainingskurse eingeschlichen, nur um Lola zu sozialisieren, aber der Hund war so klug und lernwillig, dass sie alle möglichen Kommandos aufgeschnappt hatte.

In der Mittagspause gingen sie und Garrett für Besorgungen in die Stadt oder saßen am Picknicktisch und beobachteten das Training. Ein paar Mal waren sie wieder zum Bach hinuntergegangen, und Lola schlief in der Sonne, während Jessie und Garrett redeten und redeten. Und küssten und küssten.

Nach gegenseitiger Vereinbarung war es eine „sichere" Zeit, ohne Interviewfragen, aber während sich der Charakter des Mannes herauskristallisierte, nahm auch ihr Profil Gestalt an.

Allerdings fehlte etwas, und das hatte sie seit einigen Tagen gestört. Funken. Tiefe. Farbe. *Irgendetwas* stand nicht auf den Seiten mit Notizen, die sie getippt und getippt hatte. Obwohl sie jeden Nachmittag sein Büro besuchte und sie ein eher „offizielles" Gespräch führten, das kurz und bei weitem nicht so befriedigend war wie die Zeit, die sie am Bach verbrachten.

Am Freitag waren sie mit Shane zum Abendessen ausgegangen, was unglaublich spaßig war, aber es gab viel mehr Gelächter als beantwortete Fragen. Am Samstag musste Garrett mit Liam einen Hund abholen, also blieb sie den ganzen Tag in der Pension, arbeitete an der Geschichte und ging früh ins Bett, frustriert, dass sie immer noch nicht das Gefühl hatte, das Wesen des Mannes erfasst zu haben.

Standen ihre Gefühle für ihn ihr im Weg? Denn sie wurden täglich tiefer, und das Abschiednehmen am Abend wurde langsam fast unmöglich.

Wie würde es sein, wenn das alles vorbei wäre, fragte sie sich, als sie in die breite Einfahrt von Waterford einbog.

Als sie auf das Haus und die Hügel blickte, wusste sie bereits, dass es beschissen sein würde.

Aber sie hatte es einmal getan, also würde sie es wieder tun.

Heute jedoch würde es sonntagsnachmittagsperfekt werden. Nichts machte so viel Spaß wie das Sonntagsessen der Kilcannons, das am späten Nachmittag serviert wurde und, selbst in der alten Zeit, immer von Dr. K. gekocht wurde.

Jessie summte bereits vor Glück, hier zu sein und Garrett wiederzusehen, da das letzte Mal an ihrer Tür am Freitagabend war, und diese Küsse heiß, intensiv und schwer zu beenden waren.

Aber sie musste zuerst die Geschichte fertigstellen. Etwas tief in ihr legte diese Regel fest, und sie konnte sie nicht brechen. Und er hatte nicht darauf gedrängt, die Nacht zu verbringen… noch nicht.

Als Jessie die große Auffahrt der Waterford Farm entlangging, drehte sie sich beim Geräusch eines anderen Autos um und erblickte Molly am Steuer eines kleinen blauen Hybridfahrzeugs mit einem Mädchen auf dem Beifahrersitz.

»Das muss Pru sein«, rief sie und ging zum Auto, als Molly den Motor abstellte.

Molly sprang gleichzeitig mit einem zierlichen, dunkelhaarigen Kind mit riesigen goldgrünen Augen heraus, die Jessie anstarrten.

»Das ist mein Stolz und meine Freude und gelegentliche Kopfschmerzen, Prudence Anne Kilcannon. Pru, das ist deine Tante Jessie, meine beste Freundin von dem Zeitpunkt an, als wir in deinem Alter waren, bis sie mit sechzehn davongeflogen ist.«

»Hallo, Pru.« Jessie streckte die Arme aus, um sie zu umarmen, und nahm sich einen Moment Zeit, das Kind zu betrachten, das Kilcannon auf jedem Gesichtszug stehen hatte. Annies Augen, Mollys Gesicht und eine Selbstsicherheit in ihrer Haltung, die alle Nachkommen von Daniel Kilcannon hatten.

»Sollte ich sie Tante nennen? Das ist eigentlich nicht korrekt.«

»Ein Kosename«, sagte Molly und blickte gen Himmel. »Pru mag die Dinge genau so haben«, warnte sie Jessie. »Und hat keine Skrupel, dich das wissen zu lassen.«

Pru grinste und zeigte einen Mund voller Metall und ein Funkeln, das dem in den Augen ihrer Mama entsprach. »Ich bin ein Perfektionist«, korrigierte sie. »Und meine Mutter ist ein... Nicht-Perfektionist.«

»Ich bin perfekt, wenn ich es sein muss«, entgegnete Molly. »Wie bei einer Notoperation an einem Bernhardiner heute Morgen. Gott sei Dank ist Sonntag, und es ist in einem irischen Haushalt nie zu früh für Whiskey.«

»Nur einen, du fährst«, sagte Pru schnell, was Molly ein weiteres Augenrollen entlockte.

»Weißt du was, Kürbis. Wenn ich besoffen bin, kann Tante Jessie uns beide nach Hause fahren, und wir holen mein Auto morgen früh.«

»Wie komme ich dann morgen zur Schule?«

»Es ist nicht mein Fahrgemeinschaftstag.«

»Aber was, wenn Mrs. Freeman verschläft, wie letzte Woche?«

»Dann ist es ihre Schuld, dass sie keinen menschlichen Wecker hat wie ich.« Sie grinste Jessie an. »Willkommen im Leben mit Molly und Pru. *Ein seltsames Paar* regiert wieder.«

Jessie lachte trotz sich selbst, ein lustiges Zucken in ihrem Bauch, das sie überraschte. Ein Zucken von... Neid? Warum um Himmels willen sollte sie das fühlen? Das Letzte, was sie auf der Welt wollte, war eine Zwölfjährige, egal wie verantwortungsbewusst sie war.

Nein, es war ihr Geplänkel. Ihre Verbindung. Ihre... Mutter-Tochter-Beziehung.

»In welche Klasse gehst du?« fragte sie Pru.

»Siebte Klasse«, sagte sie. »Heimat der weltschrecklichsten, verwirrenden und stinkendsten Bestie, dem Pubertätsjungen.«

Jessie prustete vor Lachen. »So wahr.«

»Ich glaube, das Leben mit vier Brüdern hat mich immun gegen sie gemacht«, sagte Molly. »Aber die Geschichten, die Pru mir erzählt, würden dir die Haare kräuseln.«

»Oh, ich erinnere mich an die Jungs aus der siebten Klasse«, versicherte Jessie ihr. »Und ich beneide dich nicht. Die gute Nachricht ist, sie werden besser.«

»Wann?« fragte Molly. »Mit fünfzig?«

»Mom hasst Männer«, informierte Pru sie. »Wie ist das bei dir?«

In diesem Moment öffnete sich die Haustür und Garrett stand im Türrahmen, zu weit entfernt, um sie zu hören, aber nah genug, dass sie den Anblick seines nackten Oberkörpers und seiner Jeans von hier aus genießen konnte. Sie schaute zweimal hin, ohne es zu wollen, aber unfähig, bei dem Anblick seiner nackten Brust und Jeans wegzusehen.

»Ich hasse sie überhaupt nicht.«

»Den da jedenfalls nicht«, fügte Molly im Bühnenflüsterton hinzu.

»Zieh dir ein Hemd an, Onkel Garrett!«, rief Pru. »Hier draußen sind unschuldige Frauen!«

»Warum ist er halbnackt?«, fragte Jessie. Abgesehen davon, einer Frau das Wasser im Mund zusammenlaufen zu lassen.

»Weil er es kann«, sagte Molly. »Und er hat ganz praktisch die Zeit vergessen und, siehe da, Jessie fährt die Einfahrt hoch, als er *zufällig* die Tür öffnet.«

Jessie warf ihr einen Blick zu. »Ernsthaft?«

»Hey, du bist doch diejenige, die mit ihm zusammenklebt.«

»Wirklich?«, Pru stolperte fast.

»Nicht *wörtlich*«, schoss Jessie zurück und warf Molly einen bösen Blick zu.

»Dann *kannst* du meine Tante werden. Irgendwann.«

»Beruhig dich, Kind«, wies Jessie sie an. »Ist sie immer so, Molls?«

»Oh, sie fängt gerade erst an.« Molly lachte. »Und nur als Warnung, sie und Gramma Finnie sind Buchstützen des Unheils. Die älteste und jüngste Kilcannon sind nie langweilig, und alles, was gesagt wird, landet im Internet. Hashtag nichts ist mehr privat.«

Garrett öffnete die Tür weiter, um sie hineinzulassen, und Lola kam herausgesprungen, um Jessie zu begrüßen.

»Ich wollte gerade zum Jeep gehen«, sagte er.

»Und so schick angezogen«, neckte Molly.

»Ich habe hier geduscht, nachdem wir einige Arbeiten mit Colonel Mustard gemacht haben, aber ein sauberes Hemd im Auto gelassen.« Wasser tropfte von den Spitzen seiner langen Haare, rann in Bächen über breite, muskulöse Schultern. Während sie Lola noch streichelte, gab Jessie ihr Bestes, nicht zu starren.

Aber ihr Bestes war nicht gut genug.

»Hey, ich habe Neuigkeiten«, sagte er leise zu Jessie und legte eine kühle Hand auf ihren Arm. »Komm und sprich kurz mit mir.«

Sie bemerkte den stillen Blick, der zwischen Molly und Pru ausgetauscht wurde. »Wir treffen uns drinnen, *Tante* Jessie!«, rief Pru, eilte mit Molly davon und brach in lautes Kichern aus.

»Was für Neuigkeiten?«, fragte Jessie und drehte sich

um, um mit ihm zu gehen, während Lola sie umkreiste und näher kam.

»Wir haben endlich eine Antwort von jemandem aus Rhode Island.«

»Wirklich?« In den Tagen, seit Garrett sein Netzwerk aktiviert hatte, war es nur still geblieben, was Lola betraf.

»Ein Tierarzt in Providence sagte, dass einer seiner Patienten ein Collie-Australischer-Schäferhund-Mischling ist, der vor etwa einem Monat verschwunden ist. Er versuchte, die Besitzerin anzurufen, um nach Lola zu fragen, aber jetzt beantwortet die Frau seine Anrufe nicht mehr. Ach, und ein Tierheim in Newport sagte, dass jemand mit Postern nach einem vermissten Hund gesucht hat, der sie hätte sein können, aber sie haben ein Bild geschickt und es passt nicht. Ähnlich, aber nicht Lola. Aber ich habe selbst mit dem Tierarzt gesprochen, und es klang wirklich so, als könnte sie derselbe Hund sein.«

Sie presste ihre Hände an ihre Brust, als wolle sie die Hoffnung darin bewahren, dass jemand, der Lola liebt, sie zurückbekommen würde. »Das wäre großartig.«

Er öffnete den Jeep und setzte sich auf den Vordersitz, um nach einem Hemd zu greifen, und Lola sprang hinein, lächelte und war bereit für eine Fahrt.

Er kuschelte ein wenig mit ihr, sah dann zu Jessie auf und ließ Lola hinunter. »Ich habe dich gestern vermisst«, flüsterte er. »Wie läuft's?«

Sie zuckte mit einer Schulter, wissend, dass er das Thema ihres Profils hasste und besonders hasste, wenn sie sagte, dass sie nicht genug recherchiert hatte. Aber sie hatte *nicht* genug recherchiert.

»Sag mir nicht, du hast mehr Fragen.«

Und sie alle drehten sich um seine Zeit in Seattle, ein Zeitfenster der wenigen Monate, als er sein Unternehmen verhandelte und verkaufte, ein Fenster, das er fest verschlossen und verriegelt hatte. Sie wollte jetzt nicht einmal darauf anspielen.

»Ich brauche mehr Hintergrundgeschichten von deiner Familie«, sagte sie stattdessen. »Daher freue ich mich auf heute.«

»Das Kilcannon-Abendessen ist eine Sicherheitszone.«

»Für dich, nicht für sie.«

Noch immer ein gefaltetes T-Shirt in der Hand haltend, gab er ein schelmisches Lächeln, führte seine Hand nach oben, um ihren Nacken zu umfassen und eine Million Schauer über ihren Rücken zu schicken. »Was machst du nach dem Abendessen?«, fragte er, seine Stimme rau, seine Absicht klar.

»Ich weiß nicht. Was hast du im Sinn?«

Er lehnte sich vor und küsste sie. »Eine aufregende Runde...« Und wieder, ließ ihre Zungen sich umeinander winden und zog sie ganz an seine nackte Brust, die warm und stark und perfekt war. »Sag es mit mir...«

»Versteckspiel.« Sie lachte das Wort in den Kuss hinein.

»Wir sehen uns in den Zwingern.«

Aber sie hatte noch drei Tage, um irgendeine Art von Geschichte für *ITAL* einzureichen. »Garrett, die Uhr, wie deine Großmutter sagen würde, tickt.«

»Du wirst heute Abend nicht arbeiten. Spiel mit mir.«

Sie stöhnte ein »Ja« in einen weiteren Kuss hinein und ließ ihre Finger über seine nackte Brust gleiten, allein aus Vergnügen.

»Hashtag oben ohne.«

Apropos Gramma Finnie.

Sie trennten sich beim Klang ihrer Stimme und drehten sich um, um die Frau zu sehen, die die Einfahrt hochkam mit einer Handykamera auf sie gerichtet.

»Du bist lächerlich, weißt du das?«, neckte Garrett.

Gramma streckte Jessie die Arme entgegen. »Ich bin nicht so groß und böse wie mein Enkel, aber gib mir eine Umarmung.«

Jessie tat es, fiel direkt in die Arme der kleinen alten Dame und ihren Bann.

»Tut mir leid, dass ich euer Zungenspiel unterbrochen habe«, flüsterte Finnie in Jessies Ohr.

Jessie unterdrückte ein Prusten. »Schon gut.«

»Pru bringt mir all die neuesten Ausdrücke bei.«

Sie brachte es nicht übers Herz, ihr zu sagen, dass »Zungenspiel« alles andere als einer der neuesten Ausdrücke war.

Garrett schüttelte den Kopf und stellte sich zwischen die beiden Frauen, legte jeweils einen Arm um sie. »Nehmt das mit nach drinnen, Ladies.«

»Hashtag Spielverderber«, murmelte Gramma Finnie.

Es überraschte niemanden, dass Jessie gleich wieder am Sonntagsessen der Kilcannons teilnahm, als wäre sie nie weg gewesen. Vielleicht hatten sich die Personen am Tisch in den vergangenen Jahren verändert, seit sie das letzte Mal hier gesessen hatte – Mom war nicht mehr da, Liam war zurück, Aidan im Ausland, Pru war neu, und alle anderen waren siebzehn Jahre älter –, aber die Stimmung war dieselbe. Essen zu Hause waren lebhaft, laut, meinungsstark und, da Dad eine der vier Fleisch-und-Kartoffel-Varianten kochte, die er perfektioniert hatte, ziemlich lecker.

Nach Garretts Vaters Tischgebet gab es keinen ruhigen Moment mehr, mit mindestens drei gleichzeitigen Gesprächen. Shane und Liam stritten über ein Problem, das sie mit zwei Hunden im Training hatten, während Dad und Molly tief in einer Diskussion über die Operation steckten, die sie an diesem Morgen durchgeführt hatte.

Pru und Gramma taten so, als würden sie sich unterhalten, aber unter dem Tisch hatte Pru ihr Handy – von Dad verboten – und zeigte ihrer ewig neugierigen Großmutter etwas.

Die am besten erzogenen waren die Hunde – Rusty, Kookie, Lola und ein neuer Westie namens Snowball, der als Pflegehund nach Waterford gekommen war und sich an Gramma gehängt hatte. Sie waren im Wohnzimmer aufgereiht, blickten in Richtung der Festlichkeiten, schliefen bis auf das gelegentliche Öffnen eines Auges, wenn ein Lachen ausbrach, aber alle waren zu gut erzogen, um zum Tisch zu kommen.

Molly, Jessie und Garrett saßen zusammen an einem Ende, mit einem leeren Teller, wo Darcy – derzeit vermisst – sein sollte.

»Wo ist sie?«, fragte Garrett flüsternd und bekam von Molly, die der jüngsten und wildesten Kilcannon am nächsten stand, einen leisen *nicht fragen*-Blick.

Jessie schaute von einem zum anderen. »Ich habe Darcy kaum gesehen, seit ich hier bin«, sagte sie. »Sie hat einmal mit mir Lola gebürstet, aber das war's auch schon.«

»Sie ist immer unterwegs«, sagte Garrett, ein wenig gereizt über die Herumtreiberei seiner kleinen Schwester. »Sie ist so oft weg, wie sie zu Hause ist.«

»Sie ist dreißig, Single und hat ein aufregendes Leben«, erwiderte Molly. »Sie wohnt zwar in diesem Haus, aber ihr Leben findet da draußen statt.«

»Wo draußen?«, fragte Garrett. »Ich weiß nie, wo sie ist.«

»Ich weiß, wo sie ist«, mischte sich Gramma Finnie ein,

die offensichtlich mehr als nur ihrem eigenen Gespräch mit Pru Aufmerksamkeit schenkte. »Sie ist heute Abend bei Colleen. Ella ist nach Hause gekommen.«

Sofort verstummte das Geplauder, und alle am Tisch drehten sich zu Gramma Finnie um und starrten sie an.

Dad brach das schockierte Schweigen. »Darcy hat mir gesagt, dass Ella vielleicht zurückkommen könnte.«

»Nicht für lange«, sagte Molly.

»Sie ist zurück«, sagte Gramma mit einem leichten Anflug ihres allgegenwärtigen irischen Akzents. »Und wir werden zu allen Heiligen beten, dass sie vorerst bleibt.«

Garrett bemerkte Jessies verwirrten Blick und beugte sich über den Tisch. »Ella ist unsere Cousine. Die jüngste Tochter meiner Tante Colleen. Erinnerst du dich an die Familie Mahoney?«

»Natürlich«, sagte sie. »Braden war in unserer Klasse, stimmt's, Molly?«

»Jep. Und dann gibt's noch Declan und Connor, die beiden Ältesten.«

»Feine junge Männer«, verkündete Gramma.

»Und dann ist da noch Ella«, fügte Garrett hinzu.

»Die Darcy nahestand, als sie klein waren«, erinnerte sich Jessie. »Sie hatten immer Übernachtungen, wenn Molly und ich welche hatten.«

»Diese Mädels sind wie ein Herz und eine Seele«, fügte Gramma Finnie hinzu. »Ich hoffe, Darcy kann Ella jetzt auf dem Boden halten, aber ihr wisst ja, was man sagt.«

»Nein, aber ich bin sicher, du wirst es uns sagen«, scherzte Shane.

»Du musst dein eigenes Wachstum durchmachen, egal wie groß dein Vater ist.«

»Das gefällt mir, Gram«, sagte Pru, stieß ihre Urgroßmutter mit dem Ellbogen an und holte ihr Handy aus dem

Versteck. »Twittere das. Es wird viele Likes und Retweets bekommen.«

»Aber was bedeutet es?«, fragte Jessie.

»Es bedeutet genau das, was es sagt.« Gramma nahm ihr Glas irischen Whiskey und hob es. »Und es bedeutet, dass ihr alle der jungen Ella und auch Darcy etwas Raum geben müsst.«

Am Kopf des Tisches starrte Dad sein einziges Enkelkind an, das wie wild auf ihrem Handy tippte und es kaum noch versteckte. »Ich hoffe, das ist kein Handy am Esstisch, junge Dame.«

Sie schob es so schnell wie möglich unter den Tisch, was ihr einen finsteren Blick von ihrem Großvater einbrachte, aber er wandte sich schnell Jessie zu, eine stille Erinnerung daran, dass sie einen Gast hatten. »Also, erzähl uns, was du über die Veränderungen in Bitter Bark denkst, seit du das letzte Mal hier warst, Jessie.«

»Es ist so anders«, antwortete sie. »Die ganze Gegend um den Bushrod Square ist zauberhaft.«

»Technisch gesehen sollte man ihn jetzt Bitter Bark Square nennen«, sagte Dad. »Jeder einzelne Laden am Platz soll Bitter Bark im Namen haben, oder so ähnlich.«

»Es ist eigentlich gar kein Bitter-Bark-Baum«, sagte Pru. »Wusstest du das? Wir haben im Sozialkunde-Unterricht gelernt, dass der alte Thad Bushrod sich geirrt hat und es ein Hickory-Baum ist, aber es gab bereits ein Hickory in North Carolina.«

»Nun, für mich ist es ein Bitter-Bark-Baum«, sagte Gramma. »Wenn dieser Baum nicht da gewesen wäre, wer weiß, wo Seamus und ich gelandet wären?« Sie wandte sich an Jessie. »Hast du je die Geschichte gehört, wie unser Hund Corky bei unserer Ankunft heulte, in seiner ganz eigenen Version einer bitteren Rinde?«

»Äh, tatsächlich ja, die kenne ich.«

Garrett biss sich auf die Lippe, und Molly schaute auf ihren Teller. Liam rutschte unruhig hin und her, und Shane versuchte zu husten.

»Wir *alle* haben sie gehört, Gramma.« Nur Pru hatte den Mut, die Wahrheit auszusprechen.

Ihre Großmutter hob wieder ihren Whiskey. »Aber ich erzähle sie gerne. Und wenn ihr alle nicht aufhört zu lachen, erzähle ich sie noch einmal. Die, die ihr nicht so heimlich die lange Version nennt.«

Nur einige von ihnen unterdrückten ein Stöhnen.

»Ich würde sie gerne noch einmal hören«, sagte Jessie. »Wenn ich sie in der Geschichte verwenden kann, die ich schreibe.«

»Später, Kleine, wenn diese Enkelkinder von mir nicht in der Nähe sind, um mit den Augen zu rollen.«

»Wir rollen nicht mit den Augen, Gramma«, versicherte Molly ihr.

»Apropos Bitter Bark«, sagte Gramma und wandte ihre Aufmerksamkeit Papa zu. »Wie läuft es mit diesem Tourismusbeirat, in dem du sitzt?«

»Langweilig wie Staub«, sagte er. »Muss rumsitzen und mir schlechte Ideen anhören.« Er nahm einen Schluck von seinem Getränk und runzelte dann die Stirn in Liams Richtung. »Die Architektin ist aber schlau. Andi Rivers. Erinnerst du dich an sie, Liam?«

Liam blickte nicht einmal von seinem Teller auf. »Klar doch.«

»Jemand mit ein bisschen Verstand muss in diesem Komitee sein«, sagte Gramma. »Sonst wird dieser Spielverderber Easterbrook die Stadt nach seiner Pfeife tanzen lassen, und wenn er seinen Willen bekommt, werden wir alle seine Kunden.«

Jessie runzelte die Stirn. »Easterbrook, wie das Bestattungsunternehmen? Die besitzen es immer noch?«

»Und das werden sie auch, bis der Herr zurückkehrt«, sagte Gramma.

»Also, was genau macht das Komitee?«, fragte Jessie. »Wird es mehr Gentrifizierung und Bauvorhaben geben?«

»Blanche Wilkins hat eine Nichte, die in Miami lebt und uns vielleicht helfen könnte. Sie soll eine Tourismusberaterin sein, was auch immer das ist.«

»Klingt teuer«, sagte Gramma.

»Ich weiß nicht, was es kosten wird, aber sie versuchen, sie zu überzeugen, diesen Sommer nach ihrem nächsten Beratungsauftrag herzukommen und uns eine 'große Idee' zu präsentieren.« Papa grinste in die Runde. »Hat hier jemand welche, die ich in die Sitzungen mitnehmen könnte?«

»Sagt kein Wort«, warnte Liam seine Geschwister mit einem vielsagenden Blick. »Eine gute Idee, und er setzt euch anstelle von ihm ins Komitee.«

Papa lehnte sich zu seinem Ältesten. »Tatsächlich denke ich, du wärst ausgezeichnet für dieses Komitee, Liam.«

»Ich denke, ich wäre beschissen«, antwortete er in seiner üblichen Wortkargheit. »Nimm Garrett.«

»Ich bringe bereits ein persönliches Opfer für Waterford Farm«, sagte Garrett schnell.

Jessie blickte auf, und sofort sah er einen Anflug von Verletzung in ihren Augen.

»Oha, Jessie wurde verbrannt«, neckte Shane.

»Ich meine nicht, dass es ein Opfer ist, mit dir zusammen zu sein«, fügte Garrett schnell hinzu.

Gramma räusperte sich. »Sah sicher nicht nach Opferbringen aus, als ihr beiden da draußen aneinandergeklebt wart – höchstens ein Opfer an frischer Luft.«

Langsam stieg Jessie die Röte ins Gesicht.

»Willkommen am Kilcannon-Esstisch«, sagte Molly mit einem verspielten Grinsen. »Wo sogar Gramma Pfeile verschießt.«

»Das bedeutet, dass wir dich lieben, Liebes«, versicherte Gramma ihr.

Jessie sah die ältere Frau mit dem seltsamsten Gesichtsausdruck an, etwas wie Ehrfurcht und Freude, aber auch ein wenig Angst. »Ich weiß«, sagte sie leise. »Ich erinnere mich.«

»Und ich für meinen Teil hätte gerne mehr Informationen über dieses sogenannte Opfer, das Garrett bringt«, sagte Gramma. »Verstehe ich richtig, dass du möglicherweise auch im Fernsehen zu sehen sein wirst, wenn du eine gute Geschichte schreibst?«

»Ja, Ma'am«, antwortete Jessie. »In der Sendung *ITAL On Air*.«

Garretts Magen zog sich zusammen bei dem Gedanken, wie beliebt diese Sendung war.

»Werden wir alle im Fernsehen sein?«, fragte Pru.

»Einige von euch, ja.«

»Sogar Gramma?«

Jessie lächelte und nickte. »Ich glaube, sie wäre großartig.«

»Und kannst du die Blog-URL auf dem Bildschirm einblenden?«, fragte Pru.

»Was bist du, ihre Assistentin?«, fragte Garrett.

»Eigentlich ist mein Titel Direktorin für Öffentlichkeitsarbeit bei grammafinnie.com«, sagte Pru unbeeindruckt.

Das brachte alle zum Lachen und veranlasste Papa, mit

beiden Händen auf den Tisch zu schlagen – das inoffizielle Ende des Abendessens. »In diesem Sinne, Jessie, warum führen wir dieses Gespräch nicht jetzt in meinem Büro?«

»Sehr gerne.« Sie legte ihre Serviette ab und schob ihren Stuhl zurück, aber Garrett war im Nu auf den Beinen, um ihn für sie zurückzuziehen. »Danke«, flüsterte sie und blickte zu ihm auf.

»Ich warte auf dich«, sagte er leise und beobachtete sie, wie sie mit Papa zurück in die Bibliothek ging.

Erst da bemerkte er, dass jede Person am Tisch ihn anstarrte, jeder mit einer anderen Version von Necken, Spott, Interesse, Humor und, in Shanes Fall, mit einer leichten Warnung.

»Was?«, fragte er und sah von einem zum anderen, als Papa und Jessie gegangen waren.

»Ich finde, das ist eine wundervolle Wendung der Ereignisse«, sagte Gramma.

»Es hat sich nichts gewendet«, sagte er.

»Nun, ich denke, es wird höchste Zeit, dass jemand an diesem Tisch sesshaft wird und heiratet«, sagte Gramma.

Molly verschluckte sich leicht. Liam blickte gen Himmel. Und Shanes haselnussbrauner Blick senkte sich auf seinen Teller. Es war nicht schwer sich vorzustellen, was er dachte: Garrett war bereits verheiratet gewesen. Und schau, wie gut das gelaufen ist.

Kapitel Fünfzehn

Die Dämmerung wich der Nacht über den Hügeln von Waterford Farm, als alle anderen für den Abend gegangen waren. Als es dunkler wurde, gingen Jessie und Garrett über den weitläufigen Rasen zu den Hundezwingern. Er hatte Lola nach dem Abendessen hinübergebracht, aber Jessie wollte ihr noch gute Nacht sagen.

»Worüber habt ihr und Dad gesprochen?«, fragte er und nahm ihre Hand in seine.

»Dies und das.«

Er warf ihr einen Blick zu. »Lange Zeit hinter verschlossenen Türen für dies und das.«

»Machst du dir Sorgen, Garrett?«

»Sollte ich?«

Vielleicht. Sie hatten über viele Dinge gesprochen, die es niemals in ihre Geschichte schaffen würden, aber sie hatten definitiv ihr Herz berührt. Daniel Kilcannon vermisste seine Frau noch immer so sehr, dass es in der Luft um ihn herum spürbar war. Fast jedes Thema führte zu ihr zurück. Jede Erinnerung in seinem Büro war mit den vielen

Jahren verbunden, die er mit der Liebe seines Lebens verheiratet war.

»Meistens haben wir über deine Mutter gesprochen«, erzählte sie ihm.

»Oh. Ja. Dahin führt es bei ihm immer.«

»Er ist noch jung, weißt du. Noch nicht einmal sechzig.«

»Willst du damit andeuten…« Er schüttelte den Kopf und hielt inne. »Wir wissen es alle, aber niemand will wirklich darüber nachdenken. Noch nicht. Ich schätze, wenn mein Vater anfangen würde zu daten, wäre das wirklich seltsam.«

»Das wäre wirklich eine Geschichte, wenn er all seine sechs Kinder zum Altar schlagen würde.«

Er lachte trocken. »So wie die Dinge laufen…«

»Es ist ihm wichtig, dass ihr alle findet, was er hatte.«

Garrett öffnete die Türen zu den Zwingern, die nachts unheimlich ruhig waren. Gelegentliches Bellen, viel Schnarchen, aber nichts im Vergleich zum Echokammer, die sie tagsüber waren.

Und es war dunkel – absichtlich, wie sie wusste, um die Hunde zum Schlafen zu ermutigen.

»Was sie hatten, war etwas Besonderes«, sagte er schließlich. »Eine Eins-zu-einer-Million-Sache.«

»Trotzdem wünscht er es sich für euch alle.«

»Noch etwas?«

»Nur… Zeug.«

Er warf ihr einen Blick zu. »Dies und das und Zeug. Klingt nach einem fesselnden Gespräch.«

Tatsächlich war es das gewesen. Daniel hatte sich ziemlich ausführlich über die Veränderungen bei Garrett geäußert, seit er aus Seattle zurückgekommen war. Er hatte den

Zeitpunkt genau bestimmt: als sein Unternehmen verkauft wurde und natürlich, als seine Mutter starb.

Er hatte Jessie sogar gefragt, ob sie etwas über seine Monate in Seattle herausgefunden hatte, was sie verneinen musste.

Er bog um die Ecke zu Lolas Zwinger, und sie stand auf, bellte dreimal und kam zum Tor, um sie zu begrüßen.

»Jess-i-ca«, sagte Garrett. »Ich glaube, sie sagt Jess-i-ca.«

»Glaubst du, ihr Besitzer hatte einen dreisilbigen Namen?« Sie schlüpften in ihren Zwinger, und Jessie ging sofort auf den Boden für etwas Liebe und Lecken. »Du bist so klug, Baby-Mädchen«, gurrte sie. »Ich wünschte, ich könnte dich mit nach Hause nehmen. Keine Hunde im Bitter Bark Bed & Breakfast. Ich habe sogar die Besitzerin gefragt.« Sie lächelte Garrett an. »Sie war nicht komplett dagegen, sagte aber, sie hätte nicht die richtige Lizenz.«

»Du könntest sie mit nach Hause bringen«, sagte er und rutschte neben ihr auf den Boden. »Zu mir nach Hause.« Er legte seinen Arm um sie und zog sie an sich. »Und du könntest auch bleiben.«

»Ah, das Spiel der Männerjagd wird auf die nächste Stufe gehoben.«

Er lachte ein wenig und drehte sie für einen Kuss zu sich. »Ich würde mich freuen, wenn du bei mir bleiben würdest, Jessie.«

»Ich auch, aber…«

»Überschreitet das für dich eine professionelle Grenze?«

»Nicht wirklich«, sagte sie. »Ich meine, ich war noch nie intim mit dem Subjekt eines Interviews, das stimmt. Aber das ist nicht, was mich aufhält.«

»Was dann?«

Sie antwortete nicht, zog es vor, im Dunkeln zu küssen,

mit Lola, die neben ihr lag. Jessie umschlang seinen Nacken, winkelte ihren Kopf für den Geschmack an, den sie zu lieben gelernt hatte, und schmiegte sich näher.

»Genau wie in alten Zeiten«, scherzte er, während er Küsse ihren Hals hinab verteilte.

»Nicht wirklich.«

Er rückte ein Stück zurück. »Stimmt, wir hätten nie darüber gesprochen, dass du übernachtest, obwohl, hab ich dir je erzählt, wie unglaublich geil ich in dieser Nacht war? Es war, als würde ich mit einem Baumstamm zwischen meinen Beinen versuchen zu schlafen.«

Sie lachte darüber. »Tut mir leid.«

»Nein, tut es nicht. Also warum ist es nicht wie in alten Zeiten?«

»Weil...« Sie befeuchtete ihre Lippen und biss ein wenig darauf. »Du anders bist.«

»Siebzehn Jahre und viele Kilometer.«

»Aber du hast dich tatsächlich verändert. Es ist bemerkbar. Du bist viel schützender und defensiver.« So hatte sein Vater es beschrieben. »Und deshalb gehe ich heute Abend nicht mit dir nach Hause.«

»Jessie, inwiefern bin ich schützend und defensiv? Ich gehöre ganz dir. Ich bin ein offenes Buch. Ich möchte die ganze Nacht neben dir schlafen. Ich möchte mit dir schlafen. Das ist ziemlich... offen.«

Sie nickte. »Ich auch, aber ich glaube, du vertraust mir noch nicht.«

Er musterte ihr Gesicht, Verletzung zeichnete sich in seinen Augen ab.

»Denn wenn du mir vertrauen würdest«, sagte sie, »dann würdest du nicht dieses eine Ding vermeiden...«

Verletzung verwandelte sich in etwas Kälteres und Verschlossenes. »Welches eine Ding?«

»Das Ding, das in meiner Geschichte fehlt. Der Funke. Das Leben. Die… Wahrheit.«

Er zuckte mit der Schulter. »Vielleicht hast du nach einer gemeinsamen Nacht all den Funken, den du brauchst.«

»Vielleicht glaube ich, dass du mir vertraust, nachdem du mir erzählt hast, was in Seattle passiert ist.«

Sein Kiefer klappte weit genug herunter, damit sie wusste, dass sie ins Schwarze getroffen hatte. Nicht dass es eine Überraschung war. »Nichts ist passiert…« Er schloss die Augen. »Warum?«

»Das ist normalerweise meine Frage.«

»Warum ist das so wichtig? Kannst du meine Geschichte nicht erzählen oder mein Profil nicht schreiben, ohne dass viereinhalb Monate meines Lebens detailliert dargelegt werden?«

In seiner Stimme lag eine so scharfe Kante, dass sie zurückwich, um nicht geschnitten zu werden. »Nur weil es entscheidend ist.«

»Woher weißt du das?«

»Weil ich das beruflich mache. Ich durchbreche Mauern und dringe zu den Herzen der Menschen vor, und du hast eine letzte Schicht Ziegel, durch die ich nicht komme. Wenn ich es schaffe, weiß ich, dass ich die Seele meiner Geschichte haben werde. Und wenn ich es schaffe… weiß ich, dass du mir genug vertraust, um meine letzte Mauer niederzureißen.«

Er sah sie lange und intensiv an, schweigend, mit Emotionen in seinen Augen, aber jede einzelne war unleserlich.

»Sex ist deine letzte Mauer?«

»Verbindung. Ich habe dir gesagt, damit kämpfe ich.«

Er starrte sie noch immer an, strich mit dem Daumen

über ihre Wange und strich schließlich eine Haarsträhne hinter ihr Ohr. »Ich brauche etwas Zeit«, sagte er schließlich.

»Dann brauche ich die auch.«

Er nickte. »Ich fahre morgen nach Virginia, um Rudy zu seinen neuen Besitzern zu bringen. Der Mischling, mit dem du neulich morgen gespielt hast?«

»Er wurde adoptiert?«

»Ja. Aber es ist ungefähr zweieinhalb Stunden Fahrt in jede Richtung.«

»Viel Zeit zum Reden.«

»Oder einfach nur zusammen zu sein.« Er lehnte sich vor und legte seine Stirn gegen ihre. »Das ist, was ich will.«

Und was er brauchte, vermutete sie.

»Okay, aber ich muss den ganzen Dienstag zum Schreiben nehmen. Also muss ich bis morgen Abend alles über dich wissen, was du bereit bist zu teilen.«

»Ticktack«, flüsterte er, küsste sie noch einmal, bevor sie sich von Lola verabschiedeten und versprachen, sie mit nach Virginia zu nehmen.

Wenn Montagabend seine selbst auferlegte »Deadline« war, dann nahm Garrett offensichtlich jede Minute davon in Anspruch. Die Fahrt nach Virginia war herrlich, und Jessie brachte es nicht übers Herz, ihren Tag zu verderben, indem sie ihn unter Druck setzte.

Nicht, als er so feierlich seinen »Hundehut« aufsetzte und alle Mitarbeiter Fotos machten und sich von Rudy verabschiedeten, ihm alles Gute in seinem neuen Zuhause wünschten. Die Übergabe eines adoptierten Rettungshundes war ein so freudiger Tag, dass jeder, der in Waterford arbeitete, herauskam.

Die Sonne ergoss sich über den kleinen gelben Jeep, als sie losfuhren, mit Rudy, der sich auf dem Rücksitz zusammengerollt hatte, und Lola, die so nah wie möglich an Jessie heranrückte, ohne tatsächlich auf ihrem Schoß zu sitzen.

»Sie hat wirklich eine Bindung zu dir aufgebaut«, sinnierte Garrett und betrachtete, wie Lola ihre Schnauze auf Jessies Oberschenkel legte.

»Keine Nachricht aus Rhode Island?«, fragte sie.

»Der Tierarzt kann den Besitzer immer noch nicht erreichen. Er denkt, sie ist im Urlaub.«

Jessie seufzte. »Vielleicht fährt sie überall herum und sucht ihren Hund.«

»Dann würde sie ihren Tierarzt zurückrufen, wenn er einen Hinweis hat.«

So wahr. Also vielleicht hatten sie sich bei Lolas Besitzerin geirrt. Jessie streichelte den weichen Kopf des Hundes und schloss die Augen, lauschte der Country-Musik, die Garrett eingeschaltet hatte, und spürte den Wind, und liebte den Tag so sehr, dass sie ihn nicht mit einem dummen Interview ruinieren konnte.

Morgen.

Stunden nach ihrer Abfahrt übergaben Jessie und Garrett Rudy an ein Paar, das in einem geräumigen Haus außerhalb von Roanoke wohnte. Sie hatten alles so vorbereitet, als würden sie ein Baby aus dem Krankenhaus nach Hause bringen, und beide hatten Tränen in den Augen, als sie Rudy zum ersten Mal sahen.

Jessie und Garrett blieben zum Mittagessen, und danach gab Garrett ihnen ein paar Trainingstipps, während beide Hunde in einem riesigen Garten tobten. Als sie erschöpft war, schlenderte Lola zurück zu Jessie und legte sich vor ihr hin. Für einen Moment schaute der Hund mit einem flehenden Blick in ihren großen braunen Augen nach oben, und Jessie hätte schwören können, dass sie lesen konnte, was Lola dachte.

Du bist gut, aber du bist nicht… meine Nummer eins.

Ihr Hals schnürte sich ein wenig zu. »Ich weiß, Mädchen«, flüsterte Jessie. »Ich meine, ich glaube, ich weiß es. Wurdest du von ihr zurückgelassen? Oder…«

Oder was?

Die Frage beschäftigte sie noch auf dem Heimweg, als sie beschloss, zu versuchen, sie zu beantworten.

»Garrett, ich habe eine Idee«, sagte sie.

Er tippte an seinen Hundehut, offensichtlich in ausgelassener und glücklicher Stimmung. »Alles, was du willst.«

Wer auch immer diesen Mann als *Scheißkerl* bezeichnet hatte, hatte nie eine Stunde in Rin Tin Tin verbracht, um einen adoptierten Hund zu übergeben. »Was, wenn wir an einem Rastplatz anhalten und Lola im Jeep lassen, mit offenen Fenstern?«

Er warf ihr einen Blick purer Ungläubigkeit zu.

»Wir wären direkt da, nur außer Sichtweite. Ich möchte sehen, ob sie herausspringen wird.«

»Zu welchem Zweck?«

»Wenn sie nicht herausspringt, dann ist sie zufrieden, aber wenn sie es tut, sagt uns das vielleicht, dass sie versuchte, von der Person wegzukommen, die sie hatte.«

Er neigte seinen Kopf in purer Skepsis, fuhr aber zum nächsten Rastplatz. »Ich sage voraus, sie wird bleiben«, sagte er, als er seine Tür öffnete. »Sie ist zu zufrieden mit ihrem jetzigen Leben. Sie hat ihre Person.«

War dem so? Sie wollte nicht, dass Lola die falsche Person hatte. Oder dass Lolas Person ohne sie litt. Sie wollte sicher sein.

Am nächsten Rastplatz parkten sie und stellten sich hinter den Jeep. Lola steckte ihr Gesicht aus dem offenen Fenster, starrte und wartete darauf, dass Jessie zurückkam.

»Nicht sicher, was das bewiesen hat«, sagte Garrett, als sie wieder einstiegen. »Aber ich liebe, dass du sie so sehr liebst.«

»Ich wünschte, ich *könnte* ihre Person sein«, sagte sie wehmütig. »Aber je mehr ich darüber nachdenke, einen Hund in diese Wohnung zu bringen, desto mehr stelle ich mir vor, obdachlos zu werden.«

»Du kannst nicht umziehen?«

»Würde ich liebend gern. Aber New York ist teuer, und ich habe eine schöne Wohnung. Schön und klein, im dritten Stock mit einem großen Fenster in meinem Schlafzimmer, das auf die Straße hinausgeht.« Aber dann blickte sie auf die atemberaubenden Ausläufer der Blue Ridge Mountains, die sich wie eine riesige Decke aus grünen Hügeln ausbreiteten, und ihr Appartement in Brooklyn erschien ihr plötzlich unzureichend. »Es wird nicht wie hier sein, was für mich Heimat ist. Diese Gegend liegt mir im Blut.«

»Warum gehst du dann weg?«

»Ähm… Arbeit?«

»Du bist Schriftstellerin. Kannst du das nicht überall machen?«

»Schon, aber ich bin es so gewohnt, in ein Büro zu gehen und für eine Firma zu arbeiten.«

Er verzog das Gesicht. »Für eine Firma zu arbeiten ist überbewertet. Du solltest freiberuflich tätig sein. Bücher schreiben. Weißt du, über wen du Porträts schreiben solltest? Hunde.«

Sie lachte. »*Die Geschichte von Lola*. Ich spüre schon den Bestseller kommen.«

»Ich meine das ernst.«

Sie streckte die Hand aus und legte sie auf seinen Arm, genoss seine Kraft, das Gefühl der feinen Härchen, die Wärme seiner Haut. »Ich liebe die Idee, aber wenn ich den Moderatorenjob bekomme, bekomme ich eine Gehaltserhöhung. Eine große. Vielleicht genug, um mir eine andere Wohnung leisten zu können, wo ich sie halten könnte. Würdest du Lola zu mir bringen, mit Rin Tin Tin und deinem verdammten Hut?«

»Ja, natürlich«, sagte er, aber da war ein Stocken in seiner Stimme, das sie noch nie gehört hatte. Sicherlich nicht, wenn er über diesen verdammten Hut sprach. Und definitiv nicht, wenn er ihn trug, wie jetzt. »Kann ich dir einen kleinen Rat geben, Jess?«

»Klar.«

»Ich habe an Orten gelebt, die nicht – wie hast du es ausgedrückt? – in meinem Blut waren. Nun, an einem Ort.«

Sie schluckte. »Seattle?«

Er nickte einmal. »Und aller Erfolg, Geld und berufliche Erfolg der Welt werden es nicht zu einem Zuhause machen. Ich hasse es, ein Klischee zu sein, aber Zuhause ist wirklich da, wo dein Herz ist.«

»Und das war's?«

»Mein Rat? Ja.«

»Deine Geschichte über Seattle.«

Er schaute geradeaus, und sie konnte hinter seiner Sonnenbrille sehen, wie seine Augen sich auf die Straße verengten und sein Kiefer sich anspannte, wie er es jedes Mal tat, wenn sie sich diesem Thema näherten.

Sie lehnte sich etwas näher. »Es schmerzt dich.«

Er warf ihr einen Blick zu, verborgen hinter der Sonnenbrille. »Was zum Teufel soll das bedeuten?«

Bemerkte er, wie gereizt und kurz angebunden er

wurde, wenn das Thema aufkam? Deshalb kam sie immer wieder darauf zurück.

»Es ist aus einem Gedicht, das ich vor Jahren gelesen habe«, erklärte sie ihm. »Ich glaube, es heißt ‚Die Einladung', und, tut mir leid, ich erinnere mich nicht an den Autor. Aber die erste Zeile ist so etwas wie: Es interessiert mich nicht, was du beruflich machst, ich will wissen, wonach du dich sehnst. Ich paraphrasiere, aber… dieses Thema schmerzt dich.«

»Was es für dich wie Katzenminze macht.«

Stimmte schon. Sie wollte gerade ihre nächste Frage formulieren, als ihr Handy klingelte, und sie griff in die Seitentasche ihrer Tasche, um es herauszuholen. »Es ist mein Chef.« Was wirklich ein Stimmungskiller war, aber sie nahm trotzdem den Anruf an. »Hey, Mac, was gibt's?«

»Ich brauche ein Profil, Curtis. Ich brauche verdammt noch mal ein Profil *jetzt*.«

»Ich habe Zeit bis Mittwoch.«

»Die Sendeleitung trifft morgen die Entscheidung. Etwas ist dazwischengekommen.«

»Was?« Sie würgte. »Meine Deadline war Mittwoch. Ich habe noch achtundvierzig Stunden.«

»Eine dritte Partei hat uns total ausgestochen. Erinnerst du dich, dass ich dir sagte, sie hätten noch jemand anderen außer dir und Mercedes?«

»Ja? Jemand vom Sender.«

»Nun, dieser Jemand vom Sender hat den verdammten Prinzen von England bekommen. Den rothaarigen.«

»Nein!« *Das* war ein Coup für *ITAL On Air*.

»Alles über seine tote Mutter, noch dazu.«

»Du meinst Prinzessin Diana? Hab ein bisschen Respekt, Mac.«

»Ja, die. Und weißt du, wer tot ist? Wir, wenn du nicht etwas Besseres hast.«

Sie hasste es zu fragen, aber sie musste. »Was ist mit Mercedes?«

»Im selben Boot wie du, nur bin ich ziemlich sicher, dass sie untergehen wird.«

Nun, immerhin das. »Ich habe ein paar Seiten, aber nichts... nicht das, was ich abschicken möchte.«

Sie spürte Garretts Blick auf sich. Er wusste, was fehlte. Und dennoch hielt er sich zurück.

»Du kannst diese Chance vergessen, wenn ich bis morgen früh nichts habe, aus dem ich den Mist rausschneiden kann. Auch deinen ersten Entwurf. Gib mir acht oder zehntausend Wörter, damit ich zuversichtlich mit der Story planen kann.«

Zehntausend Wörter? »In Ordnung. Ich werde die ganze Nacht arbeiten. Ich werde morgen früh etwas in deinem Posteingang haben.«

»Gib mir keine Biografie, Jessie. Ich will Geheimnisse. Ich will Emotionen. Ich will eine Seite dieses Typen, die noch nie jemand zuvor gesehen hat. Unsere einzige Hoffnung ist, dass das Prinzeninterview den Bach runtergeht und deines glänzt. Verstanden?«

Sie blickte zu Garrett hinüber und studierte sein Profil. Wenn er sie nur lassen würde. »Verstanden.«

Als sie auflegte, stieß sie einen lauten Seufzer aus. »Ich schätze, du hast genug aus diesem Gespräch mitbekommen, um zu wissen, was wir tun müssen.«

Er legte seine Hand auf ihre. »Wie wäre es, wenn wir etwas zu Abend essen, es mit in dein Zimmer nehmen und gemeinsam eine Nachtschicht einlegen?«

Im Ernst? Jetzt? »Garrett, ich werde heute Nacht nicht mit dir schlafen.«

»Darum bitte ich dich auch nicht.«

»Was werden wir dann tun?«

Er atmete langsam und hörbar aus, bevor er antwortete. »Bring deine Spitzhacke mit, Mauerbrecherin. Ich werde dir alles erzählen.«

»Alles?«

»Du kannst es nicht verwenden, du kannst es nicht drucken, und du wirst verstehen warum, wenn ich es dir erzähle, aber es wird dir dieses, weißt du, dieses Beat-Ding geben.«

»Das Beat-Ding.« So wie ihr Herz es genau in diesem Moment tat.

Kapitel Sechzehn

Er musste ihr natürlich helfen. Sie brauchte Hilfe, und ihre große Beförderung hing offensichtlich in der Schwebe. Er vertraute ihr und glaubte, dass sie verstehen würde, warum er die Minenfelder von Seattle mied.

Als sie es sich in ihrer gemütlichen Suite bequem gemacht, ein leichtes Abendessen beendet und ein Feuer entfacht hatten, schenkte Garrett ein großes Glas Rotwein ein und bot es Jessie an.

»Kann nicht«, sagte sie. »Ich werde die ganze Nacht damit verbringen zu schreiben. Aber lass dich nicht abhalten.«

Er hatte das Gefühl, dass er genau das vorhatte. Er nahm einen tiefen Schluck und ging zum Feuer hinüber, stellte sich davor und wünschte sich, es wäre kein Gasfeuer.

Das war so unecht. Wie seine *Ehe*.

»Ich bin bereit, wenn du es bist«, kündigte sie an.

Er schaute über seine Schulter und sah sie auf dem Bett sitzen, ihren Laptop geöffnet. Er wollte in ihrer Nähe sein, wenn er seine Geschichte erzählte.

Wortlos durchquerte er den Raum und stellte seinen

Wein ab. Er nahm den Computer, zog ihn aus ihren Händen und drehte sich um, um ihn sicher auf die Kommode zu legen.

»Du kannst nur zuhören. Du kannst dein Thema oder deine Emotion oder was auch immer finden, aber alles, was ich dir erzähle, ist absolut vertraulich, und du wirst sehen, warum. Dann kannst du deine Geschichte schreiben.«

»Okay.«

Er zog seine Stiefel aus, legte sich aufs Bett und schlang seine Arme um sie, um sie nahe an sich zu ziehen und sein Geständnis zu flüstern.

»Ich war schon einmal verheiratet.«

Sie blinzelte überrascht. »Warst du? Wie konnte das bei keiner Suche über dich auftauchen?«

»Weil sie annulliert wurde. Also *rechtlich* gesehen war ich nie verheiratet. Aber technisch gesehen war ich verheiratet. Kurz. So etwa eine Woche. Genauer gesagt, neun Tage. Und ein paar Stunden.«

Ein Lächeln huschte über ihr Gesicht. »Aber wer zählt schon mit?«

»Offensichtlich ich.«

Sie studierte sein Gesicht im Feuerschein, und er konnte sich vorstellen, was sie sah. Zweifellos den starken Schmerz der Erinnerung. Es tat gut, ihn nicht mehr zu verbergen. »Also, warum wurde sie annulliert?«

»Willst du nicht zuerst etwas über sie wissen?«

Sie streichelte sein Gesicht, die Berührung beruhigte ihn bereits. »Du weißt doch, dass ich ein *Warum*-Mensch bin, kein *Was*-Mensch.«

»Sie wurde annulliert, weil... es ein Fehler war. Ein großer, verrückter, impulsiver, fetter Fehler.« Seine Stimme brach, als er das letzte Wort sagte, denn für *ihn* war es eigentlich kein Fehler gewesen. »Ein Las-Vegas-Fehler.«

Sie würgte leise. »Du meinst, ihr seid durchgebrannt? Nach Vegas? Als du in Seattle gelebt hast?«

»Alt genug, um es besser zu wissen, oder?«

»Und frisch genug, um den Schmerz in deinen Augen zu erklären.«

Er schloss sie sofort. »Ja«, gab er zu. »Es tat sehr, sehr weh.«

»Ein Las-Vegas-'Fehler' ist normalerweise nicht in, du weißt schon, tiefe Emotionen verstrickt.«

Natürlich würde sie direkt dorthin gehen, zum Kern der Situation.

»Ich meine, ich verallgemeinere, aber normalerweise steckt dahinter eher Verliebtheit oder Alkohol oder Verzweiflung als… Liebe«, sagte sie. »Liege ich richtig?«

»Kein Alkohol. Ich war völlig vernarrt. Und sie war verzweifelt. Alles in allem eine schlechte Kombination.«

»Wonach war sie verzweifelt?«

Er drehte seinen Kopf gerade genug, um sie anzusehen. »Nach einem Vater für ihr Baby.«

Er konnte hören, wie ihr der Atem stockte. »Du solltest besser von vorne anfangen.«

»Ihr Name war Claudia Cargill, und sie war die Finanzchefin von FriendGroup und tief in den langen Verhandlungsprozess involviert, damit sie meine Firma übernehmen konnten.«

»Claudia?« Sie hob eine Augenbraue, und er konnte sich vorstellen, wie ihr Gehirn das, was er gerade gesagt hatte, durchklickte. Und zweifellos auf *Interessenkonflikt* kam.

»Ich habe mich heftig und schnell und wild in sie verliebt, ich werde nicht lügen. Von dem Moment an, als ich sie traf, fühlte ich mich zu ihr hingezogen. Sie ist schön, klug, witzig.«

»Und sie war schwanger?«

»Das wusste sie nicht, als wir uns kennenlernten. Wir waren beide Single und arbeiteten sehr eng zusammen, Seite an Seite für lange Tage und späte Nächte.« So viele von beidem, dachte er und machte eine Pause, um sich aufzusetzen und einen dringend benötigten Schluck Wein zu nehmen.

»Es begann als Freundschaft und entwickelte sich zu mehr«, fuhr er fort und legte sich wieder hin. »Aber wir haben nicht miteinander geschlafen«, fügte er hinzu, weil es ihm so wichtig war, dass sie das wusste. »Wir haben beide darauf gewartet, dass der Deal abgeschlossen wird. Wenn jemand auf einer der beiden Seiten erfahren hätte, dass wir Sex hatten, wäre die gesamte Vertragsverhandlung unter die Lupe genommen worden und hätte es möglicherweise nicht einmal an den Aktionären vorbeigeschafft. Du schläfst nicht mit der Frau, die die Finanzen eines millionenschweren Deals abwickelt.«

»Aber du wolltest es.«

»Ja.« Konnte sie die Untertreibung in dieser einen Silbe hören? »Und dann fiel die Bombe zwei Tage, bevor der Deal abgeschlossen wurde.« Er drehte sich zu ihr. »Sie war in der sechsten Woche schwanger.«

»Und… offensichtliche Frage kommt jetzt.«

»Ja.« Er fuhr mit der Hand durch seine Haare und zog sie zurück. »Sie sagte, es sei ein One-Night-Stand gewesen, bevor sie mich kennenlernte.«

»Sie sagte? Aber das stimmte nicht?«

Er rollte sich auf den Rücken und starrte geradeaus an die Decke. »Ja und nein.«

»Garrett«, tadelte sie sanft.

»Ich weiß, ich weiß. Es war ein One-Night-Stand. Sie

hat sich betrunken, ist durchgedreht und... schwanger geworden.«

»Oh wow.«

Er verstand ihre Reaktion und wusste, dass sie wahrscheinlich eine Million Fragen hatte, wie *warum würde jemand so unvorsichtig sein?*–außer dass er bezweifelte, dass sie überhaupt unvorsichtig gewesen war.

»Und was ist mit dem Vater?«

Ja. Der Vater. »Ich nahm aufgrund ihrer Äußerungen an, dass sie den Vater nicht wirklich kannte, dass er ein Fremder war und sie es ihm nicht sagen wollte.«

Er spürte, wie sie sich anspannte. »Nicht, dass ich urteile, aber ich urteile. Das lässt mich die Frau nicht mögen. Nicht, dass du mich darum bittest.«

Das tat er nicht, aber er verstand es. »Sie hatte Angst, Jess. War einfach zu Tode erschrocken bei der ganzen Vorstellung, alleinerziehende Mutter zu sein. Und ich mochte sie wirklich sehr. Ich... ich dachte, ich würde sie lieben.« Er stieß einen Seufzer aus, als könnte das die Selbstverachtung und das Bedauern vertreiben, die ihn durchströmten.

»Ich *habe* sie geliebt«, korrigierte er. »Und ich schlug vor, dass wir so schnell wie möglich heiraten sollten, in dem Moment, als der Deal zwischen FriendGroup und PetPic abgeschlossen wurde. Sie könnte meinen Namen als Vater des Kindes in die Geburtsurkunde eintragen lassen, und ich würde rechtlich, moralisch, spirituell und emotional der Vater dieses Kindes sein.«

»Oh.« Sie legte schockiert die Hand auf ihre Brust. Vielleicht war es auch etwas anderes. »Das ist unglaublich edel.«

War es das? Er hatte sie *geliebt*. Daran war nichts Edles.

»Sie stimmte zu.« Nicht aus Liebe, aber er hatte sich

eingeredet, dass die noch kommen würde. »Die Übernahme durch FriendGroup ging durch, und Claudia und ich fuhren heimlich nach Vegas und heirateten in der Chapel of the Bells.« Er drehte sich um und fügte ein wehmütiges Lächeln hinzu. »Das war gut genug für Mickey Rooney.«

Sie lächelte nicht zurück. »Was ist passiert, Garrett?«

»Nichts«, sagte er sarkastisch. »Nicht einmal in unserer Hochzeitsnacht. Sie war krank, musste alle paar Stunden erbrechen, und ich fütterte sie mit Salzcrackern und Club Soda.«

»Natürlich hast du das getan.«

»Weil ich ein Idiot bin.«

»Weil du ein gutes Herz hast. Was passierte dann?«

Er schnaubte leise. »Wir kamen aus Vegas zurück, und sie bestand darauf, es noch niemandem zu erzählen. Nicht meiner Familie, niemandem. Das hat mich so wütend gemacht, dass wir einen riesigen Streit hatten, und dann ließ sie die Bombe platzen. Sie war immer noch in den Vater ihres Kindes verliebt, der, wie sie mir endlich erzählte, der Mann war, für den ich zu diesem Zeitpunkt arbeitete.«

»Jake Chamberlain«, sagte sie mit dem Klang von jemandem, der endlich die Teile zusammenfügt. »Als du Claudia sagtest… fragte ich mich, ob sie Claudia Chamberlain war.«

Natürlich hatte sie ihre Hausaufgaben gemacht. Sie wusste genau, wer Jake Chamberlain war, zusammen mit seiner schönen, fotogenen Frau.

»Jake ist derjenige, den du interviewen solltest«, sagte er, Bitterkeit in jedem Wort. Denn die kurze Ehe würde nicht einmal Teil eines Porträts über Jake sein. Der Mann könnte seine Seele nicht über Dinge ausschütten, von denen er nicht einmal wusste, dass sie passiert waren.

»Schnapp dir dieses Ego und, Mann, du hättest eine Geschichte. Was Jake will, bekommt Jake.«

»Ist das also passiert? Er entschied, dass er sie für sich haben wollte?«

»Sie hatten vor langer Zeit immer wieder mal was miteinander, dann trennten sie sich etwa ein Jahr, bevor ich auf der Bildfläche erschien. Sie verhielten sich in der Öffentlichkeit kühl zueinander, und ich wusste, dass sie mal was hatten, aber er ist so ein arrogantes Arschloch, dass ich ehrlich nicht glaubte, dass dieses 'Etwas' ernst war.«

Er schluckte und rutschte unruhig hin und her, der alte Schmerz brannte wieder. Claudia hatte so vollständig, so wirksam gelogen... bis zu dem Moment, als sie in der Kapelle »Ja« sagte. Und genau da konnte er sehen, dass sie die Entscheidung bereute. Es dauerte ein oder zwei Tage, bis sie ihm reinen Wein einschenkte.

»Nach diesem Streit verließ ich ihr Haus, einfach... zerstört. Ich musste diesem Mann jeden einzelnen Tag ins Gesicht sehen und wissen, dass er der Vater eines Kindes war, das ich vollkommen bereit war, als mein eigenes zu behandeln und großzuziehen. Ich ging nach Hause, um zu schmoren, und sie ging zu Jake.«

»Und erzählte ihm, dass ihr geheiratet habt?«

»Und erzählte ihm, dass sie schwanger war, wobei sie den Teil mit 'Ich habe Garrett Kilcannon geheiratet' wegließ.«

»Das ist schrecklich!«, sagte sie.

»Nicht für Jake«, erwiderte er. »Scheint, er wollte ein Baby und würde nicht im Traum daran denken, sie nicht so schnell wie menschlich möglich zu heiraten.«

»Aber sie war mit dir verheiratet.«

»Enter Shane Kilcannon, außerordentlicher Anwalt,

der jetzt ein Experte dafür ist, wie man eine schnelle und geheime Annullierung arrangiert.«

Verwirrung verdunkelte ihre Gesichtszüge, als sie sich jetzt aufrichtete. »Du hast sie also einfach gehen lassen?«

Er sah sie an, nicht sicher, wie er das beantworten sollte, denn klar, er wirkte wie ein Schwächling. Aber er hatte nur das Richtige für jemanden getan, von dem er dachte, dass er sie liebte.

»Lass mich dir etwas fragen«, sagte er. »Was wäre, wenn Lolas Besitzer jetzt hier reinkäme und sagte 'Ich will sie zurück'. Was würdest du tun?«

Sie blinzelte ihn an. »Ich würde sie gehen lassen.«

Er neigte den Kopf, Fall abgeschlossen.

»Aber Claudia ist kein Hund, und Jake ist nicht ihr Besitzer.«

»Aber Claudia hat mich nicht geliebt. Ich war ein Ersatz. Sie war mit Jake am glücklichsten, und ich wollte, dass sie glücklich ist, mehr als ich wollte, dass sie meine Frau ist.«

»Weil du aus Gutem gemacht bist«, sagte sie und streichelte seinen Arm. »Sie hat ihm also nie gesagt, dass ihr geheiratet habt?«

Er seufzte wieder. »Nein, und ihre Begründung machte tatsächlich viel Sinn und schützte mich. Hätte es sich herumgesprochen, dass wir eine persönliche Beziehung hatten, hätten Aktionäre die Übernahme blockieren oder zumindest jahrelang vor Gericht bringen können. Es hätte mich wirklich Millionen kosten können, und ich glaube, sie dachte, Schweigen wäre fair mir gegenüber dafür, was ich bereit war zu tun.«

»Oder es ließ sie sich ein bisschen weniger schuldig fühlen.«

Das musste er zugeben. »Ja.«

»Ist sie jetzt glücklich?«, fragte sie.

»Ich denke schon. Sie hat den CFO-Job aufgegeben und leitet jetzt die Chamberlain-Stiftung, die Millionen international spendet. Sie ist eine gute Mutter für Rania und schafft es irgendwie, mit diesem riesigen, narzisstischen Arschloch Jake klarzukommen. Und deshalb kannst du diese Geschichte nicht weitererzählen.« Er setzte sich wie sie auf und nahm ihre beiden Hände. »Ich habe ihr versprochen, dass ich es niemandem außer Shane erzählen würde.«

»Würde Jake sauer auf sie sein?«

»Ich glaube, er würde durchdrehen. Er ist explosiv und unberechenbar, und es wäre schrecklich für ihre Stiftung, ihren Ruf, und sogar die FriendGroup-Aktien könnten einen Einbruch erleiden. Shane hat dafür gesorgt, dass diese Ehe in keinem Buch, nirgendwo, verzeichnet ist, und die Leute würden wissen wollen, warum. Sie könnten sich fragen, ob ich Ranias Vater bin. Es würde da draußen sein, damit das Kind es lesen kann, wenn es erwachsen wird.« Er schüttelte den Kopf. »Zu viele Leben werden davon beeinflusst, Jessie. Es muss geheim bleiben.«

»Das wird es auch.« Sie nahm seine Hand in ihre beiden. »Ich gebe dir mein Wort.«

Er nickte dankend. »Es gab tatsächlich ein paar Tage, als wir noch verheiratet waren, da feierte sie ihre Verlobung mit Jake.«

»Gott, das muss furchtbar gewesen sein.«

Furchtbar traf es nicht einmal ansatzweise. »Meine Mutter starb etwa drei Wochen nach der endgültigen Annullierung.«

»Oh, Garrett.« Ihre Augen füllten sich mit Tränen, als sie seine Hand drückte. »Das tut mir so leid.«

»Als Dad die Möglichkeit andeutete, was er tun wollte, war ich sofort dabei. Waterford war genau die Fluchtmöglichkeit, die ich brauchte, weil ich es dort draußen nicht mehr aushalten konnte. Also haben wir den Vertrag gebrochen, nach dem ich PetPic als Tochtergesellschaft leiten sollte.«

»Das ist der Teil, den die *Forbes*-Story behandelt hat.«

Er nickte. »Es war mir egal. Ich habe Millionen aufgegeben, um aus diesem Vertrag rauszukommen, aber es war mir egal. Ich musste nach Hause. Liam, Shane und Darcy unterlagen natürlich nicht den gleichen Bedingungen. Es war einfach, ihre Verträge aufzukaufen, aber ich war der Eigentümer von PetPic. Für die ganze Welt, für Jake Chamberlain, für beide Unternehmen und die gesamte Branche sah ich wie ein kompletter Lügner aus, unzuverlässig und unberechenbar.«

»Aber du hast dich selbst geschützt.«

»Eigentlich habe ich Claudia geschützt. Je weiter weg ich war, desto geringer die Chance, dass die Wahrheit jemals ans Licht kommt.« Und desto geringer die Chance, dass er das großartige und glorreiche Paar Jake und Claudia Chamberlain miterleben musste.

»Wow.« Sie brauchte ein paar Minuten, um alles zu verarbeiten, und ließ sich neben ihm auf das Kissen zurückfallen. »Das ist eine ziemliche Geschichte.«

Er beugte sich vor, um ihr ins Ohr zu flüstern: »Ich kann die Meißelspuren auf meiner Brust spüren, Mauerbrecherin.«

»Und wie fühlt sich das an?«

Wie es sich anfühlte? Befreiend, dachte er. »Verdammt gut, Jessie. Danke.«

»Dein Geheimnis ist sicher«, versprach sie. »Aber ich werde nicht lügen. Jetzt habe ich es gefunden.«

»Was gefunden?«

»Den Funken. Das Leben. Die Wahrheit. Das Thema von Garrett Kilcannon.«

»Du *darfst* diese Geschichte auf keine Art und Weise weitergeben«, bestand er darauf.

»Ich weiß. Werde ich nicht. Aber ich habe definitiv gefunden, was deinem Profil gefehlt hat. Ein Thema, das dein Wesen erfasst.«

Er wagte gar nicht daran zu denken, was das sein könnte. »Idiotisch, liebestoll, töricht? Willst du eine Fußmatte für mein Foto verwenden?«

Sie sah ihn an, schüttelte langsam den Kopf. »Nein. Aber ich werde schreiben. Jetzt. Während alles noch frisch ist. Okay?«

Gar nicht okay. Er legte wieder seine Arme um sie, ein wenig überrascht, dass er Claudias Gesicht nicht heraufbeschwören konnte, sondern sich nur in den großen grünen Augen verlor, die ihn ansahen. »Bitte geh nicht. Noch nicht. Nicht jetzt.«

Er küsste sie, lang und zärtlich, und sehnte sich nach mehr.

»Mein Chef will bis morgen früh acht bis zehntausend Wörter haben.«

Und er wollte acht bis zehn Stunden damit verbringen, sie zu halten und mit ihr zu schlafen, bis zum Morgen. Aber er ließ los. »Willst du, dass ich gehe, damit du dich konzentrieren kannst?«

»Nein.« Sie legte ihren Kopf auf das Kissen und zog ihn wieder neben sich, so dass sich ihre Körper von Kopf bis Fuß berührten. »Ich will, dass du genau hier auf mich wartest.«

»Ich werde warten«, murmelte er, ließ seine Hände über sie gleiten und ruhte sie auf ihrem Hintern. »Ich werde die ganze Nacht warten.«

»Ich werde gleich an diesem Schreibtisch sein…«

Er schob seine Hand in den Bund ihrer Jeans und sog bei dem Gefühl ihrer seidigen Haut leise die Luft ein. »Später.«

»Ja, später«, versprach sie mit einem Seufzer. »Lass mich etwas nach New York schicken, und du ruhst dich aus.«

Widerwillig ließ er sie gehen. »Schreib es gleich hier, und ich werde es lesen.«

»Auf keinen Fall.« Dann rückte sie ein Stück zurück. »Du vertraust mir doch, oder? Du glaubst, dass ich dich niemals verraten würde?«

Er antwortete nicht sofort und überlegte tief in seinem Herzen. »Ich vertraue dir«, sagte er schließlich. »Ich hätte nie gedacht, dass ich einer Frau wieder vertrauen würde. Überhaupt irgendjemandem, ehrlich gesagt.«

Sie gab ihm einen letzten Kuss und entfernte sich. Einen Moment später saß sie neben dem Feuer und er konnte das Tippen ihrer Tastatur hören, den Klang eines rhythmischen, beruhigenden, emotionalen Taktes.

Er schloss die Augen und schlief ein, fühlte sich zum ersten Mal seit Jahren frei.

Jetzt ergab alles einen Sinn. Alles machte Sinn. Die Veränderung an ihm war ein Akt der Selbsterhaltung. Der verschlossene Mann war verletzt, wie einer seiner Rettungshunde, der sich gegen ihn gewandt und ihn angegriffen hatte, nachdem alles, was er angeboten hatte, Liebe war.

Natürlich konnte sie das erfassen, ohne ein einziges Wort seines Geheimnisses zu verraten. Das Profil würde sich jetzt wie von selbst schreiben, mit ihrer tiefen Kenntnis davon, wer er war und was ihn antrieb.

Und was ihn antrieb, machte nicht nur eine großartige Geschichte aus. Es machte ihn zu einem großartigen Mann.

Auf dem Bett atmete Garrett mit dem gleichmäßigen, langsamen Geräusch eines Mannes, den nichts belastete, und das brachte sie zum Lächeln. Und ließ sie sehnsüchtig daran denken, sich neben ihn zu legen.

Aber zuerst musste sie die Geschichte eines Mannes schreiben, der dafür lebte zu helfen, der danach strebte zu beschützen, der es liebte, jeden und alles zu retten, was Rettung brauchte.

Ein Wort floss ins nächste, Sätze wurden zu Absätzen, und diese wurden zu lebendigen Momentaufnahmen eines fesselnden, farbenfrohen Mannes. Ohne auch nur einen Nebensatz über irgendetwas, was ihm in Seattle passiert war, malte sie ihr Porträt und konzentrierte sich auf seine Arbeit in Waterford.

Seine Familie. Seine Hunde. Seine verdammte Mütze. Seine Rettungsaktionen.

Als sie um drei Uhr vierzig morgens fertig war, hatte sie Tränen in den Augen, während sie ihren Entwurf mit ihrer Lieblingsbetreffzeile an Mac schickte: *Lies es und weine!*

Dann schloss sie den Laptop und verstaute ihn in seiner Hülle, fertig mit der Arbeit, zumindest für die unmittelbar absehbare Zukunft.

Der rothaarige Prinz würde vielleicht den Platz gewinnen, aber Jessie war stolz auf ihre Arbeit. Sie streckte sich und arbeitete einen Knoten aus ihrem Nacken, während sie vor dem Gasfeuer stand und den Mann betrachtete, der unter einer Bettdecke auf ihrem Bett schlief.

Dort wollte sie jetzt sein. Bei ihm. Schlafen, einfach nur schlafen und ihn halten.

Sie kletterte vorsichtig aufs Bett und schlüpfte neben ihn. Er stöhnte leicht, und seine Augen flatterten.

»Bist du fertig, Lois Lane?«

»Ich bin Jessica Jane, und ja, ich bin fertig. Schlaf weiter. Es ist vier Uhr morgens.«

Er stöhnte wieder und schlang einen kräftigen Arm um sie, während er sofort wieder einschlief.

Sie betrachtete ihn im Feuerschein, seine starken Züge und seinen weichen Mund. Tatsächlich gab es wahrscheinlich niemanden auf der Welt, den sie so gut kannte wie ihn jetzt. Seine Stärken und Schwächen, seine Ziele und Werte, sein ganzes kostbares Herz.

Er hatte ihr alles in einer Woche offengelegt, und sie hatte sich… in ihn verliebt.

Sie schloss ihre Augen und driftete mit einem letzten Gedanken in den Schlaf.

Claudia Cargill Chamberlain, du bist eine Närrin.

Kapitel Siebzehn

Garrett erwachte mit dem Gefühl von Wärme. Und Frau. Und... Erregung.

Er blinzelte ins Morgenlicht, das durch die geschlossenen Fensterläden hereinfilterte, und drehte seinen Kopf, um Jessie anzusehen. Sie schlief auf seiner Schulter, ihr Haar über ihre Wange verteilt, ein Bein um seines geschlungen, Denim gegen Denim.

Sollte Haut an Haut sein, dachte er, während sein Körper auf den Duft ihres Haares und die Wärme ihres Körpers reagierte. Er überlegte, sich zu drehen, zu küssen, den Tanz zu beginnen, aber etwas hielt ihn zurück, als er auf ihr Gesicht blickte. Ihre Wimpern breiteten sich wie Pinsel über cremige Haut aus, ihre Lippen waren mit leisen, langsamen Atemzügen geöffnet.

Im Schlaf sah sie völlig... harmlos aus. Auf jeder Ebene absolut begehrenswert. Aber sie war eine Mauerbrecherin, passend benannt von ihren Kollegen. Er wartete auf einen Stich der Reue, aber da war keiner.

Es tat ihm nicht leid, dass er ihr letzte Nacht sein

Geheimnis erzählt hatte. Im Gegenteil, er fühlte sich zum ersten Mal entlastet, seit er die Papiere unterschrieben und seine kurze, bedeutungslose Ehe annulliert hatte. Er sollte seine Vergangenheit nicht verstecken müssen und hatte sicherlich keinen Wunsch, eine Beziehung mit einer anderen Frau einzugehen und nicht ehrlich zu sein.

Eine Beziehung.

Er hatte dieses Wort schon immer gehasst. Es klang kalt und kalkuliert und überhaupt nicht nach dem, was er mit Jessie Curtis wollte. Er wollte eine Verbindung. Er wollte eine Vereinigung. Er wollte eine Partnerschaft.

Er wollte Liebe.

Sie nahm einen zitternden Atemzug und öffnete blinzelnd die Augen, ihr Blick fiel auf seine Brust, wo ihre Hand ruhte. Er bewegte sich noch nicht, oder sprach, sondern beobachtete, wie sie langsam einen Kreis über seinem Herzen zog und leise seufzte.

Was dachte sie?

Nach einer Sekunde schaute sie auf, ein kleiner Blitz der Überraschung, als ihr Blick seinem begegnete. »Du bist wach«, flüsterte sie.

»Irgendwie.« Er schloss seine Hand über ihre und verschränkte ihre Finger. »Wann bist du ins Bett gekommen?«

»Fast vier.«

»Bist du fertig geworden?«

»Ja. Willst du es lesen?«

»Ich weiß nicht. Will ich?«

Sie richtete sich auf, aber er verstärkte seinen Griff und hielt sie an Ort und Stelle. »Später«, sagte er heiser und benutzte ihre verschränkten Hände, um ihr Gesicht zu seinem zu bringen. »Viel später.«

»Aber ich will, dass du es liest.«

Er brummte. »Aber ich will dich. Punkt.«

Sie lächelte und zog sich mit etwas mehr Kraft zurück. »Lies erst, was ich über dich geschrieben habe. Sei sicher.«

Er bewegte sich gegen sie. »Ich bin sicher. Siehst du?«

Aber sie entglitt ihm und brachte ihre Laptoptasche zurück zum Bett, zog die Maschine heraus und öffnete sie. »Du liest. Ich bin unter der Dusche. Ich trage immer noch die Kleidung von gestern.«

»Dafür gibt es eine gute Lösung.«

Sie reichte ihm den geöffneten Laptop, ein Dokument auf dem Bildschirm. »Lies. Ich komme zurück.«

Frustriert wandte er seine Aufmerksamkeit den Worten vor ihm zu, rutschte ein wenig hoch, um das Lesen zu erleichtern und den Schlaf aus seinem Kopf zu vertreiben.

Als ich Garrett Kilcannon zum ersten Mal sah, einen Multimillionär und Unternehmer, der eine Haushaltsmarke auf der Stärke einer Idee aufgebaut hatte, lag er auf seinen Knien, über einer Schüssel Hundefutter. Dort lockte er sanft eine deprimierte Rettungshündin namens Lola, einen Bissen Frühstück zu nehmen. Je länger sie sich weigerte, desto zerrissener wurde seine Stimme vor Frustration und Sorge. Ich glaube, er wäre den ganzen Tag und die ganze Nacht auf dem Boden dieses Zwingers geblieben, wenn das Lola dazu gebracht hätte, einen einzigen Bissen Futter zu nehmen.

Und eigentlich ist das alles, was man über einen Mann wissen muss, der mit nichts als Fantasie, Talent, Fokus und einer bleibenden Liebe zu Tieren der Welt eine Möglichkeit gab, ergreifende Momente mit Haustieren sofort einzufangen und zu teilen. Als er diese Idee verkaufte und ein kleines Vermögen machte, wendete er denselben Fähigkeitssatz an, um mit seiner Familie eine Elite-Hundetrainings- und

Rettungseinrichtung aufzubauen, die einem weiteren Bedürfnis für Menschen entsprach, die Hunde lieben und brauchen.

Garrett Kilcannon ist eine Art Retter, ein Liebhaber von Streunen, ein Retter von Hunden... und Menschen.

Er schloss für einen Moment die Augen, um sich zu sammeln, als ihre viel zu schmeichelhaften Worte ihn hart trafen. Die Tatsache, dass sie ihn so sah, tat etwas mit ihm, das er nicht ganz verstehen oder sogar glauben konnte.

Keine Frau hatte jemals dieses Niveau mit ihm erreicht; niemand hatte es überhaupt versucht. Sicherlich nicht Claudia. Keine Frau hatte sich jemals bemüht, so tief zu schauen oder den Antrieb hinter PetPic und Waterford Farm zu verstehen. Sie nahmen an, es wäre Geld, Anerkennung, Macht - was auch immer andere Unternehmer antrieb.

Er klärte seinen Kopf und las weiter, staunte über ihr Geschick mit Worten und die Fähigkeit, ein Bild zu malen. Sie hatte perfekt den Moment eingefangen, als Dad in den Hinterhof gekommen war und mit seinen sechs Kindern um das Grundstück gewandert war, seine Vision beschrieben und ihnen die Idee und das Land buchstäblich und im übertragenen Sinne angeboten hatte. Es gelang ihr, die Emotionen des Tages einzufangen, an dem sie die Türen von Waterford Farm für die Welt öffneten, den Nervenkitzel jeder Rettung und Vermittlung und den Geist der Familie und Freundschaft, der jeden Zentimeter seines Geschäfts und seiner Welt durchdrang.

Sie zeichnete ein Bild, das besser war als wie er sich selbst sah. Sie beschrieb den Mann, der er sein wollte... den Mann, als den sie ihn sah.

Er setzte sich auf und schloss den Computer, die Worte waren ihm fast zu viel. Sie hatte seine Mauern niedergerissen und etwas gefunden, von dem er nicht einmal wusste, dass es da war.

Vorsichtig, fast ehrfürchtig, schob er den Laptop zurück in seine Tasche und legte ihn auf den Boden.

»Was denkst du?«, fragte sie, als sie aus dem Badezimmer kam.

Er blinzelte sie an, starrte auf ihr nasses Haar, das auf ihre Schultern tropfte, das Handtuch, das um ihren schmalen Körper gewickelt war, das saubere, frische Gesicht mit einem Ausdruck des Entsetzens in ihren Augen. »Oh mein Gott, du hasst es wirklich.«

»Nein, tue ich nicht. Ich tue es nicht.« Er streckte die Hand nach ihr aus, ließ seinen Arm aber plötzlich fallen. Miteinander zu schlafen würde alles verändern, dachte er. Es würde alles *besiegeln.* Dies war kein zufälliger Sex, um eine Woche des Verliebens zu feiern. Dies bedeutete etwas.

»Was denkst du dann?«

Dass er besser herausfinden sollte, wie er mit dem Problem umgehen sollte... nicht dass sich in Jessie zu verlieben ein Problem sein sollte. Aber er hatte geschworen, nie wieder das Risiko einzugehen. Und doch war er hier, kurz davor, so tief zu fallen.

»Ich denke, du bist eine sehr gute Schriftstellerin«, sagte er. »Viel zu freundlich. Und wirklich... einfühlsam.«

Sie ließ ein Knie aufs Bett sinken, wobei das Handtuch weit genug aufging, um ihm einen Blick auf ihren nackten Oberschenkel zu geben. »Ist das gut oder schlecht?«

»Es ist beängstigend.« Er schluckte schwer. »Ich bin nicht so großartig.«

»Du hast viel geteilt. Mehr als dir bewusst war, glaube ich. Und du bist so großartig.« Sie setzte sich auf die Bettkante. »Das ist eine übliche Reaktion, wenn man etwas so Persönliches liest. Die meisten Menschen haben keine

Biografien über sich, und wenn du dich zum ersten Mal so siehst, wie die Welt dich sieht-«

»Die Welt sieht mich nicht so.«

»Ich schon.«

»Ich weiß. Ich habe das in jedem Wort gespürt.« Er starrte sie an und nickte. »Das ist... unglaublich.«

»Warum?«

»Ich bin mir nicht sicher«, antwortete er ehrlich und streckte langsam die Hand nach ihr aus. Er wollte sie mehr als seinen nächsten Atemzug. Mehr als seine Ängste. Mehr als alles. »Komm her, Jessie. Oder muss ich auch erst duschen?«

Sie rückte näher. »Du hättest mit mir duschen sollen.«

»Ich wusste nicht, dass das erlaubt ist.«

Sie lehnte sich näher, hielt seinen Blick fest, ihre grünen Augen rauchig vor Verlangen. »Alles ist erlaubt.«

Er zog sie ganz über das Bett und traf sie auf halbem Weg für einen langen, süßen Kuss. Mit den Fingern wanderte er über die kühle, feuchte Haut ihres Brustbeins und schob eine Hand unter das Handtuch, um die Wölbung ihrer Brust zu liebkosen.

Sofort bildete sich Gänsehaut auf ihren Armen.

Er vertiefte den Kuss und legte sie langsam zurück, wobei das Handtuch auseinanderging und ihre Oberschenkel enthüllte. Er berührte die weiche Haut und zog scharf die Luft ein bei ihrer Geschmeidigkeit. Er kämpfte darum, seine Hände langsam und ruhig zu halten, während er sie erkundete.

Sie schlang ihre Hände um seinen Nacken und hielt sich fest an ihm. Mit einer einfachen Bewegung öffnete er das Handtuch weit genug, um sie ganz zu sehen, und reckte sich etwas höher, um zu berühren, zu schauen und zu küssen.

Sie bog sich ihm entgegen und lud jede Bewegung ein, ließ ihren Mund über seinen Kiefer und Hals wandern und zog an seinem T-Shirt, um es über seinen Kopf zu bekommen. Er unterbrach den Kuss, riss sein Shirt ab und stieß ein zufriedenes Stöhnen aus, als sich ihre Körper trafen.

Sie streichelte ihn, zog leicht mit den Nägeln über seine Brust und hinunter zum Knopf seiner Jeans. Sie biss sich auf die Lippe, öffnete den Reißverschluss, und das Geräusch und der Duft von Sex erfüllten seinen Kopf und machten ihn noch härter.

Er zischte, als sie ihre Hand um ihn schloss und ihn herauszog, während sie mit der anderen Hand seine Jeans hinunterschob. »Oh«, seufzte sie anerkennend. »Ich habe in dem Profil definitiv einige der guten Teile ausgelassen.«

Er wollte lachen, aber das Gefühl, wie sie ihn streichelte, leerte sein Gehirn von allem außer Lust. Rohem, echtem Verlangen nach mehr. »Andere Art von Geschichte, denke ich.« Er küsste seine Worte in ihren Hals, hinunter zu ihrer Brust, saugte ihre Brustwarze zu einer süßen Spitze.

Er berührte sie überall und küsste den Rest, streifte seine Kleidung ab und kramte ein Kondom hervor, das er tatsächlich bei ihrem ersten Date in seiner Brieftasche eingepackt hatte.

Als sie beide nackt waren, schlüpften sie zurück unter die Bettdecke. Er barg sie in dieser intimen Höhle und spürte endlich diese Haut an Haut, die er so verdammt sehr wollte.

Er schob sie sanft unter sich, ließ ihre Beine sich um ihn schlingen, wo sie hingehörten.

»Jessica Jane«, flüsterte er und glitt genau dorthin, wo er sein wollte. Er kämpfte gegen den Drang anzustoßen, bis er ihr genau gesagt hatte, was ihm durch den Kopf ging. Er senkte sich, um näher an ihr Ohr zu kommen, wollte die Worte in sie hauchen. »Danke.«

Sie schob ihn ein wenig zurück. »Dafür, dass ich mit dir schlafe?«

»Dafür, dass du all diese Mauern durchbrochen hast. Dafür, dass du mich *verstehst*. Dafür, dass du etwas gesehen hast, was ich nicht sah. Dafür, dass du mir die Chance gibst, wieder jemandem zu vertrauen.«

Sie streichelte seine Wange, fuhr mit dem Finger unter seiner Unterlippe entlang und studierte sein Gesicht. »Du musst mir nicht danken«, sagte sie. »Das Vergnügen ist ganz meinerseits.«

»Das wird es gleich sein«, versprach er, küsste sie und glitt in die süße Höhle, in der er sein musste.

Sie begannen langsam, leicht, sanft. Aber die Reibung steigerte sich, und all das verwandelte sich in schnell, heftig und wild. Jeder Stoß brachte ihn näher an einen Ort, an den er sich nicht einmal erinnern konnte... verloren in einer Frau, der er vertraute. Jedes Wimmern aus ihrer Kehle, jedes Festhalten ihrer Hände, jedes Mal, wenn sie sich bewegte und ihn tiefer aufnahm, gab Garrett mehr Kontrolle auf.

Bis er die Fassung verlor und sie auch, sie kamen fast zusammen, holten mehr Lust aus dem Körper des anderen, schwitzend und keuchend und schließlich erschöpft zusammenbrechend.

Sie lagen da und nahmen zerzauste, unregelmäßige Atemzüge, schweigend für eine lange Zeit, bis sie ihn schließlich sanft genug von sich schob, um in seine Augen zu sehen. »Weit weg von Verfolgungsjagd in den Hundezwingern, was?«

»Du warst ein süßes Kind, Jess«, sagte er. »Aber jetzt bist du eine erstaunliche Frau. Das ist besser.« Er küsste sie auf die Nase, dann auf die Lippen. »Und ich will schon mehr.«

Sie lachte ungläubig und bewegte ihre Hüften dort, wo sie noch verbunden waren. »Wirklich?«

Er meinte mehr von ihr... mehr als Sex... mehr als eine zehntägige Affäre. Aber etwas sagte ihm, dass er sie nicht jetzt damit erschrecken sollte. »Vielleicht nicht in dieser Minute«, sagte er. »Aber später heute. Heute Abend. Morgen. Morgen Nachmittag, dann...«

Sie legte ihre Fingerspitzen auf seine Lippen. »Ich verstehe, worauf du hinauswillst. Und die Antwort ist ja.«

Ja zum Sex. Er würde es nehmen. Vielleicht war es alles, was er bekommen würde, aber er würde es nehmen.

Sie schob wieder, diesmal mit mehr Kraft, und zwang ihn von ihr runter. »Das ist mein Handy.«

Er warf ihr einen Blick zu. »Jetzt?«

»Es könnte Mac sein.«

»Es könnte Gott höchstpersönlich sein«, murmelte Garrett, während er ihre Hüften und ihren Bauch streifte und sie einfach nur festhalten und in diesem Moment verweilen wollte. »Ruf ihn zurück.«

»Aber er hat die Geschichte gelesen.«

Sie genoss keineswegs die Nachwirkungen, bis sie wusste, was ihr Chef von der Geschichte hielt. Er richtete sich auf. »Nimm ab. Schnell.«

Sie rollte zum Nachttisch, um das Telefon zu holen und auf das Display zu schauen. »Ja. Halt die Luft an und drück die Daumen.« Sie tippte auf das Telefon. »Hey, Mac.« Sie kniff die Augen zusammen, als ob sie auf ein Urteil warten würde. Selbst mit dem Telefon an ihrem Ohr konnte Garrett eine Männerstimme hören, die ununterbrochen Worte heraussprudelte, deren Tonlage anstieg, während sie sich wieder aufs Bett setzte, viel mehr mit dem Anruf beschäftigt als mit ihrer Nacktheit.

Sie schwieg einen Moment, ließ dann ein leises »Oh!« und ein kleines Keuchen und einen weiteren Quieker hören, und schließlich sagte sie: »Immer langsam mit den jungen Pferden, Mac.« Sie schaute auf den Bildschirm, drückte auf die Stummschalttaste und warf den Kopf zurück mit einem lauten: »*Jaaaaaa*!«

Lachend streckte er die Arme nach ihr aus, um mit einer Umarmung und einem Kuss zu feiern, was sie annahm, sich dann aber löste und jetzt das Handtuch in einem halbherzigen Versuch festhielt, ihren Körper zu bedecken. Er beobachtete, wie sie zum Schreibtisch ging, einen Stift nahm und anfing, Notizen zu machen.

»Ein Videograf und ein Fotograf? Diese Woche?« Sie warf einen Blick über ihre Schulter zu ihm und hob fragend die Augenbrauen.

Wie konnte er mit einer fast nackten Frau streiten, die ihm gerade den besten Sex gegeben hatte, an den er sich seit... ewig erinnern konnte? »Klar.«

»Ja, ich denke, das kriegen wir hin. Diese Woche, in Waterford. Ja, ja. Oh, Mac. Ich hab den Job? Ich bekomme den Platz als Hauptmoderatorin?« Sie drehte sich um und sah ihn ungläubig an.

Garrett reagierte mit einem Daumen hoch. Ein dreifaches Hoch auf ihre *Rückkehr nach New York*.

»Oh ja. Ich liebe diese Idee. Er wird diesen Teil des Interviews auf Band machen. Richtig?« Diese Frage richtete sie an Garrett und bemerkte sofort ihren Fehler. »Ich meine, richtig, ich werde ihn fragen. Wenn ich ihn sehe. Später.« Sie schaute Garrett mit weit aufgerissenem Mund an, als wollte sie sagen *kannst du das glauben?*, und er konnte nichts anderes tun, als zu lächeln, weil sie so verdammt glücklich war.

Das war ihr Traum, ihre Karriere, ihre Chance. Er wusste, wie sich das anfühlte, und er sollte nicht versuchen, sie davon wegzuziehen, nur weil er sie mochte. Sehr sogar.

»Lass uns darüber reden, Mac«, fuhr sie fort. »Denn ich kann diesen Teil in jede Richtung lenken, die du möchtest, solange wir die Essenz der Moses-Geschichte bewahren, als er aus dem Baum fiel.«

Die Moses-Geschichte hatte eine *Essenz*?

Da er ahnte, dass sie eine Weile brauchen würde, rollte er vom Bett und griff nach seinem T-Shirt. Als er es über den Kopf zog, überprüfte er sein eigenes Telefon und fand einige Nachrichten von der Arbeit und einen verpassten Anruf von einer Nummer, die er nicht kannte.

Es war fast halb acht, und er musste zu den Hunden.

Er beugte sich zu ihr hinunter und drückte einen Kuss auf ihr Haar.

»Oh, Mac. Wart mal. Eine Sekunde. Eingehender Anruf.« Sie tippte wieder auf den Bildschirm und schaute zu ihm hoch. »Es tut mir leid.«

»Nein, tut es nicht, aber mir vielleicht. Ein Videograf?«

Sie verzog das Gesicht. »Bitte?«

Als ob er widersprechen würde. »Komm so schnell wie möglich zu mir nach Waterford. Und mit mir meine ich Lola. Sie wird sich nach dir sehnen.«

»Das werde ich. Es gibt noch einiges zu bearbeiten und zu verfeinern, und den Videografen, was ich noch nie gemacht habe, aber ich werde…« Sie legte eine Hand über ihr Gesicht. »Das ist alles so neu und so groß und so wichtig.«

Wenn sie nur *sie beide* meinen würde und nicht ihren Job. »Ich verstehe das.« Und das tat er wirklich. Er beugte sich tiefer und küsste sie auf den Mund. »Was auch immer du brauchst.«

Sie schaute zu ihm hoch, ein Schatten huschte über ihre grünen Augen. »Ich brauche dich«, gab sie zu und klang ein wenig niedergeschlagen und verängstigt.

»Du hast mich«, versicherte er ihr, küsste sie noch einmal und ließ sie wieder arbeiten.

Kapitel Achtzehn

Später am Morgen schwebte Jessie förmlich zur Waterford Farm, als würde sie auf einer Wolke reiten. Mac liebte ihre Geschichte, von der er sagte, dass sie kaum Bearbeitung benötigen würde, und die Rundfunkabteilung auch.

Und das war nicht der einzige Grund, warum sie strahlte.

Garrett Kilcannon war der unglaublichste Liebhaber, den sie sich hätte vorstellen können. Natürlich, wenn sie diesen Job bekäme, würde das bedeuten, dass sie diesen erstaunlichen Liebhaber zurücklassen müsste.

Aber er war nur ein Mann, und das hier war... ihr Job. Ihr Ziel. Ihr Fokus. Ihre Zukunft. Ihr *Leben*. Er war einfach nur ein großartiger, wunderbarer, sexy Typ.

Wenn das nur die Gesamtsumme ihrer Gefühle für Garrett wäre, dachte sie. Leider waren sie tiefer. Unbequem, unerwartet und echt... aber sie hatte definitiv Gefühle für ihn, die weit über das hinausgingen, was sie heute Morgen im Bett getan hatten.

Wie war das überhaupt möglich?

Weil sie alles über den Kerl wusste. Und sie konnte nicht eine einzige Sache finden, die ihr nicht gefiel. Sie kannte ihn wahrscheinlich – einschließlich seiner Geheimnisse – so gut wie jeder andere, aber das würde nicht bedeuten, dass ihre „Beziehung" sie davon abhalten würde, das zu tun, was für sie immer an erster Stelle stand und zuverlässig war.

Sie bog am breiten weißen Tor ein, bewunderte das WF-Logo auf der Plakette und nahm sich Zeit, um gemächlich die lange Einfahrt entlangzufahren, die sie zu dem Haus führte, das für sie immer Sicherheit, Geborgenheit und Komfort bedeuten würde.

Früher kam sie meist mit dem Fahrrad, da die Wohnsiedlung, in der sie mit ihrer Mutter und Schwester gelebt hatte, etwa acht Kilometer von hier entfernt war. An so vielen Tagen war sie in diese Einfahrt gebogen, den Rucksack voll mit Wochenendklamotten, und hatte zum Haus hochgeschaut, mit einer leichten Blase der Aufregung… aber das wurde immer gedämpft durch die mentale Erinnerung, dass dies nicht ihr Zuhause war. Dies war nicht ihre Familie. Dies war nicht ihr Platz.

Sie lieh es sich nur für eine Weile aus.

Und bei einem Typen wie Garrett? Wer weiß? Vielleicht lieh sie sich auch ihn nur aus. Sie konnte nicht vor dieser Gelegenheit zurückschrecken, weil sie etwas mit dem Subjekt des Interviews hatte, das ihr diese Gelegenheit verschafft hatte. Das wäre einfach nur dumm.

Oder?

Als sie über den offenen Bereich ging und in das Trainingsgehege blickte, sah sie Garrett mit einigen Leuten aus dem Kurs dieser Woche arbeiten. Jeder hatte einen Hund, obwohl manche mehr Kontrolle zu haben schienen als andere.

Sie studierte seinen Körper, seine Bewegungen, die Art, wie er seinen Kopf neigte und die Brise einige Strähnen seines Haares anhob.

Und genau das gleiche Gefühl, das sie beim Betrachten des Hauses hatte, überkam sie. Eine Sehnsucht nach etwas, das sie nicht haben konnte.

Es sei denn, sie *könnte* es haben, und dann… müsste sie einen Teil von sich selbst aufgeben, um mit jemand anderem verbunden zu sein. War das die Art, wie es funktionieren musste?

Er drehte sich um und winkte ihr zu. »Hey.«

Ein Wort. Ein Blick. Ein schmelzendes Mädchen am Empfangsende. »Hey zurück.«

»Hol Lola, Jessie«, rief er. »Sie stirbt fast vor Sehnsucht, dich zu sehen.«

Sie umrundete den Zaun zur Hintertür der Zwinger und ging direkt zu ihrem Mädchen. In dem Moment, als sie Lolas Zwinger erreichte, stand der Hund auf und bellte dreimal, hielt inne und bellte dann noch dreimal, wobei ihr Schwanz hin und her schlug.

Jessie sagte lachend, während sie die Verriegelung des Tors öffnete: »Das ist mein Mädchen Nummer eins.«

Sie beugte sich hinunter, um ihren Kopf und Hals zu streicheln, und bemerkte zufrieden, dass ihre Schüssel leer war. Als Antwort bekam sie einen großen Schlecker ins Gesicht. Die Liebe war eindeutig gegenseitig und faltete Jessies Herz auf eine Weise, die sie noch nie zuvor gefühlt hatte.

»Komm schon, Lola. Lass uns in einen Kurs platzen und den heißen Trainer stalken.«

Mit einem Fingerschnippen machten sie und der Hund sich auf den Weg nach draußen und in das Gehege, wo sie sich dem Kurs anschlossen.

»Wir arbeiten am Ablenkungstraining«, sagte Garrett zu ihr und zeigte auf einen grau-schwarzen Hund, den sie vorher noch nicht auf der Farm gesehen hatte. »Das ist Lindy, und sie ist ein völlig abgelenkter Pointer-Welpe.«

Die Gruppe lachte, und sofort nahm der Pointer seine Augen von Garrett und schaute zu den Leuten, nahm den Lärm als Ausrede zum Springen. Und dann rannte sie im Kreis, rollte sich auf dem Gras und sprang mit einem siegreichen Bellen auf ihre Füße.

»Lindy«, sagte Garrett, seine Stimme gleichmäßig und tief, als er näher an sie herankam und mit einem Finger auf sie zeigte. »Bleib.«

Sie rührte sich nicht, und das brachte ihr einen Leckerbissen ein, den er so schnell in ihren Mund schob, dass Jessie die Bewegung kaum sah.

Dann quetschte Garrett mit seiner anderen Hand ein Spielzeug und warf es zur Seite, ohne den Blick vom Hund zu nehmen. Sie wollte loslaufen, aber er berührte ihren Kopf und brachte sie dazu, ihn anzusehen. »Bleib«, befahl er.

Sie tat es und bekam einen weiteren Leckerbissen.

»Der Leckerbissen ist der Schlüssel«, sagte er zur Klasse. »Aber ihr müsst ihre Augen haben. Wenn ihr nicht die Augen eines Hundes habt, habt ihr keinen Hund.« Er holte ein weiteres Quietschspielzeug hervor, drückte es und warf es hart und weit. Die Hälfte der Hunde dort rannte hinterher, einschließlich Lola, was alle Trainer reagieren ließ, und dieser Lärm verwirrte Lindy erneut. Aber Garrett befahl ihr zu bleiben, und sie tat es.

Er belohnte sie mit einem Leckerbissen und einem Kopfkratzen. »Jetzt holt eure Hunde, alle, und lasst uns eine Runde üben.«

Er kam zu Jessie und legte einen lässigen Arm um sie,

der sie sich... alles andere als lässig fühlen ließ. Richtig schmetterlingshaft, wenn sie es zugeben müsste, was sie nicht würde.

»Du bist ziemlich gut darin«, sagte sie und ging mit ihm Richtung Lola.

»Nicht gut genug.«

Sie warf ihm einen fragenden Blick zu. »Dieser Hund hat sich nicht bewegt, als du ihm gesagt hast, er soll bleiben.«

Er beugte sich hinunter, um ihr ins Ohr zu flüstern: »Hat nicht funktioniert, dich heute Morgen im Bett zu halten.«

»Du hattest meine Augen nicht.« Aber jetzt sah sie zu ihm auf, so direkt wie Lindy es getan hatte.

»Kein Scherz. Dein Chef war eine Ablenkung der Stufe fünf, was, wenn du heute hierbleibst, wie du lernen wirst, die größte Herausforderung für einen Hund ist.«

»Eine Ablenkung der Stufe fünf? Was sind das für Stufen?«

Lola umkreiste Jessies Beine und versuchte, sich zwischen die beiden zu drängen, was sie zum Lachen brachte, weil sie so offen eifersüchtig auf Garrett war.

»Stufe eins ist etwas Einfaches«, erklärte er ihr. »Wie ein Geräusch. Stufe zwei ist ein Spielzeug. Ein Spielzeug, das Geräusche macht, ist höher, eine Stufe drei. Stufe vier ist eine Person, verstärkt durch den Bekanntheitsgrad dieser Person. Und fünf? Kannst du es erraten?«

»Futter?«

»Genau. Etwas, das sie brauchen und wonach sie sich sehnen und wofür sie instinktiv gezüchtet wurden, um dafür zu kämpfen. Wenn du ein Steak vor einen Hund werfen kannst und er bleibt sitzen, dann hast du dir deine Streifen verdient.«

»Hast du das gehört, Lola?«, fragte sie. »Du würdest ein Steak lieben, nicht wahr, Mädchen?«

Lola hechelte und setzte sich, Pfoten auf dem Boden, und schaute nach oben.

»Sie weiß definitiv, wie man sitzt«, sagte Garrett. »Und sie kann wahrscheinlich bis zur Stufe fünf gehen, obwohl ich sie nie getestet habe. Willst du es versuchen?«

»Natürlich.«

Er gab ihr eines seiner endlosen Quietschspielzeuge, die, wie sie feststellte, aus einem Beutel kamen, der an seiner Hüfte hing. »Hier, bitte schön.«

»Weißt du, ich hätte nie gedacht, dass ich romantische Fantasien über einen Mann haben würde, der Quietschspielzeuge am Gürtel trägt.«

Er zwinkerte ihr zu. »Du solltest mal sehen, was ich in meiner Nachtischschublade aufbewahre.«

Lachend drehte sie sich zu Lola um. »Bleib.« Sie warf das Spielzeug, und die Hündin schaute es an, zuckte ein wenig, blickte dann aber direkt zurück zu Jessie und blieb, wo sie war. »Braves Mädchen!«

Garrett gab Jessie einen Leckerbissen aus einer anderen Tasche. »Du musst ihr den geben, ganz schnell.«

Das tat sie und gewann einen Blick unerschütterlicher Zuneigung.

»Versuch es noch einmal«, sagte er. »Lauter und weiter.«

»Bleib«, befahl sie, quetschte ordentlich das Spielzeug und warf es gut drei Meter weit. Lola zuckte zusammen. »Bleib«, wiederholte Jessie.

Sie zuckte wieder zusammen, machte aber keinen Schritt.

»Belohne sie diesmal mit Liebe«, sagte Garrett leise.

»Braves Mädchen«, rief Jessie und umarmte Lolas Kopf und gab ihr noch einen Kuss, einfach weil sie es tun musste.

»Wie wir wissen, wurde diese Hündin bereits trainiert.« Garrett schaute sich um und sah die anderen in verschiedenen Zuständen von Sitz und Bleib. »Lass uns sehen, ob sie das hier kennt.« Er hockte sich hin und hielt seine Hand hoch. »High five, Lola.«

Sie starrte ihn an.

»Lass mich versuchen«, sagte Jessie. »High five, Lola.« Nichts. »Also gibt es doch etwas, das unser kleines Mensa-Genie nicht kann. Kannst du es ihr beibringen?«

»*Du* kannst das.«

»Okay. Wie?«

»Knie dich vor sie hin, halte diesen Leckerbissen hoch, aber sag ihr, sie soll bleiben. Wir wissen bereits, dass sie das wird. Halte die ganze Zeit Blickkontakt mit ihr.«

»Ach ja. Wenn du die Augen hast, hast du den Hund.« Sie schaute direkt in Lolas tiefbraune Augen, ihre ganze Brust explodierte vor Liebe für das Tier. »Bleib, Lola.«

Das tat sie, und dann sagte Garrett ihr, sie solle leicht auf eine von Lolas Vorderpfoten tippen. Nach ein paar Sekunden hob Lola instinktiv ihren anderen Fuß, um nach dem Leckerbissen zu tappen. »High five!«, sagte Garrett. »Gib ihr den Leckerbissen.«

Lola nahm ihn, fraß ihn auf, und sie versuchten es erneut.

Beim vierten Mal musste Jessie nur noch »High five« sagen, ohne Leckerbissen, und Lola hob ihre Pfote, was Jessie bis in die Zehenspitzen entzückte.

»Was für ein braves Mädchen du bist, Lola!« Sie gab ihr den Leckerbissen und fügte eine Menge Liebe hinzu, was wahrscheinlich gegen die Hundetrainingsregeln verstieß, aber das war Jessie egal. »Kann ich für den Rest des Kurses bei ihr bleiben?«, fragte sie und blickte zu Garrett auf, der sie so ansah, wie sie Lola angeschaut hatte.

»Du kannst überall bleiben, wo du willst, solange du willst.«

Sie lächelte ihn an, gewärmt von seinen Worten und dem Ausdruck auf seinem gutaussehenden Gesicht. »Bekomme ich auch einen Leckerbissen?«

»Später.«

Sie stand auf und spürte, dass einige Leute näher kamen. »Wage es ja nicht, einen Knochen-Witz zu machen.«

Er lachte und fing wieder an zu unterrichten, und Jessie verbrachte den Rest des Morgens und den größten Teil des Nachmittags in der Sonne mit Garrett und Lola und brachte ihr alle möglichen Tricks bei. Als sie fertig waren, war Jessie bereit, sich hinzusetzen, zu bleiben und für ihn zu betteln.

Sie hatte keine Ahnung, was die Zukunft bringen würde oder ob sie besorgt, aufgeregt oder ängstlich sein sollte. Für den Moment, an diesem Tag, umgeben von Sonnenschein und Glück, liebte sie ihren Hund und genoss den Nervenkitzel, die Nummer-eins-Person zu sein ... für Lola und Garrett.

Kapitel Neunzehn

Gramma Finnie trug eine leuchtend blaue Strickjacke, weil diese vor der Kamera zu ihren Augen passen würde, und kam zum Trainingsbereich heraus, wo Jessie mit Lola arbeitete. Sie richtete die Perlenkette um ihren Hals. „Sie sind da", sagte sie. „Die Videoleute sind mit mehr Krimskrams angekommen als ein Zirkus."

Jessie lächelte und spürte, dass Gramma Finnie nervös war. „Du wirst großartig sein, Gramma", versicherte sie der anderen Frau. „Ich gehe Garrett Bescheid sagen, dass es losgeht."

Zeit für ihren großen Moment und seinen. Und fast Zeit... sich zu verabschieden.

Es hatte mehrere Tage gedauert, das Filmteam zu terminieren, und Jessie wünschte sich, es hätte noch länger gedauert. Jede Stunde war kostbar geworden, und die Nächte mit Garrett waren eine ganz andere Art von kostbar. Sexy, köstlich, unglaublich, orgasmisch, non-stop Spaß, der sie schwindelig, glücklich und zufrieden machte.

Und ihm noch näher brachte.

Sie waren in eine einfache, süße, gefährlich süchtig

machende Routine verfallen: Morgens wachten sie in den Armen des anderen auf, liebten sich und fuhren dann nach Waterford, um den ganzen Vormittag mit den Hunden zu arbeiten. Nachmittags gesellte sich Jessie manchmal mit ihrem eigenen Laptop zu Gramma Finnie auf die Terrasse, und während die ältere Frau ihre Blog-Beiträge über das Leben auf der Hundefarm tippte, machte Jessie Notizen über Lola.

Mac hatte ihr keine anderen Aufgaben gegeben, also beschloss sie, über Lola zu schreiben, als wäre sie ein Interviewpartner, und erfand eine fiktive Vorgeschichte und einige emotionale Höhepunkte. Wie den Tag, an dem sie an einer Raststätte zurückgelassen wurde, und den Tag, an dem sie ihren Für-immer-Menschen fand.

Aber jetzt musste sie sich auf eine echte Geschichte konzentrieren. Was heute passierte, war entscheidend, dachte sie, als sie zu Garretts Büro ging, wo er inzwischen seine Besprechung mit den Mitarbeitern beendet haben sollte. Sie würde natürlich vor der Kamera stehen, weshalb sie im Haupthaus Kleidung und Make-up bereithielt, um sich umzuziehen, während das Team aufbaute.

Die Familie war auch beteiligt, aber niemand so sehr wie Gramma Finnie, die ihren eigenen kurzen Abschnitt über die Geschichte der Farm bekam und wie sie und Seamus den ersten Setter aus Irland mitgebracht hatten.

Egal, wie oft die Familie ihr sagte, dass es die Kurzversion sein sollte, sie begann ihre Geschichte immer mit: „Es geschah an einem Septembernachmittag im Jahre unseres Herrn neunzehnhundertundvierundfünfzig..."

Aber Jessie machte sich keine Sorgen. Sie würde bei der Bearbeitung des Materials helfen, wenn sie zurück in New York wäre, und Gramma Finnie würde für fantastische Farbakzente sorgen. Dr. K würde einige Zitate bekommen, zusammen mit Shane und Molly. Liam weigerte sich mit der Begründung, dass ihm das Vor-der-Kamera-Stehen Kopfschmerzen bereitete, aber seine ruhige, stoische Persönlichkeit würde wahrscheinlich ohnehin nicht gut auf dem Bildschirm rüberkommen. Und die Hunde würden natürlich im Mittelpunkt stehen.

Lola würde ganz vorne dabei sein, dachte Jessie mit einem Lächeln. Die beiden waren selten getrennt, ihre Bindung wuchs mit jedem Tag, an dem der Tierarzt in Rhode Island keine Neuigkeiten hatte und keine anderen Hinweise eingingen.

Sie klopfte an Garretts Bürotür und schob sie auf, um hineinzuschauen. Er blickte von seinem Computerbildschirm auf, und sie wurde mit seinem traumhaftesten Lächeln belohnt.

„Hey, Hübsche." Er setzte sich auf und schaute über den Schreibtisch zu Lola. „Und Hübsche Nummer zwei."

„Bist du bereit für deine Nahaufnahme? Das Team ist da."

Er blickte himmelwärts. „Gott steh mir bei."

„Du brauchst keine Hilfe", versicherte sie ihm. „Komm einfach, lass uns anfangen."

Er stand auf und kam um den Schreibtisch herum, seine blauen Augen wie Laser auf sie gerichtet. „Rate mal? Shane fährt nach der Videosache weg, die er um nichts in der Welt verpassen würde."

Sie lachte. „Er ist wirklich nicht kamerascheu."

„Und er wird drei Tage weg sein. Und du" – er legte seinen Mund an ihr Ohr, um zu flüstern – „wirst mein Haus drei Tage und drei Nächte lang nicht verlassen." Er rückte etwas zurück und sah sie an. „Bring mich nicht dazu, zu betteln."

Sofort setzte sich Lola auf ihr Hinterteil und hob beide

Pfoten, was sie zum Lachen brachte. „Ja, du kannst auch mitkommen, Lola."

Hatte sie überhaupt drei Tage und drei Nächte? Nach heute würde das Rohmaterial nach New York geschickt, und sie müsste für den Schnitt dort sein. Heute war Freitag, also hatte sie vielleicht bis Montag. Vielleicht.

Ihre Schultern sackten bei dem Gedanken an einen erneuten Abschied, der diesmal noch schwerer sein würde als beim letzten Mal. Sie hatte sich in einen Hund verliebt... und in diesen Mann.

„Ich werde Lola nicht weggeben, Jessie", sagte er und deutete ihre Reaktion falsch. „Ich verspreche, sie wird in Waterford bleiben und mein Hund sein." Er hob ihr Kinn, damit sie ihn ansah. „Ich brauche einen Köder, um dich immer wieder zurückzuholen."

Als ob er nicht schon Köder genug wäre.

„Und ich habe die Suche nach ihrem Besitzer noch nicht aufgegeben", fügte Garrett hinzu.

„Das ist es nicht... ich nur..." Sie schaute auf den Hund hinunter. „Ich liebe sie", sagte sie schlicht. „Ich weiß nicht, wie ich es ertragen soll, sie gehen zu lassen."

„Tja." Er legte seine Arme um sie und zog sie an sich. „Dann sind wir wohl zu zweit."

Ihr Herz knickte bei seinen Worten und dem Blick in seinen Augen. Meinte er...

„Es hat geklappt!"

Beide drehten sich um, als Daniel Kilcannons dröhnende Stimme in der Tür ertönte. Er grinste sie an, mit einem Blick, der puren Triumph ausdrückte. „Das Video, meine ich. Wir machen diese Geschichte wirklich. Bist du nicht glücklich, Jessica? Das ist alles, was du wolltest."

Außer dass alles, was sie wollte, der Mann war, der sie immer noch festhielt.

„Natürlich bin ich glücklich", sagte sie, mehr zu sich selbst als zu den anderen Männern. „Also, lass es uns richtig machen."

Ein paar Minuten später musste Jessie all diese Verwirrung aus ihrem Kopf verbannen und sich auf einen Job konzentrieren, von dem sie geträumt hatte, den sie aber nie wirklich oft ausgeübt hatte. Nach dem College hatte sie bei einem Fernsehsender gearbeitet, bekam aber selten Sendezeit. Sie hatte Casting nach Casting absolviert, bei kleinen Sendern vorgesprochen und einen Traum verfolgt, der unerreichbar geblieben war. Die Welt der TV-Berichterstattung war knallhart, und sie blutete immer wieder.

Bis jetzt. Aber dann wanderte ihr Blick zu Garrett, der gerade in einem Ohrensessel vor dem Kamin platziert wurde und gut aussah… und brutal unwohl.

„Garrett, kannst du dieses Mikrofon noch einmal testen und ein paar Zentimeter nach links rücken?", wies die Produzentin und Regisseurin des Stücks an, eine kompromisslose silberhaarige Fachfrau namens Katherine Wake.

Er rutschte von einer Seite zur anderen und warf Jessie einen Hilfe suchenden Blick zu. Katherine winkte sie heran. „Ich will dich im anderen Sessel haben, und wir werden die drei Fragen stellen, die wir skizziert haben. Garrett, deine Antworten sollten so nah wie möglich an den Zitaten in der Geschichte sein, aber wenn du vom Thema abkommst, ist das in Ordnung. Zu weit, und ich schneide es raus."

Ein weiterer Blick puren Elends. „Ich erinnere mich nicht daran, was ich gesagt habe."

„Improvisier einfach", versicherte Jessie ihm.

„Wir können erst alle Fragen drehen, dann alle Antworten", sagte Katherine.

„Weil das ja so natürlich ist", brummte Garrett.

„Nichts davon ist natürlich", schoss die Frau zurück.

Jessie tauschte einen langen Blick mit Garrett und sah die Qual in seinen Augen. Sie war sich nicht sicher, was ihn störte – vielleicht die Sorge, etwas Falsches zu sagen –, aber dieser Blick würde von der Kamera eingefangen werden. Es würde die Stimmung töten und ihre Botschaft über einen Mann, der leidenschaftlich für seine Arbeit war, zunichte machen.

„Tonprobe", sagte der Mann mit der Kamera, Russell.

„Garrett, nenne deinen Namen, Geburtstag, Familienstand und –"

„Was?", fragte er.

„Nur ein paar leicht zu merkende Fakten", sagte Katherine, deren eigene Frustration ein wenig zunahm. „Deine Lieblingsfarbe. Dein erster Hund. Was auch immer. Es ist eine Tonprobe. Und ehrlich gesagt musst du dich entspannen. Das werden keine schwierigen Fragen sein. Im Wesentlichen wird dieses Interview einige der Arbeiten unterstreichen, die Jessie bereits gemacht hat."

„Dann habe ich eine bessere Idee", sagte Jessie, trat vor und bekam die Aufmerksamkeit beider. „Gehen wir nach draußen."

Katherine lehnte ab. „Das Licht wird uns umbringen."

„Aber das hier wird ihn und das Interview umbringen", beharrte Jessie. „Gehen Sie mit uns. Lassen Sie Russell mit der Kamera folgen. Lassen Sie uns ein Gespräch auf dem Gelände führen, mit Hunden, entlang des Weges, in den Zwingern. Überall, wo er sich zu Hause fühlt."

Sofort änderte sich Garretts Ausdruck. „Das gefällt mir."

„Dann werden wir das so machen", sagte Jessie.

Katherines Blick verengte sich auf einen Punkt. „Mac will einen Talking Head."

„Nun, ich nicht." Jessie bedeutete Garrett aufzustehen. „Es ist meine Show und mein Thema. Lass es uns so machen."

Katherine sah den Videografen um Hilfe an, aber Russell zuckte mit den Schultern. „Ich kann es zum Laufen bringen."

„Aber kann es geschnitten werden?"

„Geben Sie dem Ganzen eine Chance", sagte Jessie und drängte sie bereits aus dem Haus. „Und die ganze Familie sollte draußen sein. Mit Hunden. Das ist der Geist, den ich hierin haben möchte."

Es war, als hätte sie einen Zauberstab über Garrett geschwungen; er veränderte sich vollständig. In weniger als einer halben Stunde versammelten sie sich im Trainingsbereich. Shane brachte einem wunderschönen Retriever bei, ein Therapiehund zu sein, und sie bekamen tolle Aufnahmen von diesem wunderschönen Geschöpf. Und dem Hund.

Lola führte ihren Trick vor, und sogar Liam kam mit zwei Polizei-K9-Schäferhunden heraus, die genauso einschüchternd waren wie er, und ließ die Hunde, aber nicht sich selbst, etwas Sendezeit bekommen.

Jessie verbrachte ein paar Minuten mit Dr. K, während er den Morgen beschrieb, als er aufwachte und beschloss, einen Gedankenkeim in den Herzen seiner Kinder zu pflanzen, und wie dieser blühte und zu einer der Elite-Hundeausbildungsstätten an der Ostküste heranwuchs.

Schließlich war es Zeit, mit Garrett zu sprechen, der seine Familie beobachtet hatte und sich hundertprozentig wohler fühlte.

Jessie setzte sich neben ihn auf einen Holzzaun, der nicht viel eingrenzte, aber zwei Gebäude der Einrichtung trennte. Katherine und Russell folgten, und schließlich begann die Kamera, ihr Thema zu filmen.

„Jetzt wohler?", fragte sie leise.

„Auf diesem Zaun? Es ist mein Lieblingsplatz im Haus."

„Warum ist das so?"

Er legte den Kopf zurück und lachte, ein wunderschöner Anblick, den Russell hoffentlich einfing. „Du würdest nach dem Warum fragen", sagte er und rutschte näher. „Ich habe als Kind stundenlang hier gesessen und Shane und Liam beim Hundetraining zugeschaut. Und die Geschichte, die mein Vater gerade erzählt hat? Ich saß genau hier auf diesem Zaun an jenem Morgen. Ich schaute dort hinauf." Er zeigte auf ein großes Fenster im zweiten Stock. „Ich sah ihn im Fenster, und selbst aus dieser Entfernung konnte ich den... Schmerz auf seinem Gesicht sehen."

Er drehte sich zu ihr um und ignorierte – oder vergaß – die Kamera. „Und als er mit seiner verrückten Idee herunterkam, dass wir unser Zuhause in eine vollwertige Einrichtung verwandeln sollten, hatte ich dieses Gefühl."

„Welches Gefühl?", drängte sie.

„Dasselbe Gefühl wie bei der Idee für PetPic. Dieses Gefühl, dass wenn etwas richtig ist..." Er hielt inne und blickte ihr für einen, zwei, drei Herzschläge in die Augen. Laute, hämmernde Herzschläge. „Dann ist es richtig."

„Und das ist, äh, war richtig?"

„In jeder Hinsicht."

Ohne nachzudenken umklammerte sie den Zaun etwas fester und zwang sich, im Fernsehen nicht in Ohnmacht zu fallen. Das war nicht leicht. „Erzähl mir ein bisschen, wie sich das anfühlt", fragte sie und wusste, dass der Kern des Porträts genau hier sein würde, wenn er über seine Leidenschaften und was ihn antreibt spricht.

„Fühlt sich gut an."

„Diese großartige Idee zu haben?", forderte sie ihn auf, als er nicht weiter ausführte.

„Zu wissen, wann etwas richtig ist." Sein Mund verzog sich ein wenig nach oben. „Findest du nicht auch?"

Er war also entspannt genug, um vor der Kamera zu flirten, was nicht das war, was sie jetzt wollte. „Geh noch einmal zurück zu diesem Tag", schlug sie vor. „Erzähl mir, was du dachtest, als dein Vater seine Vision beschrieb."

Jetzt, da sie den Schmerz kannte, den er an jenem Tag empfunden hatte – den Schmerz, seine Mutter zu verlieren, nachdem er eine Frau, die er liebte, und ein Kind, das er bereit war, als sein eigenes zu akzeptieren, verloren hatte – klang seine Geschichte anders in ihren Ohren. Reicher. Irgendwie realer.

Katherine trat ein wenig näher, aber immer noch außerhalb des Kamerabereichs. „Kann ich ein paar Fragen einwerfen, Garrett? Wir filmen einfach die Antworten, quasi als B-Roll, die wir im Interview verteilen können."

„Klar." Dann blickte er zu Jessie. „Wenn das für dich in Ordnung ist."

Bis zu einem gewissen Punkt. „Nur zu."

Katherine nickte. „Sind Sie im Allgemeinen glücklicher mit Hunden als mit Menschen, Herr Kilcannon?"

Er überlegte das mit einem Lächeln. „Das könnte man so sagen."

„Finden Sie sie zuverlässiger und treuer als Menschen?"

Er warf Jessie einen Blick zu. „Warum habe ich das Gefühl, dass das eine Fangfrage ist?" Dann blickte er zurück zu Katherine. „Sagen wir einfach, ich respektiere beide gleichermaßen."

„Und würden Sie –"

Jessie hob ihre Hand. „Das ist wirklich nicht die Richtung, in die ich gehen möchte", sagte sie. „Und ich möchte Garrett keinem Fragebombardement aussetzen. Tatsächlich denke ich, dass wir die B-Roll mit Hunden machen können, und es wird viel farbenfroher sein, als wenn er über sie spricht."

Katherine neigte ihren Kopf, als ob sie nicht zustimmte, und wandte sich dann an Russell. „Lass uns dann in die Zwinger gehen, also bring die Lichter mit."

Als die beiden weggingen und die Kamera weg war, drehte sich Garrett zu Jessie und legte beide Hände an ihr Gesicht. „Sag mir, dass wir fertig sind."

„Du bist es. Ich muss noch mehr mit ihnen arbeiten, aber du bist komplett entlassen."

„Bin ich nicht." Er lehnte sich vor. „Ich hänge an deinem Haken, und das weißt du." Verloren im Moment, der Nähe, dem Versprechen eines Kusses, fühlte sich alles perfekt an. Warm. Richtig.

„Nehmt euch ein Zimmer!" Garrett zuckte heftig zusammen, als Shane ihm auf den Rücken schlug, bevor sie sich küssen konnten. „Noch besser, ich fahre in einer Stunde, also könnt ihr nach Hause gehen."

„Warum eine Stunde warten?", fragte Garrett, der Jessie immer noch festhielt.

„Weil es niemanden überraschen wird, die Produzentendame denkt, ich brauche mehr Sendezeit. Ich werde deine Show stehlen, kleiner Bruder."

„Nur zu", sagte er, sprang herunter und streckte seine Hand aus, um Jessie zu helfen.

„Worüber möchte sie noch mit dir sprechen?", fragte Jessie. „Ich dachte, wir hätten deine Zeit mit den Hunden wirklich gut abgedeckt."

„Sie will wissen, was der Unterschied zwischen dem Leben hier und dem Leben in Seattle ist."

Jessie schüttelte den Kopf. „Nicht notwendig. Du bist fertig, Shane."

Er lachte. „Ihr beide könnt es kaum erwarten, dass ich weg bin." Er zuckte mit den Schultern. „Du wirst sie für mich abwimmeln, Jessie. Ich bin raus."

„Wie lange werden sie noch hier sein?", fragte Garrett, als Shane gegangen war.

„Noch ein paar Stunden, um Einstellungen und B-Roll zu bekommen und meine Eröffnung und den Schluss zu drehen, die wir in deinem Vaters Büro aufnehmen. Geh arbeiten. Ich kümmere mich um den Rest."

Er betrachtete sie lange. „Du bist gut darin", sagte er, das Kompliment klang mehr als ein wenig widerwillig.

„Danke."

„Ich wünschte, du wärst es nicht", fügte er hinzu und strich ihr sanft mit dem Daumen über die Wange. „Ich wünschte, du würdest in North Carolina bleiben."

Die Worte, so leise geflüstert, dass sie fast in der Brise verloren gingen, flatterten über ihr Herz und ließen sich dort nieder. „Ich bleibe... fürs Wochenende."

Mac konnte sie nicht vor Montag nach Hause rufen, oder?

Er warf ihr einen Blick zu, der sagte, dass das nicht genug war, küsste sie dann leicht und ging zu seinem Büro. Sie sah ihm nach und konnte nicht atmen, weil sie so sehr wünschte, dass alles einfacher sein könnte.

Kapitel Zwanzig

Um vier Uhr, als die Videoleute längst weg waren, suchte Garrett kurz nach Jessie und fand sie auf dem hinteren Feld, an einen Baum gelehnt, die Augen geschlossen, mit Lolas Kopf in ihrem Schoß. Er stand einen Moment da und betrachtete ihre Gesichtsausdrücke, die pure Erschöpfung und Zufriedenheit zeigten.

»Zwei müde Welpen«, sinnierte er leise.

Lola blickte zu ihm auf, ohne ihren Kopf zu bewegen, aber Jessie stöhnte. »Wir verstecken uns vor der gesamten Menschheit.«

»Nicht vor diesem Menschenexemplar«, sagte er und ließ sich neben ihr nieder.

»Diese Frau hat mich wirklich genervt«, gab sie zu. »Nachdem sie weg waren, bin ich mit Lola spazieren gegangen, aber wir sind nicht weit gekommen.« Sie streichelte den Hund liebevoll. »Lola beruhigt das wilde Biest in mir.«

Er lächelte darüber. »Ich habe viele Menschen mit Hunden gesehen, Jessie, und ich muss sagen, ihr zwei habt etwas Besonderes.« Er lehnte sich an sie. »Ich bin eifersüchtig.«

Sie ließ ihren Kopf auf seine Schulter sinken. »Deine Bürotür war geschlossen. Und ehrlich, ich bin so verliebt in sie, dass ich es kaum ertragen kann.«

»Jetzt bin ich wirklich eifersüchtig.«

Sie hob ihren Kopf und öffnete ihre Lippen, als ob sie etwas sagen wollte, aber nicht konnte. Also sagte er es für sie mit einem Kuss. Zunächst leicht, dann mit etwas mehr Gefühl, ihre Zungen berührten sich.

»Nun«, seufzte sie, als sie sich voneinander lösten. »Du küsst definitiv besser als sie.«

»Und bin bequemer.« Er knabberte an ihrem Kiefer. »Komm heute Abend vorbei, ich mache dir Abendessen.«

»Ja, bitte.« Sie lehnte sich zurück und sah ihn dieses Mal kritischer an. »Du hast dich wirklich entspannt, nachdem dieses Interview vorbei war.«

»Ich bin überhaupt nicht entspannt.« Er ließ seine Hand über ihr Schlüsselbein gleiten, und sofort hob Lola ihren Kopf, um ihm einen warnenden Blick zuzuwerfen. »Was?«, fragte er den Hund. »Ich mag sie.«

Sie bellte einmal, mit einem ernsten Blick.

»Oh, sie gehört auf jeden Fall dir«, sagte Garrett.

Jessie beugte sich vor, um den Hund zu liebkosen. »Du bist ein braves Mädchen, weißt du das?« Dann flüsterte sie in ihr Ohr: »Ich liebe dich am meisten. Du bist meine Nummer eins.«

Lola bellte wieder, ruckte mit dem Kopf hoch und stand diesmal auf, blickte an ihnen vorbei.

»Okay, okay.« Garrett hob kapitulierend die Hände. »Sie gehört dir, Lola. Ich nehme, was ich kriegen kann, wenn du genug hast.«

Lola schenkte ihm keine Beachtung, bellte weiter und war zum Losstürmen bereit, aber zu gut erzogen, um wegzulaufen.

»Vielleicht doch nicht«, neckte Jessie und streckte die Hand nach dem Hund aus. »Beruhige dich, Lola. Du bist meine Nummer-«

Sie riss sich los und stieß eine Reihe von Bellen aus, jetzt aufgeregt, ihr Schwanz peitschte hin und her.

»Was ist los mit ihr?«, fragte Jessie.

»Ich weiß nicht.« Garrett beugte sich vor. »Lola, sitz.«

Aber diesmal ignorierte Lola den Befehl und sprintete los, in Richtung des Hauptübungsgeländes.

»Was?« Jessie sprang auf. »Das macht sie nie.«

»Lola!«, riefen sie ihr im Chor nach.

»Lola, bleib!«, rief Jessie und rannte los, um ihr um die Seite des Unterrichtsgebäudes zu folgen. »Was ist nur mit ihr los?«

»Eine Ablenkung der Stufe sechs«, sagte er und nahm Jessies Hand, um sie vom Weglaufen abzuhalten, als sein eigener Beschützerinstinkt einsetzte. Er wollte nicht, dass Jessie etwas verletzte. Irgendetwas, selbst das, von dem er bereits wusste, dass es den Hund so reagieren lassen würde.

Sie zog sich los. »Ich muss sehen, was mit ihr nicht stimmt.«

»Ich glaube nicht...« Gemeinsam kamen sie um die Ecke und sahen, wie Lola am Gehege vorbei und in Richtung der Hauptzufahrt sprintete, auf eine rothaarige Frau zulaufend. »...dass etwas nicht stimmt.«

»Was macht sie... wer ist das...« Jessie legte ihre Hand über ihren Mund, als Lola in die Luft sprang, beide Pfoten auf die Brust der Frau warf und sie zum Jauchzen und Schreien brachte, während der Hund ihr Gesicht leckte, bellte, mit dem Schwanz wedelte und sie fast zu Boden warf.

Sie beide wussten, wer sie war.

»Lolas wahre Nummer eins«, flüsterte Jessie und verstärkte ihren Griff um Garretts Hand.

Er führte ihre verschränkten Hände an seine Lippen, um ihre Knöchel zu küssen. »Glaub mir, Schatz, es gibt schlimmere Arten, sich von einem Hund zu verabschieden.«

Sie nickte und beobachtete die Szene, während ihre Augen feucht wurden. »Ich weiß. Ich freue mich für sie. Ich freue mich wirklich für sie. Schau sie an.«

Aber er sah Jessie an, deren Reaktion ihn noch tiefer in sein Herz eindringen ließ.

Sie schluckte, was seiner Vorstellung nach ein golfballgroßer Kloß in ihrem Hals war, und sah zu ihm auf. »Lass uns die glückliche Dame kennenlernen.«

Sherry Barr war verdammt angespannt für jemanden, der einen so entspannten Hund wie Lola großgezogen hatte, aber sie war eindeutig die richtige Besitzerin. Lola hatte kaum in Jessies Richtung geschnüffelt, seit ihre bevorzugte Herrscherin aufgetaucht war. Die Frau, groß, dünn und ja, ihre Haare hatten genau die Farbe und den Schnitt von Jessies, hatte ein sprödes Lächeln, das ausschließlich für... *Trisket* reserviert war.

Ein Name, den Jessie aus Prinzip verabscheute. Alles an der Frau nervte Jessie, was an einem schlimmen Fall des grünäugigen Monsters liegen könnte. Oder es könnten Jessies Instinkte auf Hochtouren sein, die sie spüren ließen, dass Sherry nicht ganz aufrichtig war.

Zum einen war die Frau eindeutig verstimmt über Garretts Bitte, Formulare auszufüllen und ihren Ausweis vorzulegen. Sie hatte eine aktuelle Rechnung von ihrem

Tierarzt dabei, dem Tierarzt aus Rhode Island, mit dem Garrett in Kontakt gewesen war, und wies auf Lolas Reaktion ihr gegenüber als Beweis hin, dass sie die Besitzerin war.

Garrett stimmte zu und versicherte ihr, dass es schnell und einfach gehen würde, während er die Frau in Richtung der Verwaltungsbüros drängte und höflich nach der Registrierung fragte. Sherry erklärte, dass sie den Hund von einem Nachbarn bekommen hatte, dessen Border Collie nicht kastriert und von einem Streuner schwanger geworden war. Sherry hatte einen der Welpen genommen und war nie dazu gekommen, sie zu registrieren.

Sie war außer Landes gewesen, als ihr Tierarzt versuchte, sie zu kontaktieren, aber als sie nach Hause kam und seine Nachricht abhörte, hatte sie die Handynummer angerufen, die er hinterlassen hatte – Garretts Nummer – entschied sich aber gegen das Hinterlassen einer Nachricht. In ihrer Ungeduld, Lola zu bekommen, war sie stattdessen hierher gefahren.

Wirklich? Jessie musste sich auf die Zunge beißen, um die Fragen zurückzuhalten. Warum hatte sie ihrem Tierarzt nicht Bescheid gesagt, damit sie wussten, dass sie kommt? Warum hatte sie ihre Nachrichten nicht überprüft, als sie im Ausland war? Warum hatte sie ihren verdammten Hund nicht chippen lassen?

»Wer sollte sich um Lola kümmern, während du weg warst?«, fragte Jessie und versuchte, beiläufig und nicht vorwurfsvoll zu klingen.

»Eine Freundin, aber dann ist sie kurz vor meiner Abreise verschwunden.«

»Und du bist trotzdem ins Ausland gefahren?« Jessie konnte das Urteil in ihrer Stimme nicht verbergen und bekam dafür einen Seitenblick.

»Würdest du eine Reise nach Paris absagen, weil du deinen Hund verloren hast?«

Vielleicht. Jessie neigte ihren Kopf als Zugeständnis, aber Ärger kribbelte überall auf ihrer Haut. Ihre Geschichte klang plausibel, wenn auch nachlässig, und es war offensichtlich, dass Lola selbst an ihrem besten Tag nie so glücklich gewesen war. Sie rannte die Frau fast um vor Zuneigung, ihr Schwanz peitschte von einer Seite zur anderen vor Freude, ihre Zunge herausgestreckt, ihr Lächeln an Ort und Stelle.

Dies war definitiv Lolas Mensch, ob es Jessie gefiel oder nicht. Und es gefiel ihr ganz sicher nicht.

Während sie versuchte, sich damit abzufinden, erklärte Garrett, dass es ein ordnungsgemäßes Verfahren gab, das sie durchlaufen mussten. Sherry ging neben ihm, Lola passte sich jedem Schritt an, während Jessie ein paar Schritte zurückblieb und schmollte.

Wer registriert seinen Hund nicht? Was hatte diese Frau getan, um Lolas Liebe zu verdienen? Warum hatte sie niemanden nach Waterford geschickt, während sie in Paris war? Dies war ihr *Hund*, verdammt nochmal. Liebte sie Lola nicht? Was für eine Mutter war sie?

Eine, die etwas oder jemanden über das kostbare Geschenk stellte, das ihr gegeben wurde.

Eine wie ihre eigene Mutter.

»Wie ist sie verschwunden?«, fragte Jessie und beeilte sich, zu ihnen aufzuschließen, während sie auf Garretts Büro zusteuerten.

Die Frau sah sie kaum an. »Sie wurde aus meinem Hof gestohlen. Er war eingezäunt, aber jemand hat sie genommen.«

»Was?« Jessies Kinnlade klappte herunter. »Warum?«

»Weil sie wunderschön ist«, antwortete die Frau, als ob

das alles erklären würde. »Das kommt vor, weißt du. Ich meine, wenn du hier arbeitest, müsstest du das wissen.«

Nur… nein. Das passte nicht. »Also, wenn jemand Lola gestohlen hat, weil sie so unwiderstehlich ist, dass er in deinen Hof einbrechen und sie mitnehmen musste, *warum* lässt man sie dann an einer Autobahnraststätte zurück?«

Die Frau funkelte sie an. »Woher soll ich das wissen?«, sagte sie mit einem scharfen Unterton.

Eine großartige Interviewtechnik, eine Frage mit einer Gegenfrage zu beantworten. Die älteste im Buch, wenn jemand nicht direkt lügen wollte.

»Ist Lola ein besonders wertvoller Hund?«, fragte Jessie. »Sie ist sterilisiert, also…«

»Warum fragst du nicht jemanden, der sie züchtet?«, schoss Sherry zurück und ging an ihr vorbei in Garretts Büro.

»Hast du die örtlichen Behörden kontaktiert?«

»Hast du nicht gehört, wie ich das deinem Chef erklärt habe?«, fragte sie, wobei jedes ihrer Worte sich unter Jessies Haut bohrte.

»Okay«, sagte Garrett und unterbrach den Austausch, während er einige Unterlagen aus einer Schublade zog. »Ich brauche, dass Sie das ausfüllen, und lassen Sie mich Kopien von allen Unterlagen machen, die beweisen, dass Lola, äh, Trisket Ihr Hund ist.«

»Lola?« Sie schnüffelte. »So nennt ihr sie?«

»Wir hatten keinen Namen«, sagte Jessie zwischen zusammengebissenen Zähnen.

Die Frau hatte den Anstand, verständnisvoll zu nicken. »Ich bin meinem Tierarzt einfach dankbar.«

Den sie nicht einmal zurückgerufen hatte. »Aber es war Garrett, der den Aufruf an alle seine Kontakte in Rhode Island gerichtet hat«, sagte Jessie. »Du hast es nicht in sozialen Medien gepostet. Hast du einen FriendGroup-Account?«

Sherry ignorierte die Frage und betrachtete die Papiere, die Garrett über den Tisch schob.

»Ich fülle das nicht aus«, sagte sie einfach. »Ich bezahle euch natürlich. Für jeden Tag, den sie hier untergebracht war, und für alle entstandenen Kosten. Aber keine Papiere. Ich will das nicht. Trisket ist mein Hund, und wenn die Art, wie sie reagiert hat, als sie mich sah, das nicht beweist, dann seid ihr keine sehr beeindruckenden Hundemenschen hier in dieser Einrichtung.«

Garrett verengte seine Augen. »Ich gebe sie nicht an irgendjemanden von der Straße ab. Wir befolgen die staatlichen Gesetze für dieses Verfahren, und Sie müssen mit Papieren beweisen, dass sie Ihnen gehört, nicht mit einem wedelnden Schwanz.«

Sie schluckte sichtbar und blickte nach unten, kämpfte mit den Tränen.

Instinktiv streckte Jessie die Hand aus und legte sie auf die der Frau. »Wie wäre es, wenn du uns erzählst, *warum* du es nicht ausfüllen willst?« Sie warf Garrett einen Blick zu, der unmerklich zustimmend nickte.

Sie rutschte auf ihrem Sitz hin und her, dann stieß sie einen Seufzer aus. »Weil mein Ex sie mitgenommen hat, um mir das Leben zur Hölle zu machen, okay? Und ich bin umgezogen. Also, ich bleibe bei einer Freundin in Florida, weil ich von diesem Typen wegkommen muss, und ich will nicht, dass er weiß, wo ich bin. Okay? Ist das Grund genug für mich, nichts bei irgendwem irgendwo einzureichen oder meinen Tierarzt anzurufen, den er kennt? Damit ich sicher bin? *Natürlich* ist sie registriert, aber ich will nicht, dass er weiß, dass ich sie habe. Ich habe keinen FriendGroup-Account, weil er mich stalkt. Ich will nicht, dass er weiß, wo ich gewesen bin oder wohin ich gehe.« Ihre Stimme zitterte und brach. »Ich muss sicher sein.«

»Oh, es tut mir so leid.« Jessie verstärkte ihren Druck bei der Berührung, und eine Welle des Mitgefühls wusch jegliche Irritation weg. »Das ist eine schwierige Situation.«

»Trisket ist… jetzt meine ganze Welt.«

Als ob sie wüsste, dass über sie gesprochen wurde, setzte sich Lola auf und kam näher, legte ihr Kinn auf das Bein der Dame. Sherry beugte sich vor und gab ihr einen Kuss auf den Kopf. »Braves Mädchen, Trissie.«

Lolas Schwanz wedelte vor reiner Freude hin und her.

Garrett stieß die Luft aus. »Füllen Sie aus, was Sie können, ohne eine Spur zu hinterlassen, und geben Sie mir eine Telefonnummer, unter der ich Sie erreichen kann. Ich werde das mit Dr. Stowe in Rhode Island überprüfen und die Unterlagen unter unserem Firmennamen einreichen. Wir wollen, dass Sie genauso sicher sind wie Ihr Hund.«

Sie lächelte ihn an, dann Jessie. »Danke. Ich verspreche Ihnen, dass ich ihr niemals wehtun würde.«

Als Sherry sich vorbeugte, um das Formular auszufüllen, streckte Jessie ihre Hand nach dem Hund aus.

»Hey, Lola. Hast du mich vergessen, Kleines?«

Sie drehte sich um und wedelte, aber offensichtlich hatte ihr Interesse nachgelassen.

»Jessie hat deinen Hund davor bewahrt, sich zu Tode zu hungern«, sagte Garrett, was Sherry dazu brachte, von dem Formular aufzublicken.

»Wirklich?«

»Oh, es war…« Nein, es war *nicht nichts*, dachte Jessie. Es war ein bisschen lebensverändernd. »Mir ein Vergnügen«, fügte sie hinzu. »Ich habe mich Hals über Kopf in sie verliebt.«

Das brachte Sherry zum Lächeln. »Sie ist auf diese

Weise etwas Besonderes. Ich schätze es sehr, dass du sie für mich geliebt hast.«

»Das habe ich. Das tue ich.« Ein Kloß bildete sich in ihrem Hals, unerwartet, aber real. »Hey, Lola. Möchtest du deiner Mama deinen neuen Trick zeigen? Lass uns nach draußen gehen und üben, während sie dieses Geschäftliche erledigen.« Jessie stand auf, begierig darauf, aus dem Raum zu kommen, damit diese Fremde ihre Emotionen nicht sah. »Hast du etwas dagegen?« fragte sie Sherry.

»Nein, natürlich nicht. Ich komme gleich nach.«

»Komm, Lola.« Sie schnippte mit den Fingern, aber Lola blickte zuerst zu ihrer Besitzerin, um Erlaubnis zu bekommen.

Draußen blinzelte Jessie einige Tränen weg und führte Lola zum letzten Mal zum Rasen, umarmte sie mit beiden Armen um ihren Hals. »Ich werde dich vermissen, weißt du das?«

Eine Welle von Emotionen rollte hoch und drohte mit weiteren Tränen, also schloss Jessie ihre Augen und ließ Lola ihr Gesicht lecken. »Es hat Spaß gemacht, deine Nummer eins zu sein«, flüsterte sie. »Auch wenn es nur für kurze Zeit war.«

Lola bellte und zog sich zurück, stürmte sofort auf ihre echte Nummer eins zu, als Sherry und Garrett näher kamen.

»Lass uns diesen Trick sehen«, sagte Sherry, jetzt viel freundlicher als bei ihrer Ankunft.

»In Ordnung. Lola, komm.« Jessie ging auf ein Knie. »High five!«

Lola hob ihre Pfote und berührte Jessies.

»Das ist toll«, sagte Sherry und beugte sich vor, um den Hund zu streicheln. »Jetzt sag mir, dass du mich liebst, Trisket.«

Lola bellte dreimal.

»Ich liebe dich auch«, sagte Sherry.

Drei weitere Male bellte sie.

»Das ist... ich liebe dich?« fragte Jessie flüsternd.

»Ihr erster Trick«, sagte Sherry. »Dreimal, immer, wenn sie mich sieht. Ich-lie-be-dich.«

Lola tat es wieder, als ob sie ihrer Besitzerin zustimmen würde.

Jessie seufzte und blickte zu Garrett auf. »Die ganze Zeit hat sie 'Ich liebe dich' gesagt, und ich wusste es nicht einmal.«

»Sie hat es dir gezeigt«, flüsterte er. »Du musstest nicht wissen, dass sie es gedacht hat.«

Die Worte überrollten sie und linderten den Schmerz in ihrer Brust.

»Ich bin so froh, dass sie hier war«, sagte Sherry, als sie anfing wegzugehen, und Lola ging mit ihr. »Komm schon, Trissie. Wir haben eine lange Fahrt vor uns.« Sie streckte die Hand aus, schüttelte Garretts Hand und gab Jessie eine schnelle Umarmung. »Vielen, vielen Dank.«

Sie gingen aus dem Trainingsbereich, um den Zaun herum und steuerten auf einen SUV zu, der in der Einfahrt parkte.

»Tschüss, Lola«, rief Jessie, jetzt rollten die Tränen.

Lola hielt an, drehte sich um und bellte dreimal.

»Ich liebe dich auch«, flüsterte sie und drehte sich zu Garrett, der sie näher an sich zog. Alles in ihr wollte ihm dasselbe sagen, aber etwas hielt sie zurück. Wahrscheinlich das große schwarze Loch aus Schmerz in ihrer Brust.

Kapitel Einundzwanzig

Er könnte dreimal bellen.

Während Garrett darauf wartete, dass Jessie an diesem Abend vorbeikam, schnippelte er Gemüse für das romantische Abendessen zu Hause, das er geplant hatte, und überlegte, wie er ihr sagen sollte, was er für sie empfand. Und dass er wollte, dass sie blieb, aber wenn sie nicht bleiben wollte, würde er das verstehen und notfalls auch eine Fernbeziehung führen können.

Denn sie würde diesen Job als Nachrichtensprecherin nicht aufgeben, und das hatte er von Anfang an gewusst. Also wie konnte er sich so verdammt heftig in sie verlieben?

Er wusste es nicht, aber es war passiert. Alle Mauern waren gefallen – zumindest bei ihr – und alles, was er wollte, war, sie so nah wie möglich bei sich zu haben. Wie sagte man einer Frau, dass sie ihr Leben ändern, ihren großartigen Job aufgeben und auf einer Hundefarm arbeiten sollte?

Das tust du nicht, du Idiot.

Also musste er das Beste aus ihren wenigen verbleibenden Nächten machen. Er sollte die Situation nicht verkomplizieren, indem er ihr sagte, dass er sie liebte. Vielleicht irgendwann. Vielleicht würden sich die Dinge ändern. Aber nicht heute Abend.

Ein paar Minuten später brachte ihn ein leichtes Klopfen an der Tür zum Lächeln, noch bevor er sie öffnete. Als er es tat, schmolz sein ganzes Herz, und jedes andere Organ reagierte genau entgegengesetzt.

Wen wollte er täuschen? Er würde es nie die ganze Nacht schaffen, ohne ihr seine wahren Gefühle zu gestehen.

„Wow", flüsterte er und betrachtete die Wellen, die sie in ihr Haar gezaubert hatte, was ihr einen zerzausten, sexy Look verlieh. Sie trug etwas Glitzerndes auf ihren Augen, ihr Mund glänzte von Lipgloss, den er unbedingt kosten wollte, und sie trug ein schickes schwarzes Top über einer hautengen weißen Jeans und hohen Absätzen, die eigentlich mit Kondomen im Schuhkarton verkauft werden sollten.

„Wow, du auch." Sie tippte mit einem Finger an sein Kinn und ließ ihren Blick über sein bei weitem nicht so schönes Hemd und seine Khakihose wandern, aber ihre Augen weiteten sich trotzdem anerkennend.

Er schloss seine Hand um diesen Finger und küsste die Spitze. „Du siehst sexy aus."

„Ich fühle mich–"

Er schlang seine Arme um ihre Taille und unterbrach sie mit einem festen, harten Kuss. Er hielt sie dort, lange genug, um in diesem mittlerweile vertrauten Gefühl zu verschmelzen.

„Traurig", beendete sie den Satz.

„Das war nicht meine Absicht, aber ich verstehe das, wenn du dich von einem Hund verabschiedest." Er ließ seine Finger über ihre nackte Schulter gleiten, wunderte sich über die Cremigkeit ihrer Haut und schlüpfte unter den Träger des Tanktops, weil er mehr von dieser Haut brauchte. Und weniger von diesen Klamotten. „Ich lasse dich sogar diesen verdammten Hut tragen, wenn du willst." Er küsste ihre Schulter. „Und sonst nichts."

Sie lachte wehmütig. „Ich werde Lola nie vergessen, Garrett."

„Vergiss, dass sie nicht in deinem Leben ist, aber vergiss sie nicht. Vergiss nicht, wie sie dich fühlen ließ oder die Tatsache, dass du sie gerettet hast."

Sie lehnte ihre Stirn an sein Kinn. „Das macht mich glücklich. Aber, Garrett, das ist nicht das, worüber ich *am meisten* unglücklich bin." Als sie aufsah, sah er den Schatten in ihren Augen. Eine andere Art von Traurigkeit, aber genauso real wie die, die er gesehen hatte, als sie sich von Lola verabschiedete.

Und er wusste, was sie sagen würde, bevor sie es sagte.

„Ich fahre morgen früh."

Das zu wissen, machte den Schlag in die Magengrube nicht weniger schmerzhaft.

„Mein Chef hat mich zurückbeordert. Ohne Aufschub."

„Morgen ist Samstag, Jess. Kannst du nicht das Wochenende bleiben?"

„Sie wollten mich eigentlich schon heute Abend, aber ich habe um zwölf Stunden mehr gebettelt."

Stunden. Nicht Tage. „Scheiße", murmelte er und ließ dann resigniert seine Arme fallen. „Okay. Das ist... okay."

Als er sich zurück in die Küche drehte, hielt Jessie seinen Arm fest, um ihn aufzuhalten. „Nein, es ist nicht okay. Zumindest nicht, nach dieser Reaktion zu urteilen."

Er versuchte, lässig mit den Schultern zu zucken, aber

nichts fühlte sich lässig an. Nicht mit ihr. „Ich hasse es, dich gehen zu sehen", sagte er leise. „Ich fing gerade an zu..."

„Mich zu gewöhnen?", bot sie an, als er nicht weitersprechen konnte.

„Mich richtig heftig in dich zu verlieben", sagte er. „Was dumm ist, es sei denn, Fernbeziehungen sind besser, als ich mir vorstelle. Aber irgendetwas sagt mir, dass sie das nicht sind."

Sie antwortete mit einem Seufzen, das ihm alles sagte.

„Schau, Jessie." Er nahm ihre Hände in seine. „Ich will nicht triefend emotional werden, besonders jetzt, da es unsere letzte Nacht ist, aber ich möchte, dass du weißt, dass..."

Wieder konnte er die Worte nicht herausbringen und stand da wie ein Idiot. Sie trat näher, schlang ihre Arme um ihn. „Ich weiß", flüsterte sie.

„Wirklich?"

Sie neigte ihren Kopf zurück und schaute zu ihm auf. „Ich glaube schon, und ich bin genauso hin- und hergerissen."

Hin- und hergerissen? Er war überhaupt nicht hin- und hergerissen. Er war sich sicher. „Wobei bist du hin- und hergerissen?"

Nach einem Moment sagte sie: „Ich habe eine Frage, die ich dir nie gestellt habe."

„Ich dachte, wir wären mit all diesen Fragen fertig."

„Noch eine. Gab es jemals einen Zeitpunkt in deiner ereignisreichen Karriere, als du dachtest, dass vielleicht das, was du die ganze Zeit wolltest, nicht das war, was du wirklich wolltest?"

Er antwortete nicht, aber nicht, weil er nicht wusste, was er sagen sollte. War dies ihre Art, ihm zu sagen, dass sie sich nicht sicher war, ob sie gehen sollte? Er unterdrückte die aufkeimende Hoffnung und nickte. „Nachdem ich bei FriendGroup angefangen hatte zu arbeiten."

„Aber diese Situation war... getrübt."

Dem konnte er nicht widersprechen. „Aber ich war nicht glücklich damit, für ein Unternehmen zu arbeiten. Das ganze Geld bedeutete nichts, weil ich den Geist vermisste, den wir bei PetPic hatten." Er strich eine Locke ihres Haares zurück und steckte sie hinter ihr Ohr. „Warum fragst du?"

„Weil ich mich heute ein bisschen so gefühlt habe. Als ob... dieser Job vielleicht nicht das ist, was ich dachte, dass er sein würde. Ich habe den Prozess heute nicht wirklich genossen, nicht so sehr, wie ich es hätte tun sollen. Was, wenn ich das Fernsehen hasse?"

Dann wäre das Leben gut. Perfekt. Super, eigentlich. „Ruf mich an und ich werde dich abholen, dich umziehen und dich zurück an einen Ort bringen, der dir ein Gefühl der Zugehörigkeit und Sicherheit gibt."

„Waterford?"

„Und hier." Er legte seine Hand auf seine Brust. „Ich werde dich genau hier behalten."

Ihr Kiefer lockerte sich. „Meinst du das ernst?"

„Wie kannst du das überhaupt fragen, Jessie? Ich habe keine Mauern mehr. Ich habe keine Selbstschutz-Techniken mehr bei dir. Du hast sie alle weggenommen und mich..."

„Offen und anders gemacht?"

Er lachte leise. „Ja, aber das ist nicht das, was ich sagen wollte. Du hast mich dazu gebracht, dich zu lieben, Jessica Jane. Ich liebe dich."

Sie versuchte zu atmen, aber er konnte sehen, dass die

Worte sie erstickten. Oder vielleicht war es die Antwort, die erwartete, erhoffte Antwort, die sie erstickte. Sie starrte ihn an, etwas Unleserliches in ihren Augen.

Angst? Hatte sie immer noch Angst?

„Liebst du mich?", fragte er.

Sie stand vollkommen still, diese Ader an ihrer Schläfe pulsierte schnell. „Ich glaube schon", flüsterte sie schließlich.

„Und das macht dir Angst."

„Mehr, als ich sagen kann. Was wenn... warum tut... wie kann..."

Er stoppte die halb geformten Fragen mit einem Kuss. „Die Antwort auf alle deine Fragen ist einfach. Sag es einfach."

„Aber ich fahre morgen."

„Das ist mir egal, Jessie. Ich liebe dich trotzdem."

Sie seufzte in ihn hinein, küsste zurück, zuerst mit Zärtlichkeit und Hartnäckigkeit, dann gab sie sich einem echten Kuss hin. Ein vollmundiger, offener Kuss, der vielleicht die einzige Art war, wie sie jetzt sagen konnte, dass sie ihn liebte.

Er würde es nehmen. Er würde alles nehmen. Er würde alles nehmen, was sie ihm geben würde.

Mit seinen Händen, die bereits ihren Rücken auf und ab wanderten, führte er sie in den Flur und in sein Zimmer, ohne sich die Mühe zu machen, die Tür zu schließen, während sie sich küssend zum Bett bewegten.

Sie fielen gemeinsam darauf, berührten sich, rollten, liebten sich in einem Rausch des Aufknöpfens, Zerrens und Abstreifens der Kleidung.

Morgen. Morgen. *Morgen.*

Es bellte in seinem Ohr mit Lolas altem Rhythmus. *Mor-gen-früh.*

Er schob das Wort beiseite und übertönte den Klang davon mit anderen Worten. Sexy Worten. Versprechen. Bewunderung. Seufzern der Lust und Stöhnen reiner Freude. Schuhe fielen. Knöpfe sprangen auf. Ihr seidiges Top raschelte auf den Boden.

Als er ihren BH abstreifte und sich einen Moment Zeit nahm, um ihren halbnackten Körper zu betrachten, hämmerte das Blut in seinem Kopf so hart, dass er nicht an morgen denken konnte.

Es gab nur das Jetzt. Das war Jessie und dieses Bett und ihre Körper und Hitze. Sie berührte ihn und brachte ihn dazu, vor Zufriedenheit zu zischen. Er tat dasselbe mit ihr, ließ seine Finger in das süße Zentrum von ihr gleiten und erntete ein langes, tiefes, hilfloses Stöhnen.

Er streifte ihre Jeans über ihre Hüften und ihren Hintern, zog langsam an dem sexy Tanga, der ihn lockte. „Das Teil wird nicht lange halten." Er rieb seine Finger über die Spitze und brachte ihre Hüften zum Wellen.

„Brauche ich nicht." Sie wand sich unter seiner Berührung. „Will ich nicht." Drückte seinen Kopf nach unten. „Mir ist nichts wichtig außer dir."

Er küsste ihren Bauch und zog diese Jeans ihre Beine hinunter. Er setzte sich rittlings auf sie und betrachtete ihren Anblick, nur in Spitze und Lust. Ihr Haar in Locken auf seinem Kissen. Ihre Lippen geöffnet und feucht. Ihre Augen dunkel vor Verlangen.

„Ich liebe dich, Jessie", sagte er erneut. „Ich liebe–"

„Da ist jemand an deiner Tür." Sie legte ihre Hände auf seine Brust und schob ihn hoch. „Hörst du das nicht?"

Er schüttelte die plötzliche Störung aus der Außenwelt ab und glaubte ihren Worten fast nicht.

Aber da war es – drei, vier, fünf knallende Schläge an seine Haustür.

„Es ist mir egal. Die Tür ist abgeschlossen. Ich verlasse dieses Bett nicht, und du auch nicht."

Sie lächelte und griff nach seinem Nacken, um ihn näher zu ziehen. „Dann komm zurück runter."

Er küsste sie, aber das Hämmern hörte nicht auf. Es wurde lauter. Härter. Unerbittlich. Was zum Teufel?

„Könnte es ein Notfall in Waterford sein?", fragte sie.

Er schüttelte den Kopf und ging wieder nach Süden, verweilte auf den süßen Knospen ihrer Brüste, um–

„Verdammt nochmal, Garrett Kilcannon!" Die Männerstimme dröhnte von der anderen Seite der Haustür und ließ Garrett vor Schock kerzengerade nach oben schießen. „Öffne diese Tür, oder ich trete sie ein, du schleimiges Schwein, Verräter, frauenstehlender Mistkerl!"

Jessies Augen weiteten sich vor Entsetzen, aber Garrett saß absolut erstarrt da, als das Unmögliche plötzlich real wurde. Das konnte nicht... Das war nicht...

„Kilcannon! Ich komme rein!"

Doch, das war er.

Langsam, wie in einem Traum, schob er sich ganz von ihr weg, hielt immer noch ihren Blick fest, verstand nichts, wusste aber... das konnte nicht gut sein. Das konnte nicht *sein*.

„Garrett? Wer ist das?"

Er starrte sie an. „Warum?", flüsterte er.

„Das ist meine Frage."

Warum sollte er hier sein? Es gab nur einen Grund. Eine mögliche Erklärung. Nein, das konnte nicht sein. Sie würde ihn nicht anlügen. Sieh sie an. Das Bild der... Liebe.

„*Kilcannon*!"

Wortlos stand Garrett vom Bett auf, blind darum bemüht, seine Jeans zu greifen und hineinzusteigen. Sein

Atem war immer noch schwer und unregelmäßig, aber nicht mehr wegen des Sex.

Vor Angst. Vor Unglauben. Vor Verrat.

Das unerbittliche Hämmern hörte auf, als der Riegel klickte, und er öffnete die Tür langsam und kniff die Augen zusammen bei der Silhouette, die von den letzten Strahlen der untergehenden Sonne umrissen wurde. Er hatte kaum Zeit, Atem zu holen, als eine Faust wie eine Kugel auf ihn zukam, seinen Kiefer mit so viel Kraft traf, dass er rückwärts taumelte und beinahe fiel.

Und alles, woran er denken konnte, war... *Das habe ich verdient.*

Dafür, dass er dumm war und einer anderen Frau vertraut hatte. Dafür, dass er eine andere Frau *liebte*. Die, wenn er in seinem benommenen Gehirn darüber nachdachte, nie gesagt hatte, dass sie ihn zurückliebte.

~

Noch immer damit beschäftigt, ihre Jeans anzuziehen und ihren Kopf durch ihr Tanktop zu stecken, stolperte Jessie durch den Flur und schaffte es ins Wohnzimmer, gerade als Garrett die Haustür öffnete.

Und einen Kinnhaken ins Gesicht bekam.

Sie keuchte und erstarrte vor Schock beim Anblick eines Mannes, der wie ein Berg war, gut einen Meter neunzig und muskulös, mit einem zerklüfteten Gesicht und platinblondem Haar, das zu einem langen Pferdeschwanz zurückgebunden war.

„Ich bin mit meinem Jet dreitausend Meilen geflogen, um das zu tun, du Arschkriecher", sagte er zu Garrett, ein australischer Akzent in jedem Wort deutlich zu hören. „Du hast mit meiner Frau geschlafen."

„Tatsächlich habe ich das nicht." Er rieb seinen Kiefer und richtete sich auf. „Also bring deine Fakten in Ordnung, bevor du zuschlägst, Jake."

„Du warst vor mir mit ihr verheiratet! Du erwartest von mir, dass ich glaube, dass du nicht mit ihr geschlafen hast."

„So wie du ihr hilfst, indem du irgendeine schleimige Website losschickst, um den Namen meiner Frau in aller Welt zu beschmutzen?"

„Was?" Das Wort kam kaum mehr als ein Flüstern aus Jessies Mund, aber beide Männer drehten sich zu ihr um, einer mit Neugierde in den Augen, der andere mit Qual. Unglauben. Enttäuschung. Nichts wie die Liebe, die sie gerade erst gesehen hatte.

„Eine Website?", fragte Garrett, der sie immer noch anstarrte, obwohl die Frage an den anderen Mann gerichtet war. „War es *ITAL*, zufällig?" In seiner Stimme lag genug Sarkasmus, um sie zu schneiden.

„Du weißt, dass sie es war. Du bist Teil des Ganzen. Was versuchst du zu erreichen? Unsere Ehe zu zerstören und sie zurückzubekommen? Zu behaupten, das Kind sei deins? Was zum Teufel ist dein Endziel mit dieser Art von Publicity?"

Jessie fühlte sich benommen und verloren. *ITAL* hatte das nicht getan. Sie würde es wissen. Sie würde–

„Ich habe kein Endziel", sagte Garrett, der offensichtlich jetzt seine Fassung wiederfand. „Ich habe Claudia mein Wort gegeben. Und *ich* habe mein Wort gehalten."

„Dein Wort ist Scheiße", spuckte er aus. „Mit irgendeiner Supermarkt-Klatschzeitung zusammenzuarbeiten, um meine Frau zu überfallen und–"

„Er arbeitet mit niemandem zusammen!", schoss sie zurück. „Niemand tut das. *ITAL* berichtet nicht über diese Geschichte!"

„Wer bist du?", fragte Jake fordernd.

Sie schwankte für einen Moment. „Mein Name ist Jessie Curtis und–"

„Oh, die berühmte Jessica Jane Curtis. Die mit dem 'Ostküsten-Winkel' der Geschichte. Die, die ihn dazu gebracht hat, alles zuzugeben."

Ostküsten-Winkel? Worüber zum Teufel redete er?

Er schnaubte laut und musterte sie abfällig. „Mercedes sagte, du hättest legendäre Interview-Techniken. Ich würde sagen, sie sind verdammt altmodisch."

Jessie musste tatsächlich ihre Hand an die Wand legen, um sich zu stützen. Mercedes hatte *mit ihm gesprochen*?

„Ich weiß nicht, wie du besser sein könntest als Mercedes", fuhr er fort. „Erzählt uns, wir seien irgendein Feature-Profil, schleppt ein Videoteam an, bringt uns alle auf die Couch und wumms! *Wie haben Sie sich gefühlt, als Sie erfuhren, dass Ihre Frau einen anderen Mann in Vegas geheiratet hat, während sie schwanger war?*"

Jessie drückte ihre Hand gegen ihre Brust, als weiße Lichter des Unglaubens hinter ihren Augen explodierten. „Nein. Das ist unmöglich."

„Willst du den Filmausschnitt sehen, in dem diese Schlampe darüber witzelt, dass eine Kapelle *gut genug für Mickey Rooney* war?"

„Nein!", stöhnte Jessie. „Das ist nicht... nein." Es *konnte* nicht möglich sein. „Ich habe niemandem irgendetwas erzählt."

„Oh, wirklich?", sagte Jake. „Denn sie hat zärtliche, herzliche Zitate aus *deinem* Interview vorgelesen, wie er ihr Salzcracker und Liebe gegeben hat, als sie mit *meinem Kind* Morgenübelkeit hatte."

Sie hatte kein Wort davon geschrieben. Nicht eine Silbe seiner Geschichte war auf dem Papier, sie hatte nicht einmal ein Wort transkribiert. Sie sah Garrett an, dessen Kiefer genauso fest zusammengepresst war wie seine Fäuste, während seine Augen auf den Boden gerichtet waren.

Bitte glaub ihm nicht, Garrett.

„Wie glaubst du, hat es sich angefühlt, zu erfahren, dass ein anderer Mann bereit war, mein Kind als seins anzunehmen?", fuhr Jake fort. „Was war das? Rechtlich, moralisch und *spirituell*? Verarschst du mich, Kilcannon?"

Garretts Schultern sackten nach unten und Jessie schluckte ihre nächste Verleugnung hinunter.

In dem Bewusstsein, dass er gewonnen hatte, richtete Jake einen letzten stahlharten Blick auf Garrett. „Wenn diese Geschichte nicht gestoppt wird, werde ich den Sturm überstehen. Aber du und deine Familie und alle PetPic-Mitarbeiter, die Anteile bekommen haben, werden jeden einzelnen davon verlieren, zusammen mit den letzten Resten an Respekt, den sie für dich haben." Er ging rückwärts aus der Tür, die hinter ihm immer noch offen stand, und schüttelte den Kopf. „Ich hoffe, du bist glücklich. Ich hoffe, du kannst mit dir selbst leben, jetzt, wo du sie verloren hast. Ich weiß, warum du das getan hast. Um zu zerstören, was Claudia und ich haben. Das kannst du nicht. Aber ich kann dich und deine Familie und deinen Namen ruinieren. Und das werde ich."

Chamberlain drehte sich um und ging weg, ließ sie in eiskalter Stille zurück.

Jessies Nägel gruben sich in ihre Handflächen, als sie einen Schritt nach vorne machte. „Garrett, ich habe niemandem irgendetwas erzählt."

„Nein." Er unterbrach sie mit einer einzigen tiefen, langsamen, harschen Silbe. „Keine Lügen. Keine Erklärungen. Keine Ausreden. Du hast das getan, und du wirst es in Ordnung bringen."

„Habe ich nicht! Wie kannst du da stehen und mich eine Lügnerin nennen? Vor fünfzehn Minuten hast du gesagt, dass du mich liebst."

„Vor fünfzehn Minuten habe ich dir vertraut." Endlich sah er sie an, sein Gesichtsausdruck ein perfektes Spiegelbild der Qual in ihrem Herzen. „Er hat mich *zitiert*, Jessie."

„Ich weiß nicht, wie das passiert ist. Ich werde es herausfinden. Ich werde der Sache auf den Grund gehen, das verspreche ich."

„Du weißt nicht wie? Wie wäre es mit 'nichts ist vertraulich'? Das ist so weit auf den Grund, wie ich mit dir gehen will."

Sie wich zurück, seine Worte so kraftvoll wie Jake Chamberlains Faust. „Du musst mir glauben."

Er atmete aus und fuhr sich mit den Händen durch die Haare. „Was ich tun muss, ist mit Shane reden."

„Du musst mit *mir* reden."

„Einen Teufel werde ich", schoss er zurück. „Wir haben genug geredet. Ich habe genug gesagt. Du hast genug Mauern eingerissen, verdammt! Jetzt geh, Jessie. Geh einfach und bring das in Ordnung." Er ging zurück ins Wohnzimmer, sah sich einen Moment um und fand dann sein Telefon. „Auf Wiedersehen, Jessie."

Für einen Moment stand sie da, mit offenem Mund, gebrochenem Herzen, zerquetschter Seele.

Er liebte sie? Er würde ihr nicht einmal den geringsten Vertrauensvorschuss geben.

Als er auf sein Telefon tippte, schlüpfte sie zurück in sein Schlafzimmer, hob ihren BH vom Bett auf und ging dann zurück, um ihre Handtasche zu holen.

Er lehnte an der Küchentheke, fuhr sich mit der Hand

durch die Haare, während er mit der anderen sein Handy ans Ohr drückte. „Hey, Claudia? Ich bin's."

Sie schloss die Augen, als der Aufprall sie traf, tatsächlich zurückzuckte. Ohne ihn anzusehen, öffnete sie die Haustür und schloss sie leise hinter sich.

„Was sagt man dazu?", flüsterte sie zu sich selbst. „Ich bin wieder die Nummer zwei."

Kapitel Zweiundzwanzig

Mac nahm nie ihre Anrufe entgegen, und Jessie bekam erst am frühen nächsten Morgen einen Flug nach New York. Ihren Koffer hinter sich herziehend und mit mehr Fragen als Antworten im Kopf, marschierte Jessie in die Büros von *ITAL* und war auf Streit aus.

»Oh, schau mal, wer da ist, das Goldmädchen von *ITAL On Air*.«

Sie drehte sich um und sah Mercedes den Flur herunterkommen, ihren alten selbstgefälligen Gesichtsausdruck hatte sie für den Moment abgelegt.

»Wie?« verlangte Jessie zu wissen. »Wie hast du es herausgefunden?«

Mercedes' Augenbrauen zogen sich zu einer Falte zusammen, entspannten sich dann aber wieder. »Mac hat es mir gesagt. Aber meiner Meinung nach hast du nur durch Zufall gewonnen. Mein Interview ist mir um die Ohren geflogen, vielen Dank auch. Ich vermute, du wusstest, dass das passieren würde, und hast mich auf die Nase fallen lassen. Und wer hätte gedacht, dass der Prinz von England sich weigern würde, über seine Mutter zu sprechen? Oder über sein Liebesleben. Nur eine Tour durch irgendein Schloss, was nicht *ITAL On Air* würdig ist.«

Jessie schüttelte den Kopf, all das Gerede interessierte sie nicht. »Wie hast du von Garretts Ehe erfahren?«

Sie zuckte mit den Schultern. »Mac hat mir das Transkript deines Interviews geschickt, mit diesem blöden Plan, etwas von Küste zu Küste zu machen und uns beide auf Sendung zu haben. Du wusstest, dass es nicht funktionieren würde, oder?«

Ein Transkript des Interviews? Eine langsame Wut kroch ihren Rücken hinauf. »Nein.« Sie schüttelte den Kopf, konnte diese Neuigkeit nicht einmal verarbeiten. »Nie passiert. Nein. *Nein.* Ich habe kein einziges Wort aufgeschrieben.«

»Ich hätte es wissen müssen, als er mir erzählte, dass du hundertprozentig dafür wärst, die erste Show mit mir zu teilen und die Zuschauer entscheiden zu lassen.« Sie schnaubte. »Als ob sie lieber dich sehen würden.«

»Ich weiß nicht, wovon du redest.« Jessie sah an ihr vorbei zu den leeren Kabinen und Fluren in Richtung von Macs Büro.

Mercedes griff in ihre Tasche, holte ihr Handy heraus und tippte auf den Bildschirm. »Hier ist die E-Mail, in der alles darüber steht, wie wir zusammen moderieren würden und dass das der einzige Weg wäre, es umzusetzen, und das ist das angehängte Transkript.«

Mit zitternden Händen nahm sie Mercedes' Handy und überflog Macs Lügen, dann tippte sie auf das Dokument unten, und ihr Herz hämmerte, als es sich öffnete.

Die Notizen waren Bewusstseinsstrom-Kurzschrift, aber fast jedes Wort stammte direkt aus einem privaten, intimen Gespräch. Nicht Wort für Wort, aber nah dran.

Sie hatte Angst... war völlig verängstigt bei dem Gedan-

ken, alleinerziehende Mutter zu sein... dachte, ich würde sie lieben... musste diesen Mann jeden einzelnen Tag ansehen und wissen, dass er der Vater eines Kindes war, das ich komplett bereit war zu behandeln und großzuziehen, als wäre es mein eigenes... so ein arrogantes Arschloch, ehrlich, ich dachte nicht, dass diese Sache ernst war...

Und sie hatte kein einziges Wort davon geschrieben.

Ihre Sicht verschwamm, als die Worte sie tatsächlich schwindelig machten. »Es war, als wäre er im Raum gewesen.«

Mercedes verdrehte die Augen, sie glaubte ihr nicht.

»Er hätte in diesem Raum sein müssen oder...« War es möglich? Könnte er das Gespräch abgehört haben? »Er hat meinen Raum *verwanzt*?«

»Du kannst dieses Lied singen, so viel du willst, Jessie. Es spielt keine Rolle. Du hast gewonnen. Du hast den Job bekommen. Deine Geschichte ist der Hauptbeitrag am Mittwochabend. Kaum ein fairer Sieg, aber so läuft das Spiel in diesem Geschäft.«

»Nein, so läuft es nicht«, sagte sie. »Es ist mir egal, was es kostet, es ist mir egal, was ich tun muss, mir ist nichts wichtig, außer dass diese Geschichte gestoppt wird. Sie können kein Wort über Garrett Kilcannon verwenden. Nicht eine einzige Erwähnung seines Namens.«

»Was ist mit deiner Story? Mac sagte, das Rohmaterial sei erstaunlich.«

»Sie können es nicht verwenden. Ich werde es nicht erlauben. Ich werde nicht zulassen, dass sie irgendetwas von dem verwenden, was gedreht wurde. Sie können es nicht ohne meine stillschweigende und ausdrückliche Erlaubnis verwenden.«

Mercedes lehnte sich vor. »Nur, wenn du keine Mitarbeiterin bist, Schätzchen. Du müsstest kündigen. Willst du den Job nicht?«

Nicht auf diese Weise. »Aber wie konnte er das getan haben? Wie konnte er wissen, wo ich übernachte? Wie…«

Sie schloss die Augen und stellte sich den Raum an diesem Abend vor. Das Feuer. Der Wein auf dem Nachttisch. Der Laptop, den Garrett auf die Kommode gestellt hatte. Der Laptop… der *Laptop*. Offen auf der Kommode.

Sie schlug beide Hände vor den Mund und sog scharf die Luft ein.

»Was?« fragte Mercedes.

»Er hat zugeschaut. Durch die Kamera. Auf meinem Laptop!« Sie wirbelte herum, um die Tasche zu packen, ihre Hände zitterten so stark, dass sie den Reißverschluss kaum öffnen konnte.

»Das ist so gruselig.«

»Mehr als gruselig. Das kann nicht legal sein.« Sie zog den Computer heraus und klappte den schmalen Bildschirm hoch, wünschte sich, dass das Ding seine Geheimnisse preisgeben würde.

»Ich glaube, man muss die Kamera abkleben«, sagte Mercedes. »Hast du das getan?«

»Nein.« Denn wer würde das tun? Sie fuhr mit dem Finger über die winzige Kameralinse. »Hast du deine abgeklebt?«

»Nein, aber jetzt werde ich es tun.« Mercedes beugte sich vor und kniff die Augen zusammen, um die Linse zu betrachten. »Ist sie jetzt an?«

Aber Jessie ließ ein anderes Gespräch Revue passieren, und Macs Worte kamen ihr wieder in den Sinn. *Ich werde dir helfen. Ich kann auf dich aufpassen und helfen, die Dinge hier voranzubringen.*

Indem er sie ausspionierte?

»Mac wird bekommen, was er für sein unethisches, widerliches, manipulatives Verhalten verdient.«

»Glaubst du?« Die Worte kamen von hinten, begleitet vom nicht allzu subtilen Gestank von Aqua Velva. »Jessie, komm in mein Büro, und wir gehen den Produktionsplan für die Sendung am Mittwochabend durch.«

Wut brodelte in ihr hoch, als sie herumwirbelte und ihm direkt in die Augen sah. »Wir gehen in dein Büro und holen die Anwälte dazu, Mac, denn ich werde dafür sorgen, dass du dafür richtig tief fällst.« Sie hielt den Computer hoch. »Du spionierender Bastard.«

Er lachte leise, was sie nur noch wütender machte. »Jess, wie oft muss ich dir sagen, dass du deine Hausaufgaben machen sollst? Das ist ein von der Firma ausgegebener Laptop, und du hast ein Dokument unterschrieben, in dem stand, dass du ihn ausschließlich für Firmengeschäfte verwenden würdest, was du, wie ich bemerke, auch tust. Aber es ist für diese Firma legal, jede Software, die wir wollen, darauf zu installieren, und… nun, das tun wir auch.«

Schweißperlen bildeten sich auf ihrem Nacken. »Software, um private Gespräche auszuspionieren?«

»Nur dieses eine, versprochen. Du hältst den Laptop geschlossen, außer wenn du schreibst, das ist mir aufgefallen, also habe ich nichts gesehen, was, du weißt schon, wirklich privat ist, falls du dir darüber Sorgen machst.«

Mercedes wich zurück, ihre Lippe kräuselte sich. »Das finde ich ziemlich ekelhaft.«

Mac schaute seitlich zu Mercedes. »Ich finde es ekelhaft, wie du das größte Bombeninterview, das dir je jemand gegeben hat, vermasselt hast. Mach dich mit dem Printjournalismus vertraut, Mercedes, denn für das Fernsehen hast du nicht das Zeug.«

»Leck mich.« Sie drehte sich um und ging weg, den Mittelfinger erhoben.

Er starrte ihr nach. »Das ist eine schöne Art, sich für den größten Durchbruch deiner Karriere zu bedanken!«

»Mac.« Jessies Stimme war kaum ein Flüstern. »Was ist *falsch* mit dir?«

»Was ist falsch mit dir?«, schoss er zurück. »Willst du in dieser Branche sein oder nicht, Jessie? Sie ist sicherlich nichts für schwache Herzen. Aber du hast das Zeug dazu, und sie bei der Sendeanstalt stimmen zu. Schluck deinen Stolz runter, mach mit und triff mich in meinem Büro. Ich bringe dir Kaffee mit.« Er legte eine seiner kleinen fetten Hände auf ihre Schulter. »Und ich habe noch mehr gute Neuigkeiten. Ich nehme den Job als Executive Producer von *ITAL On Air* an. Wir werden ein großartiges Team sein.«

Sie entzog sich seiner Berührung. »Nein, wir werden gar nichts sein.« Sie stieß mit dem Finger gegen seine Brust, stach hart zu. »*Du* gehst nach oben zur Sendeanstalt und sagst ihnen, dass ich gekündigt habe und dass jedes einzelne Wort über Jake Chamberlain, Claudia Chamberlain und Garrett Kilcannon vom Tisch ist. Unveröffentlicht, ohne Quelle, nicht autorisiert und kann nicht verwendet werden.«

»Das kannst du nicht machen.«

»Schau mir zu. Wenn auch nur eine Silbe über Garrett Kilcannon bei *ITAL On Air* läuft oder auf der Website erscheint, werde ich öffentlich machen, dass dieses Unternehmen seine Mitarbeiter ausspioniert. Die Publicity wird dir nicht gefallen, Mac. Die Jobsuche wird dir keinen Spaß machen.«

Hinter seiner Brille blitzten hellbraune Augen voller

Angst. »Ich habe keine Story für Mittwoch. Ich habe wie ein Hund für diese Beförderung gearbeitet.«

Sie schnaubte. »Beleidige keine Hunde so.« Sie drehte sich um und ließ ihren Blick über ihren Schreibtisch schweifen, versuchte zu entscheiden, was sie mitnehmen sollte, ihr Blick fiel auf ihr Lieblingszitat.

Erfolg ist nicht der Schlüssel zum Glück; Glück ist der Schlüssel zum Erfolg.

Im Moment war sie keines von beiden. Es sei denn... sie änderte das.

»Werd realistisch, Jessie. Du hast nichts anderes. Dieser Ort ist dein ganzes Leben. Dein Job *definiert* dich.«

»Nicht mehr.«

Sie griff nach dem gerahmten Zitat, nahm es vom Haken und reichte es Mac. »Hier, du brauchst das mehr als ich.«

»Was wirst du tun?«, fragte er fordernd.

Sie nahm das Paris-Bild und den Schmetterling und ließ alles andere zurück. Einschließlich ihres verdammten Computers.

»Ich weiß es nicht.« Sie schloss ihre Finger um den Griff ihres Koffers und gab ihm ein gezwungenes Lächeln. »Vielleicht besorge ich mir einen Hund und schreibe ein paar Bücher.«

Kapitel Dreiundzwanzig

Das Mittwochabendessen hatte eine unverkennbare und untypisch schwermütige Atmosphäre. Die üblichen Neckereien, Sticheleien und Gespräche kamen etwa zur Hälfte der Mahlzeit zum abrupten Stillstand, als Garrett auf seine Uhr schaute und wusste, dass ihm noch etwa zehn Minuten blieben, um reinen Tisch zu machen.

Er legte seine Gabel nieder und blickte zu Shane, der nur mit den Schultern zuckte. »Es liegt ganz bei dir, Alter.«

Es lag ganz bei ihm. Ganz allein. Es waren fünf Tage vergangen, seit er Jessie zuletzt gesehen hatte, und das Überraschendste war, wie sehr er sie vermisste. Und wie oft er diese eine SMS gelesen hatte.

Garrett, bitte ruf mich an, damit ich erklären kann, was passiert ist. Es ist keine schöne Geschichte, aber ich habe alles getan, was ich konnte, um dich zu schützen. Es tut mir so leid.

Aber er rief nicht an. Was würde das bringen? Ihre Lügen und Ausreden zu hören? Sich zu fragen, warum er *wieder* darauf reingefallen war? Sich danach zu sehnen, dass alles anders wäre, weil er sie verdammt noch mal liebte? Und sie hatte all das mit Füßen getreten.

Er und Shane hatten darüber gesprochen und beschlossen, bis zur Ausstrahlung der Sendung zu warten, bevor sie in den Krisenkontroll-Modus übergingen. Im Moment konnten sie nur abwarten und sehen, wie schlimm der Schaden sein würde.

Der Schaden an seinem Ruf, am Vermächtnis seiner Firma und an den Finanzen seiner Familie konnte repariert werden. Aber sein Herz? Diese Narben würden nie verschwinden.

Doch er musste seiner Familie die Wahrheit sagen, bevor sie es auf die harte Tour erfuhren.

Alle Blicke am Tisch waren auf ihn gerichtet, als er langsam seine Geschichte erzählte und ihnen das andere lebensverändernde Ereignis erklärte, das im gleichen Monat geschehen war, als Mama starb.

Mollys Augen füllten sich mit Tränen, während er sprach und ihnen alles erzählte, von der Beziehung mit Claudia bis hin zu dem, wie und warum Jessie gegangen war. Liam hörte ausdruckslos zu. Gramma rieb ihre Hände aneinander, wie sie es immer tat, wenn etwas sie beunruhigte, und Pru wirkte etwas verwirrt von allem. Und Papa.

Oh Mann. Papa starrte ihn direkt an, und das war der schwerste Teil für ihn.

Als er fertig war, schluckte er, trank einen Schluck Wasser und wappnete sich für alles, was sie zu sagen hatten.

»Garrett«, sagte sein Vater leise, »du bist ein guter Mensch, und ich bin stolz auf dich.«

Er spürte, wie sein Kiefer erschlaffte. »Ich habe ihr vertraut, Papa.« Schlimmer noch, er liebte sie. »Ich bin ein naiver Mensch.«

»Ich spreche nicht von Jessie. Du hast versucht, Claudia Chamberlain zu retten, als sie es am dringendsten brauchte.«

Er hob eine Hand. »Bitte, ich bin kein Held. Ich liebte sie und war bereit, ihr zu helfen, ihr Kind großzuziehen. Sie hat mich benutzt. Das ist nicht edel. Es ist dumm.«

»So sehe ich das nicht«, sagte Gramma. »Ich stimme Daniel zu. Du weißt, was man sagt. Wir steigen auf, indem wir andere emporheben. Und das hast du, mein Junge. Du magst es dumm oder unedel nennen. Ich nenne es ein bemerkenswertes Opfer und nichts, wofür man sich schämen müsste.«

Sie begannen nacheinander einzustimmen, alle unterstützend.

»Ist euch allen klar, was das potenziell für unser Leben bedeuten kann?«, sagte er, frustriert darüber, dass sie das große Ganze nicht sahen. »Das könnte den Aktienkurs beeinträchtigen, den ihr alle besitzt. Das könnte unserem Ruf schaden und das Geschäft von Waterford beeinflussen.«

»Hör mir zu, Sohn.« Papa lehnte sich vor, seine Augen hatten die Farbe eines windigen Winterhimmels. »Wir sind zahlungsfähig. Wenn jede Person in diesem Raum ihre FriendGroup-Aktien verliert, dann könnten die Investitionen, die wir für Waterford geplant haben, stoppen oder sich verlangsamen. Vielleicht müssten wir aufhören, Rettungsflüge quer durchs Land zu fliegen. Vielleicht würden wir unsere Gebühren für den neuen DOD-Vertrag erhöhen. Aber wir würden sicher nicht pleite gehen.«

Garrett stieß einen langen, langsamen Seufzer aus.

»Wir haben alle investiert und desinvestiert«, sagte Shane. »Sie können nichts gegen Aktien tun, die wir nicht mehr besitzen.«

»Ich habe mehr Geld, als ich jemals brauchen werde«, pflichtete Liam bei.

»Waterford hat im Laufe der Jahre Schlimmeres überstanden«, fügte Gramma hinzu.

»Und ich glaube nicht, dass sie dich verraten hat.« Bei Mollys Worten sahen alle sie an. »Ernsthaft, glaubt ihr, Jessie sei ein schlechter Mensch? Dass sie ihre Karriere über diese Familie stellen würde?«

»Offen gesagt«, sagte Papa, »nein, das tue ich nicht.«

»Ich auch nicht«, fügte Liam hinzu. »Sie schien völlig aufrichtig zu sein.«

»Und du bist jetzt viel netter, Onkel Garrett.«

Er warf Pru einen Blick zu. »Netter?«

»Na komm schon, Garrett«, sagte Darcy. »Seit sie aufgetaucht ist, hast du gelächelt und gelacht. Jetzt bist du wieder, du weißt schon, Garrett.«

»Und du hast ihre Seite der Geschichte noch nicht einmal gehört«, fügte Molly hinzu. »Du hast selbst gesagt, dass du nicht auf ihre SMS geantwortet hast.«

Er ließ die Schultern sinken, da er dem nicht widersprechen konnte. »Wir werden ihre Seite in etwa fünf Minuten hören.« Er sah Shane um Unterstützung an, aber sein älterer Bruder zuckte nur mit den Schultern.

»Du kannst nicht sicher sein, dass sie wirklich die Person hinter all dem war, Garrett«, sagte Molly. »Ihre Konkurrentin für den Job ist eine skrupellose Frau, die zu allem bereit wäre, um den Job zu bekommen. Sie könnte sabotiert worden sein.«

»Oder vielleicht hat jemand von FriendGroup es herausgefunden und alles eingefädelt«, schlug Darcy vor. »Ich weiß, ihr habt alles getan, um die Geschichte zu verbergen, aber meine Güte, es gibt einige rachsüchtige Leute in der Personalabteilung dieser Firma, weshalb ich sie gehasst habe. Vielleicht hat Claudia sich der falschen Person anvertraut.«

»Du warst sehr schnell dabei, Jessie aufgrund von Indizienbeweisen die Schuld zu geben«, fügte Shane hinzu.

»Indizienbeweise?« Er würgte das Wort hervor. »Chamberlain hat Worte wiederholt, die ich nur zu ihr gesagt hatte.«

»Jede Geschichte hat zwei Seiten«, sagte Gramma. »Und das ist nicht einmal eine irische Redensart, sondern einfach ein kluger Spruch.«

»Und was ist die Quintessenz?«, fügte Papa hinzu. »Wir mochten sie und wir mochten ihren Einfluss auf dich.«

Er blickte über den Tisch zu seinem Vater, der seit Jessies Weggang ziemlich niedergeschlagen wirkte. Natürlich hatte er hart daran gearbeitet, diese Beziehung zu manipulieren.

»Entschuldigung«, murmelte er. »Mehr Glück beim nächsten Mal, Hundevater.«

»Die Sendung beginnt in einer Minute!« verkündete Pru, als ihr Telefonalarm losging. »Wir schauen sie doch noch, oder?«

»Ich würde lieber nicht«, sagte Garrett.

»Machst du Witze?« Dad stand auf und forderte alle anderen mit einer Geste auf, es ihm gleichzutun. »Wir schauen alle zu, und wir unterstützen dich alle.«

»Schau mal die Statistiken meiner Website nach, Pru«, sagte Gramma im Vorbeigehen. »Ich wette, unsere Zugriffszahlen gehen heute Abend durch die Decke.«

»Ich hoffe, sie haben viele Aufnahmen von den Hunden gemacht«, sagte Molly.

Garrett saß allein am Tisch und wusste nicht, ob er lachen oder weinen sollte, während seine Familie ins

Wohnzimmer strömte, als wäre es ein ganz gewöhnlicher Mittwochabend und sie wollten einen Film ansehen.

Was blieb ihm übrig, als ihnen zu folgen und sich auf dem Sofa zwischen Molly und Darcy zu setzen? Gerade als er es sich bequem gemacht hatte, klingelte es an der Tür, und Darcy sprang auf. »Das könnte das Nachtpersonal sein, das sich verabschiedet«, sagte sie. »Ich gehe hin.« Sie tätschelte Garretts Bein. »Du willst doch nicht verpassen, wie du im Fernsehen zu sehen bist.«

Eigentlich wollte er das. Er wollte das wirklich, wirklich.

Das *ITAL On Air*-Logo erschien auf dem Bildschirm, und sein Magen verkrampfte sich. Eine Sekunde noch, und er würde diesen grünen Augen gegenüberstehen, die er so sehr liebte.

Denn ja, er liebte sie noch immer. Das konnte er nicht einfach abstellen.

Ein Männergesicht füllte den Bildschirm und versetzte ihm einen kleinen Stich der Enttäuschung.

»Guten Abend und willkommen bei *Inside the A List On Air*. Ich bin Caleb Mulvany, und ich werde das *ITAL On Air*-Moderatorenteam mit Reportagen über die berühmten und berüchtigten Menschen auf diesem Planeten ergänzen.«

Er würde zum Moderatorenteam stoßen?

»Die heutige Geschichte führt uns über den großen Teich zu einem der berühmtesten Häuser der Welt, Windsor Castle, zu wohl dem begehrtesten Junggesellen der Welt. Prinz-«

»Was?« riefen Molly und Pru im Chor.

»Wo ist unsere Geschichte?« fragte Gramma.

»Das stimmt nicht«, sagte Dad.

»Ähm, Garrett.« Darcy legte ihre Hand von hinter dem Sofa auf seine Schulter.

»Ja?«

»Ich glaube, du solltest besser zur Tür kommen. Da ist jemand, der dich sehen will.«

Shane, der die Fernbedienung bediente, drückte auf Pause, und jede einzelne Person im Raum drehte sich zu ihm um, einige mit hörbarem Keuchen.

»Komm schon, Garrett«, sagte Darcy und erhöhte den Druck.

Ohne ein Wort stand er auf, umrundete das Sofa und ging in Richtung Hauseingang, während er seinen schnell schlagenden Herzen hasste.

Er warf einen Blick über seine Schulter auf den Fernseher, der auf dem Gesicht eines berühmten Prinzen eingefroren war.

Irgendwie hatte sie die Geschichte gestoppt, und es sah aus, als hätte es sie den Job gekostet. Sie-

Ein Hund bellte von der Veranda. Laut. Dreimal. Sie hatte Lola zurückbekommen? Er eilte zur Tür und kniff die Augen zusammen, als er ins frühabendliche Licht blickte und rötlich-blondes Haar sah, das schmale Schultern streifte.

Die falschen Haare. Die falschen Schultern. Aber es war definitiv der richtige Hund.

»Sherry.« Der Name fiel ihm wieder ein, als Lola näher kam, schnüffelte und dann um ihn herumtappte und ins Haus schaute.

»Ich muss sie zurückgeben«, sagte sie.

Er versuchte, das zu verarbeiten, und auch das unglaubliche Brennen der Frustration und Enttäuschung, dass dies nicht die Frau war, die er sich erhofft hatte. »Okay. Warum?«

Sie gab ihm eine Leine. »Ich ziehe nach Frankreich und kann sie nicht mitnehmen.«

»Ist es dort sicherer für dich?«

»Es ist besser. Ich habe dort einen Mann kennengelernt, und ich möchte dauerhaft zurückkehren.«

»Sie haben auch Hunde in Frankreich«, sagte er.

Sie lächelte verkrampft und nickte. »Er will mit mir reisen. Viel. Ich glaube, Trisket ist bei dieser Frau, die für dich arbeitet, besser aufgehoben. Jessica? Trisket vermisst sie. Und hört jetzt nur noch auf den Namen Lola.«

Wenig überraschend brachte ihn das zum Lächeln.

»Ich will sie nicht an einen Fremden geben«, sagte Sherry. »Ich liebe sie wirklich, aber ich kann keinen Weg finden, sie in mein Leben jetzt einzubinden.«

»Ich weiß genau, wie du dich fühlst«, sagte er leise und streichelte Lolas Kopf.

»Kannst du sie nehmen?«

»Natürlich. Das würde ich gerne tun.«

Sie griff in ihre Handtasche. »Hier sind ihre Registrierungspapiere und Lizenz. Danke.«

Er beugte sich hinunter und schenkte Lola etwas Zuneigung, rieb ihre Ohren und hieß sie willkommen zurück. Die ganze Zeit starrte sie ihn mit diesen bodenlosen braunen Augen an und mit einer offensichtlichen Frage: *Wo ist sie?*

Sherry nahm sich einen Moment Zeit, um sich zu verabschieden, wurde ein wenig weinerlich und gab Garrett dann überraschend eine Umarmung.

»Ich habe gehört, dass manche Hunde und Menschen nur für eine kurze Zeit in deinem Leben sein sollen«, sagte sie. »Lang genug, um dich zu verändern.«

»Das habe ich auch gehört.«

Mit einem schnellen Nicken und einem weiteren in die

Luft geworfenen Kuss drehte sich Sherry um und eilte zu ihrem geparkten Auto, als ob längeres Verweilen zu schmerzhaft wäre.

Nur für eine kurze Zeit in deinem Leben? »Es sei denn, man bekommt sie zurück, stimmt's, Mädchen?« Er wuschelte wieder durch Lolas pelzigen Kopf.

Als er ins Wohnzimmer kam, gab es viel Geplapper, das alles abrupt verstummte, außer den Hunden, die bellten, als Lola den Raum betrat.

Dad sah so niedergeschlagen aus, wie Garrett sich fühlte. »Das war sie nicht? Denn es gibt keine Geschichte über dich, Sohn. Nicht heute Abend.«

»Nur ein blödes Interview mit irgendeinem Prinzen«, sagte Pru.

»Lolas Besitzerin hat sie zurückgebracht«, sagte er. »Und jetzt… muss ich…« Er *musste* es tun. Heute Abend. »Ich muss sie nach New York bringen.«

»Und was dann?« fragte Dad.

»Betteln.«

Sofort setzte sich Lola auf ihre Hinterbeine, hob ihre Pfoten und ließ ihre Zunge heraushängen.

Der ganze Raum brach in Jubel, Rufen und herzlichem Klatschen aus. Aber nicht für Lola. Garrett war ziemlich sicher, dass sie für die beste Entscheidung klatschten, die er je getroffen hatte.

~

Die Sonne stand schon so hoch, dass es fast neun sein musste, als Jessie ihre Augen öffnete. Sie lauschte auf Lebenszeichen in der Dreizimmerwohnung, aber Hannah und Erica waren schon vor über einer Stunde zur Arbeit gegangen. Wie sie es auch getan hätte, wenn sie einen Job gehabt hätte.

Sie rieb sich die Augen und streckte sich, während sie an den Tag dachte, der vor ihr lag.

Und an all die Tage, die sie zurückgelassen hatte. Nicht das Hamsterrad, nicht den wettbewerbsorientierten, stressigen Überlebenskampf bei *ITAL*. Nein, sie vermisste die glücklichen Tage der sanften Hügel von North Carolina und bellende Hunde und Frühlingsbrisen und…

Ihr Handy klingelte, und sie hasste, dass es ihr Herz zusammendrückte. Sie starrte es auf ihrer Kommode an, konnte den Bildschirm vom Bett aus nicht sehen, aber wusste, dass auf der Anrufer-ID nicht *Garrett* stand.

Sie hatte sich tagelang jedes Mal in dieses traurige Loch fallen lassen, wenn ihr Telefon einen Ton von sich gab.

Stattdessen schaute sie auf die Uhr und driftete gedanklich zurück nach Waterford. Um neun wären alle Aufgaben erledigt, die Zwinger sauber, die Hunde ausgeführt, die Trainingsparcours begonnen.

Ihre Brust schmerzte tatsächlich, so sehr vermisste sie alles.

Der Anruf ging auf die Mailbox, und sie schloss ihre Augen, aber fast augenblicklich klingelte das Telefon erneut.

»Lass mich in Ruhe!« Sie zog sich das Kissen über den Kopf und hasste den Kloß in ihrem Hals, der nicht verschwinden wollte.

Wie lange würde sie sich nach ihm sehnen? Sie musste einen Job finden. Sie musste ihr Leben in den Griff bekommen. Sie musste… zurückkehren.

Nein, keine Option. Kein Waterford mehr. Kein Garrett mehr.

Aber alles, woran sie denken konnte, war der Schmerz

in seinen Augen, als sie ging. Würde das anders sein, wenn sie vor seiner Tür auftauchen würde wie ein streunender Hund auf der Suche nach einem Zuhause?

Das Telefon klingelte noch einmal, und diesmal warf sie ein Kissen in Richtung Kommode, aber es fiel schon am Fußende des Bettes zu Boden.

»Na gut.« Sie rollte sich komplett aus dem Bett, machte drei Schritte auf dem Holzboden und griff nach dem Telefon.

Steph.

Wirklich? Ihre Schwester? Mit etwas Selbstekel schloss sie die Augen und nahm ab. »Hey, Steph. Was gibt's?«

Noch bevor ihre Schwester antwortete, war Ashtons Kreischen zu hören. »Hör sofort damit auf, junger Mann!«

»Und guten Morgen auch dir, Schwesterchen.«

»Ugh, tut mir leid. Hast du von Mom gehört? Sie hat mich heute schon wieder komplett versetzt.«

Vielleicht versuchte sie endlich, ihr eigenes Leben zu führen. »Ich habe gestern mit ihr gesprochen, und sie sagte, sie würde mit ein paar Freunden aus ihrer Kirche in die Stadt fahren.«

»Oh, diese Kirche. Alles, was sie jetzt noch macht, ist Hungrige zu speisen.«

»Stephanie, ernsthaft? Bist du wirklich so egoistisch?«

Der Kommentar wurde mit absoluter Stille quittiert, nun ja, wenn man Ashton im Hintergrund nicht mitzählte.

»Hör dir einfach mal meinen Terminplan an, Jessie. Ich muss…«

Während sie vor sich hin plapperte, stellte Jessie das Telefon auf Lautsprecher, schlüpfte ins Badezimmer, putzte sich die Zähne und fuhr sich mit den Fingern durch die Haare, wobei sie nur dann zum Antworten zurückkam, wenn es nötig war, bei der Geschichte über ein Gespräch in Ashtons Vorschule.

»Und was ist dann passiert?«, fragte Jessie, während sie ihr Tanktop und ihre Schlafhose auszog, einen BH fand und in ein gelbes Baumwoll-T-Shirt-Kleid schlüpfte. Für… was auch immer sie heute tun würde.

Schmachten.

»Jedenfalls«, sagte Stephanie. »Was zum Teufel ist gestern Abend passiert? Wo war dein Vorstellungsgespräch mit dem Hunde-Typ?«

Und sie hatte gewusst, dass das kommen würde. »Ich habe den Job nicht bekommen.«

»Nein?«

»Eigentlich habe ich gekündigt.« Sie griff nach der Jalousie und zog einmal, damit sie ganz hochging und etwas Sonnenschein hereinließ. »Oooh, schöner Tag.«

»Schöner Tag?« Stephanie verschluckte sich. »Du hast gekündigt?«

Sie sah drei Stockwerke hinunter auf die Straße, betrachtete die Autos und Taxis und einen gelben Jeep, der auf der…

In ihrem Inneren fror jede Zelle, jedes Molekül, jeder Blutstropfen absolut ein.

»Wie kannst du kündigen, Jessie?«

Sie träumte. Sie bildete es sich ein. Sie fantasierte.

Die Fahrertür öffnete sich, und alles, was aus dieser Höhe sichtbar war, war… ein Hut.

Nein, nicht ein Hut. *Der* Hut. Der verdammte Hut.

Und er wurde nach hinten gekippt, damit sein Träger genau zu ihrem Fenster hochschauen konnte.

»Oh mein Gott«, flüsterte sie, ihre Hände zitterten bereits und ihre Knie stießen fast aneinander.

»Hast du schon etwas anderes in Aussicht?«, verlangte Stephanie zu wissen.

»Ich… vielleicht.«

»Was denn?«

In diesem Moment kletterte ein braun-weißer Hund von der Rückbank auf seinen Schoß. Nein, nicht *irgendein* braun-weißer Hund. Überhaupt kein beliebiger Hund. *Ihr* Hund!

»Lola!«

»Was? Ist das eine neue Firma? Eine Website? Denn ich glaube, du solltest versuchen, dich ernsthaft bei einer richtigen Firma zu bewerben…«

Jessie drückte ihr Gesicht gegen die Scheibe und konnte immer noch nicht glauben, was sie sah, oder die Schauer, die sich über ihre Haut ausbreiteten.

Sie konnte sein Gesicht noch immer nicht erkennen, nur den Rand dieses kostbaren, abgenutzten, lächerlichen Hutes, aber er drehte sich, um seine Füße nach draußen zu stellen und Lola beim Aussteigen zu helfen, wobei er eine Leine an ihr befestigte.

»…ich wette, er könnte dir ein Vorstellungsgespräch verschaffen, Jessie. Und das würde ich für dich tun. Würde dir das gefallen?«

»*Das* würde mir gefallen.« Sie griff nach unten und versuchte hektisch, das Fenster zu entriegeln, aber ihre Hände waren feucht und zitternd.

»Oh, hier ist Mom! Wurde auch Zeit!«

Ja, ja, es wurde Zeit. Ihre Zeit. Ihre glückliche, wundervolle, einmalige Zeit.

Endlich gab das Fenster nach, und sie riss es ganz nach oben, bückte sich, um den Kopf hinauszustecken.

Just in diesem Moment schaute Lola nach oben und bellte dreimal.

Sofort blickte Garrett ebenfalls nach oben und griff nach seinem Hut, um zu verhindern, dass er herunterfiel, als er seinen Kopf ganz nach hinten lehnte, um bis zum dritten Stock hinaufzusehen.

»Du hast den Hund gehört!«, rief er.

Er ließ Lola noch einmal bellen, dreimal. Garrett riss seinen Hut vom Kopf und hielt beide Arme flehend nach oben. »Ich vermisse dich! Ich vertraue dir! Ich liebe dich!«

Jede Verkündung wurde vom dreifachen Bellen Lolas begleitet.

»Was ist das für ein Lärm, Jessie? Hast du jetzt einen Hund?«

Sie nahm das Telefon und schaltete den Lautsprecher aus, während sie weiterhin auf den Mann starrte, den sie mehr als alles andere auf der Welt liebte. Er kannte noch nicht einmal die Wahrheit, aber da stand er nun, das Herz auf der Zunge, genauso bereit zu verzeihen, zu vergessen und es noch einmal zu versuchen wie sie.

»Ja. Ich habe einen Hund. Und ich habe auch… alles, was ich mir je gewünscht habe.«

»Wovon redest du? Mama, Jessie ist verrückt.«

»Das kannst du laut sagen.« Sie drückte auf Beenden und warf das Telefon auf ihr Bett, dann steckte sie den Kopf aus dem Fenster. »Ich liebe dich auch!«

Er warf den Hut mit einem so lauten Freudenschrei zwanzig Fuß in die Luft, dass er Lolas unaufhörliches Bellen übertönte.

Epilog

»Wusstest du, dass heute offiziell der erste Sommertag ist?«, fragte Pru, nachdem Dad das Tischgebet beendet hatte und das Sonntagsessen in vollem Gange war.

»Wisst ihr, woran die Iren erkennen, dass Sommer ist?«, fragte Gramma Finnie.

»Der Regen ist wärmer.« Mindestens drei, vielleicht sogar fünf Kilcannons sagten es gleichzeitig.

Und Gramma warf jedem von ihnen einen bösen Blick zu. »Ihr Kinder könnt mir ruhig sagen, wenn ihr alle meine Sprüche nicht mehr hören könnt.«

»Niemals, Gramma«, versicherte ihr Molly. »Und ja, Pru, du hast recht. Der erste Sommertag. Ein schöner langer Tag, den wir früher immer gefeiert haben, indem wir Manhunt gespielt haben, wenn es endlich dunkel wurde.«

»Manhunt?« Pru setzte sich kerzengerade hin, ihre haselnussbraunen Augen weit aufgerissen. »Was ist das?«

Garrett blickte zur Seite und übte etwas Druck auf Jessies Bein aus. »Es ist so eine Art Verstecken für Erwachsene«, erklärte er. »Es kann sehr viel Spaß machen... mit dem richtigen Partner.«

»Man spielt mit Partnern?«, fragte Pru.

»Und in Teams«, sagte Molly. »Ich bin dabei, wenn es dunkel wird. Wer macht mit?«

»Ich bin total dabei«, sagte Jessie und übte denselben Druck auf Garretts Bein aus. »Wir haben das früher immer gespielt, als ich jünger war und die Wochenenden hier verbracht habe«, erzählte sie Pru.

»Und jetzt wohnst du hier in Mamas altem Zimmer«, sagte Pru. »Wie lustig.«

»Nur vorübergehend«, sagte sie. »Aber es hat wirklich Spaß gemacht.« Jessie strahlte Dad an. »Du warst so nett, mich hier wohnen zu lassen, während ich in Bitter Bark Fuß fasse. Lola und ich könnten hier nicht glücklicher sein.« Sie blickte über ihre Schulter, wo Lola lag, die Augen wie immer auf Jessie gerichtet.

»Bleib so lange du willst«, sagte Dad.

Aber es würde nicht lange dauern, wenn es nach Garrett ginge. Ja, sie war ins Haus gezogen, während sie an ihrem ersten Buch arbeitete, das sie liebevoll *Für die Liebe zu Lola* nannten. Aber diese Wohnsituation war nicht ideal.

Sie hatte sich ein paar Wohnungen in der Stadt angeschaut, aber nichts hatte richtig gepasst. Denn Jessie sollte nicht allein leben. Sie sollte mit ihm zusammenleben.

Garrett hatte ein Auge auf ein Haus nicht weit von dort, wo er und Shane jetzt wohnten, aber er wollte, dass die Dinge… offiziell waren.

»Ich spiele eine Runde Manhunt mit«, sagte Garrett. »Aber seid gewarnt. Ich kenne die besten Verstecke in ganz Waterford.«

»Ich werde dich fangen, Onkel Garrett«, sagte Pru. »Mama, sei in meinem Team.«

»Ich spiele auch mit«, sagte Darcy. »Shane, Partner?«

»Klar«, sagte er. »Aber seid gewarnt. Ich verliere nicht. Bei nichts.«

»Wir *wissen*«, sagte Molly und verdrehte die Augen.

»Zählt mich raus«, sagte Liam. »Ich spiele keine Spiele.«

»Das ist dein Problem, Großer«, sagte Shane zu ihm. »Du musst mehr Spiele spielen. Gramma?«

Gramma lachte. »Nein, Junge. Ich werde mir einen Film in meinem Zimmer ansehen. Und, Daniel, vergiss nicht, dass du mich morgen in aller Frühe zu diesem Apple Store fährst, um meinen neuen Computer zu holen. Ich habe einen Termin.«

Dad verdrehte die Augen. »Oh ja. Ich erinnere mich. Aber ich habe eine Besprechung...« Er warf einen Blick auf Liam, dann schüttelte er den Kopf. »Das regele ich morgen.«

Das Geplauder ging weiter, während die Nacht langsam hereinbrach, aber in Garretts Kopf nahm schnell ein Plan Gestalt an. Als sie fertig waren, aufgeräumt hatten und den abendlichen Spaziergang mit etwa fünfzehn Hunden, die derzeit in den Zwingern waren, erledigt hatten, war es dunkel genug, um die Spiele zu beginnen.

Die Spieler trafen sich in der Mitte, legten Regeln und einen Timer fest und verteilten sich, um sich zu verstecken, aber genau wie vor siebzehn Jahren nahm Garrett Jessies Hand und zog sie zu den Zwingern hinüber.

»Das ist der erste Ort, an dem sie nach uns suchen werden«, sagte sie.

»Na und? Wir wiederholen die Geschichte, oder?«

Sie lächelte zu ihm hoch, ihre Augen leuchteten im Mondlicht. »Ich habe eine bessere Idee.«

Sie hatte eine Idee? Für seinen großen Moment? Sie

wusste nicht, dass es sein großer Moment war, aber trotzdem, wohin brachte sie ihn?

»Zum Bach?«, fragte er, als sie ihn auf einen bekannten Weg führte.

»Daran vorbei.«

»Der Schlammpfad?« Er runzelte die Stirn und holte sein Handy heraus, um die Taschenlampe zu benutzen und den Weg sicher zu machen.

»Nein, aber verrate unseren Standort nicht.«

Lachend hielt er ihre Hand, während sie den Hügel hinunter rannten. »Du hättest in Shanes Team sein sollen, wenn dir das Gewinnen so wichtig ist.«

»Es geht nicht nur ums Gewinnen«, sagte sie. »Ich will… hierher kommen.« Sie erreichte das Ufer des Sees und ging, immer noch seine Hand haltend, immer weiter zurück, bis sie unter einem riesigen Zuckerahorn standen.

»Hier?«, fragte er.

Sie blieb stehen und blickte hinauf in die Schwärze der Äste über ihnen, der große Baum ragte im Dunkeln auf. »Wo warst du, als du gefallen bist?«

»Als ich…« Plötzlich verstand er. »Mit Moses, meiner französischen Bulldogge?«

»Der französischen Bulldogge, die dich gerettet hat. Die dich nicht allein gelassen hat, obwohl du es wolltest.«

Er stieß einen Atemzug aus. »Du erinnerst dich an diese Geschichte? Das allererste, was ich dir erzählt habe?«

»Ich liebe diese Geschichte«, sagte sie. »Während du mir erzählt hast, hab ich dich beim Fahren beobachtet. Deine Hände, dein Gesicht, dein ganzer Körper war so… ich weiß nicht. Ich schätze, ich habe mich so heftig in dich verliebt, dass ich mich wie Moses auf dich setzen wollte.«

Er lächelte auf sie herab. »Jederzeit, überall. Aber ich

wollte dich heute Abend wirklich mit in die Hundezwinger nehmen.«

Sie wedelte mit der Hand. »So vor siebzehn Jahren.« Sie schaute hinauf zum Baum. »Lass uns eine neue Erinnerung schaffen.«

»Ich bin bereit«, sagte er und brannte darauf, die Worte auszusprechen. »Jessie-«

»Ich fange an.«

Er wich zurück. »Was?«

»Ich klettere zuerst hinauf. Das ist ein Kletterbaum, und niemand wird uns finden, wenn wir da oben sind. Wenn wir hier stehen und noch länger darüber diskutieren, kann ich dir garantieren, dass Shane uns finden wird. Tatsächlich würde ich ihm zutrauen, dass er Lola vom Haus holt, um uns aufzuspüren.«

Er würgte leise. »Ich bin nicht hierhergekommen, um ein Spiel zu spielen.«

»Du willst mich wieder befummeln, oder?«

»Ja. Unter anderem.«

Sie lachte, dann keuchte sie leise. »Hör zu. Ich höre sie oben auf dem Hügel. Komm schon. Rauf auf den Baum, Garrett, oder wir sind total raus.«

Sie eilte zum Stamm, setzte einen Turnschuh auf die erste Kerbe im Holz und zog sich dann zu den Ästen hoch. Und er folgte ihr, ziemlich sicher, dass er seit dem Tag, an dem er sich das Bein gebrochen hatte, nicht mehr auf diesen Baum geklettert war.

Sie bewegte sich entlang des dicksten Astes, gut fünf Meter über dem Boden, machte Platz für ihn und legte den Finger auf die Lippen, als Shanes Stimme zu ihnen herüberwehte.

»Shhh. Lass sie direkt zum Bach hinuntergehen«, flüsterte sie. »Wir haben das im Griff.«

Shanes Stimme wurde lauter, gefolgt von Darcys Lachen.

»Ich weiß, dass du hier unten bist, Garrett!«, rief Shane.

Oben im Baum rückten sie näher zusammen, still.

»Sie sind den schlammigen Pfad hinuntergegangen«, sagte Darcy. »Lass uns gehen!«

Ihre Schritte und Stimmen wurden leiser, und bald waren die einzigen Geräusche das Rufen einer Eule und das sanfte Rascheln der Bäume in der Brise.

Garrett zog sie näher zu sich. »Das letzte Mal, als ich auf diesem Baum war, hatte ich ziemlich den schlimmsten Tag meines Lebens. Den zweitschlimmsten Tag.« Er drückte seine Lippen auf ihre Stirn. »Die Nacht, in der du aus meinem Haus gegangen bist, war der schlimmste Tag.«

Sie lehnte sich zurück. »Ich hasse es, dass wir diese Erinnerung haben.«

»Sie ist weg.« Alle Erklärungen und Entschuldigungen waren auf einer Straße in Brooklyn mit Tränen, Küssen und Versprechen ausgesprochen worden. »Es ist passiert und, wie an dem Tag, als ich aus diesem Baum fiel, hat es mich dazu gebracht, dich noch mehr zu lieben.«

»Also bin ich wie der dicke Moses, die Bowlingkugel, die du nicht loswerden konntest.«

Er lachte. »Ja. Genau.«

Sie stieß ihn mit dem Ellbogen an. »Küss mich, Kilcannon. Es ist kein Spiel Manhunt ohne heimliches Busengrabschen.«

»Du willst wirklich fallen und dir das Bein brechen.«

»Nein.« Sie lehnte sich an ihn. »Ich küsse dich gerne.«

Er drückte seine Lippen auf ihre, der süße Geschmack wurde ihm nie zu viel. »Es ist eine heikle Position in diesem Baum«, sagte er. »Ich kann dir aus Erfahrung sagen, dass eine falsche Bewegung und du bist kaputt.«

»Dann mach keine falsche Bewegung, Garrett.«

»Nun, weißt du, vielleicht mache ich eine.«

Sie rückte ein wenig zurück. »Lass uns nicht beide fallen.«

»Dann halt dich fest, denn… du könntest schwindelig werden.« Er griff in seine Tasche und umschloss die kleine Schachtel, die er zum Abendessen mitgebracht hatte, für den nicht ganz unwahrscheinlichen Fall, dass heute Abend der Abend sein könnte. »Wenn ich dir das hier gebe.«

»Gib mir wa…«

Er öffnete die Schachtel mit einer Hand und hielt sie mit der anderen fest, weil er aus Erfahrung wusste, dass es ein weiter Weg nach unten war.

»Garrett.« Sein Name war kaum ein Flüstern auf ihren Lippen.

»Weißt du, Jessie, ich hatte einen Hund namens Moses.«

Sie sah zu ihm auf, ihre Augen glänzten.

»Und das Besondere an ihm war, dass er ein Für-immer-Hund war. Er würde mich nicht verlassen, egal was passiert. Und du hast mich einmal nach der Moral dieser Geschichte gefragt, und ich glaube, ich habe sie endlich herausgefunden.«

»Was ist es?«

»Dass ich einen weiteren Moses in meinem Leben möchte. Jemanden, der niemals, egal was passiert, von meiner Seite weicht. Und im Gegenzug werde ich diese Person mit allem lieben, was ich habe, weil sie meine Nummer eins sein wird.«

Im schwachen Licht konnte er die Träne sehen, die ihre Wange hinunterlief.

»Du hast mir schon so viel beigebracht«, sagte er. »Aber eines werde ich nie vergessen, was du gesagt hast: 'Wann immer du eine Warum-Frage stellen kannst, wirst du die beste, ehrlichste Antwort bekommen.'«

Sie nickte und starrte auf die Diamanten, die er in so vielen Stunden ausgesucht hatte, und dann zu ihm hoch. »Das stimmt.«

»Es gibt so viele 'Warum'-Fragen«, sinnierte er. »Warum liebst du mich?«

»Weil dein Herz so gut ist.«

»Warum bist du hierher zurückgekommen?«

»Weil es nirgendwo gibt, wo ich lieber wäre.«

»Warum bin ich der glücklichste Kerl der Welt?«

Sie lächelte. »Weil ich dich liebe.«

»Warum liebe ich dich so sehr, Jessie Curtis?«

»Ähm, weil ich... dein Moses bin?«

Er lachte und hielt den Ring näher. »Warum würdest du noch einen weiteren Tag verbringen, ohne die Frau zu sein, die ich heiraten werde?«

Sie ließ den Kopf zurückfallen und lachte. »Das kann ich nicht. Das werde ich nicht. Ich meine, ich werde! Ja! *Warum* kannst du nicht normal fragen?«

Er beugte sich vor und legte seine Lippen an ihr Ohr. »Willst du mich heiraten?«

»Ja.« Sie weinte ein wenig, als sie das Wort sagte. »Ja, ich will dich heiraten.«

Während er sie weiter küsste, schob er den Ring an ihren Finger, und sie saßen im Baum und küssten sich, bis die Stimmen seiner Familie leiser wurden und verstummten.

»Sie haben aufgegeben«, sagte Jessie.

»Das bedeutet, wir haben Manhunt gewonnen.«

»Ja.« Sie lehnte sich an ihn und seufzte. »Und wir haben das Leben gewonnen.«

Waterford Farm Serie

Garrett & Jessie (Buch 1)
Shane & Chloe (Buch 2)
Liam & Andi (Buch 3)
Molly & Trace (Buch 4)
Aidan & Beck (Buch 5)
Darcy & Josh (Buch 6)
Daniel & Katie (Buch 7)
Cassie & Braden (Buch 8)
Alex & Grace (Buch 9)
Connor & Sadie (Buch 10)
Summer & John (Buch 11)
Declan & Evie (Buch 12)
Theo & Ayla (Buch 13)
Colleen & Tim (Buch 14)

Über den Autor

Roxanne St. Claire ist eine *New York Times* und *USA Today* Bestsellerautorin mit mehr als sechzig Romantik- und Spannungstiteln. Sie veröffentlicht seit mehr als zwei Jahrzehnten und hat zahlreiche Auszeichnungen erhalten, darunter den RITA™ und den National Readers' Choice Award für herausragende Leistungen im Schreiben von Liebesromanen. Sie lebt in Florida mit ihrem Ehemann, mit dem sie seit vierunddreißig Jahren verheiratet ist, und liebt es, Hunde zu retten.

Besuchen Sie ihre Website für ihr komplettes Werk oder melden Sie sich für ihren Newsletter an:
www.roxannestclaire.com

Verbinden Sie sich auf sozialen Medien:
www.facebook.com/roxannestclaire
www.instagram.com/roxannestclaire1

Printed in Poland
by Amazon Fulfillment
Poland Sp. z o.o., Wrocław

54913337R00185